Inge Lütt

# Singen ist ein bisschen wie Sterben

Kriminalroman

Querverlag

*Dieses Buch erzählt eine fiktive Geschichte. Figuren, Institutionen und Handlung sind frei erfunden. Ähnlichkeiten mit Lebenden oder bereits Verstorbenen sind rein zufällig.*

Erste Auflage März 2024

Lektorat: Marc Lippuner



Umschlag und grafische Realisierung von Sergio Vitale unter Verwendung eines Fotos von © pierluigi1956palazzi – Freepik.com.

Gesamtherstellung: Finidr
ISBN 978-3-89656-340-8
Printed in the Czech Republic

Bitte fordern Sie unser Gesamtverzeichnis an:
Querverlag GmbH
Akazienstraße 25, 10823 Berlin
www.querverlag.de

# KAPITEL 1

*Ein Baron stirbt. Und das ist erst der Anfang.*

Normalerweise gehe ich gerne zu Einführungsmatineen. Aber gleich nach der Begrüßung zu erfahren, dass ich mir Illusionen gemacht hatte darüber, wer die Hauptperson im Foyer der Oper Erfurt sein würde, stellte doch eine der unangenehmeren Arten dar, den Sonntagmorgen zu beginnen. Selbst wenn es, streng genommen, nicht mehr Morgen war, sondern vom Dom her die Mittagsglocken läuteten.

„Du wirst dich amüsieren", hatte die Meinige versprochen. Die Meinige? Das ist Swantje Mittersand, ihres Zeichens international gefeierte Mezzosopranistin und meine Lebensabschnittserheiterin. Sie ist recht gut „im Geschäft", wie sie selbst sagt. Oft genug habe ich unser gemeinsames Haus in Arnstadt eine Woche oder noch länger für mich allein, weil Swantje auf Konzertreise ist oder in Proben steckt. Aber dieser Sommer verlief doch ein wenig anders. Zunächst war es ein Meisterkurs in Weimar, auf den ich sie begleitete und bei dem wir gegen Ende noch froher als ohnehin schon waren, einander zu haben.

Aber das war bereits Vergangenheit. Mittlerweile steckte mein lieber Schwan seit Wochen schon bis abends im nahen Erfurt, wegen eines Angebotes, zu dem sie nicht hatte Nein sagen können: Die Spielzeiteröffnungspremiere an der Oper als Rosenkavalier. Wer würde da bei entsprechender Begabung schon ablehnen? Die Zusage wusste sie jedoch seit der ersten Probe zu bereuen.

„Aber was soll ich machen?", hatte sie geseufzt, „Octavian Maria Ehrenreich Ferdinand Hyazinth Graf von

Rofrano, von seinen Freunden Quin-Quin genannt, warum auch immer sie das tun, ist laut Textbuch ein junger Mann. Wenn ich den nicht bald singe, dann war's das mit der Rolle für mich."

Ich hatte wohl reichlich verständnislos dreingesehen, denn Swantje ließ mich nicht lange auf eine Erklärung warten.

„Also, der Rosenkavalier. Der hat zwar einen langen Namen, aber laut Rollenprofil ist er gerade einmal siebzehn Jahre alt. Es ist also eine Frage der Glaubwürdigkeit."

Meine Swantje ist, was ihre offizielle Biografie gerne verschweigt, nicht allzu weit von ihrem vierzigsten Geburtstag entfernt, und Ageismus ist auch in der Oper ein Thema. Zumindest, wenn es um Sängerinnen geht.

„Er ist siebzehn, ich bin es nicht. Und das schon eine ganze Weile nicht mehr. Der Baron Ochs, der ist ein spezieller Fall. Je älter der ist, umso besser."

Wie vertraut sind Sie mit dem Standardopernrepertoire? Vorsichtshalber ein bisschen Hintergrund: Vor über einem Jahrhundert haben Richard Strauss und Hugo von Hofmannsthal diesen „Rosenkavalier" in die Welt gesetzt. Der Plotkern besteht in einem ausgedachten Ritual, das der Hochadel eines sehr fiktiven alten Wiens - kein Wunder, dass 1911 die Uraufführung in Dresden an der königlich-sächsischen Hofoper stattfand und nicht etwa im kaiserlich-königlichen Österreich - zwecks Brautwerbung angeblich betreibt. Wenn mit dem Brautvater alles geklärt ist und das Fräulein Eventualbraut nun auch offiziell gefragt werden soll, darf ein Heiratswilliger von Stand nicht persönlich vorsprechen, sondern hat einen natürlich ebenfalls hochadligen Hilfswilligen vorzuschicken. Das ist der Rosenkavalier, der eine silberne Blume zu überreichen hat. In Abwesenheit des Erziehungsberechtigten. Nun ja. Halten wir davon, was wir wollen. Die

Aufgabe wird in der Oper nach einigem Hin und Her von diesem Octavian mit dem langen Namen übernommen.

Bevor er sich jedoch aufmacht, gibt es gleich zu Anfang der Oper eine Bettszene auf offener Bühne. Der Rosenkavalier in spe ist nämlich nicht nur jung, er hat auch eine Geliebte. Die ist allerdings nicht nur deutlich älter als er, sie ist auch verheiratet und das gründlich. Der Herr Gemahl ist verreist, er steckt irgendwo in den kroatischen Wäldern. Auf Bärenjagd. Nun gut, wenn man das jetzt so nennt …

Jedenfalls, während die beiden noch nicht aufstehen mögen, kommt Besuch. Baron Ochs auf Lerchenau, ein polteriger, älterer Verwandter, will sich verheiraten und sucht nun seinen Brautwerber. Der junge Geliebte übernimmt und verliebt sich ebenso prompt wie unausweichlich in das für den Baron vorreservierte Fräulein. Also im Grunde business as usual, was Opernhandlungen betrifft, wenn sie nicht von Mord und Totschlag, Inzest und anderem Wahnsinn erzählen.

„Ich singe also den jungen Mann." Swantje hatte mit den Schultern gezuckt. „Und den Alten mimt der Freckenhagen."

Der Sänger war zwar nicht in der Titelrolle besetzt, aber immerhin war er die Hauptperson. Fand er.

„Der Held der Geschichte, das bin im Grunde ich, der Baron Ochs auf Lerchenau. Gut, ein trauriger Held, ja, aber wo ich bin, ist wenigstens immer was los. Dieser Schmalspurjüngling Octavian, mit dem kann eine Sophie doch nicht glücklich werden! Wenn ich das schon höre, Quin-Quin! So nennen ihn seine Freunde? Wirklich, Quin-Quin?"

Das klang so affektiert Französisch, dass das Publikum automatisch zu lachen begann.

„Na, sag ich doch. Sophie? Die braucht einen Mann. Einen richtigen Kerl. Einen, der nicht wie ein Hirsch oder Auerhahn nach dem Kalender forciert ist, sondern halt immer kann und mögen sowieso. Einen wie mich braucht sie. Keinen halbwüchsigen Knaben, der gerade die ersten Erfahrungen macht, und das auch noch bei der Frau Tante."

Der Baron feixte. Baron? Immerhin, im bürgerlichen Leben war Oskar-Maria Freckenhagen sächsischer Kammersänger. Kurz vor der Wende hatte die DDR-Kulturbürokratie ihn noch als verdienten Sänger des Volkes ausgezeichnet. Das war nicht nur mittlerweile über drei Jahrzehnte her, die Zeit hatte sich gegenüber dem inzwischen knapp 60-Jährigen seitdem nicht gerade milde betragen.

Anhand der Besetzungsliste hatte mir Swantje die Rollen erklärt. „Der Freckenhagen? Der geht richtig auf als Baron. Kein Wunder. Was sollte er auch bei Wagner? In den „Meistersingern", da verlangt der Hans Sachs solides Handwerk, das hat er zwar drauf, aber eben eher für komische Rollen. Den Stimmumfang bekäme er hin für Don Giovanni, aber da ist er nicht elegant genug und für Leporello ist er einfach nicht geschaffen. Dämonisch ist er vielleicht beim Frühstücksbuffet, aber den Holländer bietet ihm sowieso keiner an. Und Jochanaan, dazu ist er zu gemütlich. Den halb verhungerten Bußprediger kauft ihm niemand ab. „Sweeney Todd" ist Musical, das kann er nicht, dafür bräuchte er mehr Flexibilität, als er jemals zu bieten hatte. Da hat er sich eben auf den Baron spezialisiert und jagt auch im wirklichen Leben alles, was nicht bei drei auf dem Baum ist."

Zugegeben, der so gelegentliche wie diskrete Blick in den Opernführer meines Vertrauens ist mir längst zur Gewohnheit geworden. Aber Swantje war gerade in Fahrt gewesen.

„Zum Glück ist er eher ein Feigling. Da muss ich nur ein bisschen böse dreinschauen, schon fängt er an mit

‚ich mein ja nur, war bloß ein Spaß' und dergleichen Gemurmel mehr. Ganz wie der Baron Ochs. Den hat der Freckenhagen wirklich verinnerlicht." Swantje hatte geseufzt. Dann erzählte sie ein paar Geschichten über den Sänger. So wusste ich also bereits vor der Einführung, dass er sehr gerne vor Publikum redete.

Den Auftritt hier im Foyer genoss er eindeutig. Die Pressesprecherin der Oper Erfurt ging jedoch nicht weiter auf ihn ein. Sie hatte diese Matinee seit Wochen vorbereitet. Eine richtig schöne Veranstaltung sollte es werden, Gespräche mit den Künstlern, der Regisseur würde seine Sicht auf die Handlung schildern, ein paar Gesangseinlagen, im Anschluss ein Umtrunk der Sponsoren mit dem Intendanten und sämtlichen Stars – sie wusste, auf was es ankam. Ein Ochs, der die Szene für sich beanspruchte und sich nicht begnügen wollte mit einem irgendwie schon charmanten Aus-der-Zeit-gefallen-Sein war es mit Sicherheit nicht. Mein Mitleid sparte ich mir dennoch für Swantje auf, der es immerhin gelang, zu Freckenhagens Einschätzung als Schmalspurjüngling keine Miene zu verziehen.

Die anderen Solistinnen auf der Bühne schienen ebenfalls nur mäßig amüsiert. Die Frau Tante, oder genauer, die Sopranistin, die diese Rolle übernommen hatte, trank lediglich einen Schluck Tee. Neben ihr saß Andreea Doina, die laut Besetzungszettel das Fräulein Braut singen würde. Die junge Rumänin war ein paar Tage bei uns gewesen, um abseits vom Probenbetrieb an den gemeinsamen Duetten zu arbeiten. Den Herrn Baron hatten sie und Swantje nicht hinzugebeten. Wie die anderen Beteiligten an dieser Produktion waren auch sie der Meinung, dass die im Probenplan vorgesehenen Interaktionen mit Oskar-Maria Freckenhagen völlig ausreichten und es keiner weiteren bedurfte. Die wichtigeren Teile ihrer Rollen probten sie lieber bei uns, obwohl die Oper Erfurt groß genug ist, um unliebsamen Begegnungen aus dem Weg zu gehen, besonders in der spielfreien Zeit im Sommer. Wegen der arbeitete das Ensemble überhaupt schon so früh auf der großen Bühne und nicht in dem Probengebäude außerhalb.

„Na gut“, hatte Swantje zugegeben, „es ist ja auch toll, wenn sich jemand in seiner Rolle prima auskennt.“

Seit wir zusammen sind, weiß ich, dass die meisten Gesangstalente, wenn es sich um Bühnenaufgaben handelt, mehr über die eigene Rolle wissen wollen, als im Textbuch steht. Allerdings ventilieren nicht viele so gerne ihr Wissen wie der Herr Kammersänger.

„Der Freckenhagen“, hatte Swantje gesagt, „der hat die Rolle seines Lebens gefunden. Solange er noch einigermaßen passabel singen kann, passt er. Der lebt den Lerchenau und er wird wohl auch als Ochs sterben. Vielleicht sogar noch im Kostüm. Zuzutrauen wäre es ihm.“

Dass es ausgerechnet an diesem verregneten Sonntagmorgen im Spätsommer geschehen würde, damit hatte niemand rechnen können. Auch ich nicht. Solche Vorahnungen stehen nicht im Jobprofil für verbeamtetes Kriminalpersonal, und selbst mein Dienstvorgesetzter erwartet es nicht von mir. Wer ich bin? Gestatten, Rogener. Karin Rogener, Kriminalhauptkommissarin bei der Landespolizeiinspektion Gotha, vormals Dienstort Eisenach, dann für eine Ermittlung ausgeliehen an die Arnstädter Polizeistation. Nach der Pensionierung eines dortigen Kollegen bin ich dann als Dauerleihgabe geblieben.

Ob ich dort bis zum Altersruhegehalt ausharren werde? Mit inzwischen 42 Lebensjahren habe ich wohl noch ausreichend Muße, um das zu entscheiden. Das Thema Zeit spielt für mich allerdings bei meinem Ausleihstatus eine wichtige Rolle: Als Arnstädterin wohne ich am Dienstort und muss nicht erst rund sechzig Kilometer fahren, bevor ich mit der Arbeit beginnen kann. Mit dem hiesigen Dienststellenleiter bin ich so weit im Reinen. Er findet es sogar amüsant, dass ich in meiner Freizeit als Statistin an der Oper Erfurt auftrete, besonders, weil ich ihm so diskret Eintrittskarten verschaffen kann, wenn ihm wieder einmal nichts einfällt zum Hochzeitstag. Aber heute saß ich weder als Hobbystatistin noch dienstlich im Opernfoyer. Seit einem unerfreulichen Erlebnis mit einem übergriffigen Fan war es der Meinigen lieber, wenn ich sie begleitete zu Veranstaltungen, die mit einem Meet & Greet enden sollten.

„Manchmal fehlt mir einfach die Geduld für all das Lächeln und Nicken und Eitelkeiten-Hätscheln. All dieses Eichen-Eichen, Muhchen-Kuhchen, das sollte wirklich extra kosten."

War es die Geduld, die Kraft oder schlicht Lust auf das hundertste Foto mit unordentlichem Haar und müdem Gesicht? Ganz gleich, wie Sie das nennen wollen, was allenfalls in haushaltsüblichen Mengen im Angebot war, in solchen Situationen, wenn sich jemand komplett festquasselte, war nach ein paar Minuten mein Einsatz. Dringend dreinschauen, „Wir müssen, leider" sagen und mit meinem lieben Schwan unter dem Arm die Flatter machen. Gelegentlich genoss ich die neidischen Blicke sogar.

Endlich dankte die Pressesprecherin allen Sponsoren sowie dem Publikum und lud ins Theatercafé ein. Swantje lächelte, streichelte Egos und war auch sonst ihrem Ruf entsprechend verbindlich-charmant, bis ich wie verabredet eine halbe Stunde später vielsagend auf die Uhr tippte.

Der Herr Baron war immer noch ganz in seinem Element. „Die Damen müssen wirklich schon?", säuselte er. „Eine Partie, nun ja, sagen wir, Dame spielen?" Er wackelte anzüglich mit den Augenbrauen und widmete sich dann mit abgespreiztem kleinen Finger wieder seinem Cocktailglas, in dem der orangefarbene Pegel bereits verdächtig niedrig war.

Swantje lächelte. „Hegt da jemand Primanerfantasien?“, raunte sie zurück. „Sie kennen sich doch aus in der Stadt, so als alter Erfurter. Gibt es sie noch, diese Ein-Euro-Kabinen hinter dem Bahnhof?“

Oskar-Maria Freckenhagen lächelte schief. „Touché, meine Beste“, murmelte er und wandte sich ab, wobei er nicht umhin konnte, die Neige aus seinem Glas einen Matineegast aufs Jackett zu tröpfeln.

„Na hörnsemal!“, empörte der sich. Paule Wetzkopf, unser Statistenführer, war zwar an Kummer gewöhnt, was Gaststars am Haus betraf, aber so etwas mochte er sich nun doch nicht bieten lassen.

Versöhnlich legte ihm der Kammersänger die Hand auf die Schulter. „Tschuldigen Sie“, er grinste schief, „die Damen haben mich abgelenkt.“ Schon zog er Paule zur Theke, hinter der ein Barkeeper gerade den Cocktailshaker klappern ließ.

Swantje schaute den beiden nach. „Ist das etwa der Vadian, da hinter der Theke?“

„Stimmt. Der hat im Sommer die Mixer-Challenge der Thüringer Bars gewonnen.“

„Dann hat er also noch ganz andere Talente, als Regisseure davon abzuhalten, Sänger fertigzumachen.“ Swantje lachte. „Willst du einen Cocktail?“

„So früh am Tag?“

„Na, er kann bestimmt auch alkoholfreie. Ich muss jetzt erst einmal aus dem Kostüm raus.“

Natürlich begleitete ich sie. Ich war froh, das Gedränge in dem doch eher engen Theatercafé hinter mir lassen zu können, und freute mich schon auf die Premierenfeier. Die findet traditionell auf der großen Bühne statt, die gleich nach dem Schlussvorhang bis auf die Hauptkulissen leergeräumt wird.

In der Garderobe wartete bereits die Ankleiderin, die den silberfarbenen Rokoko-Anzug auf seinem Bügel arrangierte.

„Wie versprochen, keine Flecken.“ Swantje reckte sich. „Wenn du schon am Sonntagvormittag arbeiten musst, Gerda …“

Gerda Sägmeister, die Ankleiderin, lächelte. „Du doch auch. Danke schön. Das war so eine Schnaps… Na ja. Die haben sich bestimmt was dabei gedacht, euch alle in voller Montur ins Café zu schicken. Rotwein, Gulaschsuppe, Cocktails, Kaffee, was da alles passieren kann. Und garantiert passiert ist.“ Sie ging mit dem Kostüm über dem Arm auf den Flur hinaus, wo eine rollbare Garderobenstange bereitstand, ein großes Schild mit der Aufschrift „RosKav, Solo“ an beiden Enden.

Swantje sah ihr nach. „Die werden es noch früh genug merken. Ruhm ist jedenfalls nicht das Einzige, mit dem sich der Freckenhagen bekleckert hat.“ Sie stand auf. „Wartest du hier? Ich will die von der Maske nicht noch länger warten lassen.“

Eine gute Viertelstunde später sah sie deutlich blasser aus, nachdem keine Bühnenschminke mehr für einen natürlichen Teint im Scheinwerferlicht sorgen musste. Gerade wollte ich sie in den Arm nehmen, als das Haustelefon klingelte.

„Mittersand“, meldete sich die Meinige. „Ja“, sagte sie, „gut. Ich sag ihr Bescheid. Danke.“ Sie legte auf. „Das war Sigi. Er wollte es nicht über den Lautsprecher …“

Sigi war hier am Haus als Inspizient zuständig für reibungslose Abläufe bei Vorstellungen und all den anderen Veranstaltungen. Wenn der etwas nicht über den Lautsprecher verkünden wollte, konnte das nichts Gutes bedeuten. Und so war es auch.

„Er bittet dich in die Garderobe vom Freckenhagen." Swantje setzte sich. „Der ist ...", sie schluckte. „Tot. Tot ist er. So sieht es jedenfalls aus. Sagt Sigi."

Verdammt, zwei Wochen vor der Premiere, dachte ich und griff nach dem Telefon. „Welche Nummer hat er?"

Swantje wusste es nicht. „Nimm die Pforte, die sollen dich verbinden. Dreimal die Eins."

Nach einem kurzen Umweg hatte ich Sigi am Ohr.

„Ich habe die Polizei schon gerufen", versicherte er mir. „Aber wenn du sowieso im Haus bist, denke ich, ist es am besten, dass du rübergehst. Ich kann hier noch nicht weg."

„Die Polizei? Nicht einen Arzt?"

„Doktor Wachter ist schon dort. Er war bei der Matinee ..."

Üblicherweise kommt der Theaterarzt nur zu Vorstellungen ins Haus, doch da die Präsidentin des Fördervereins mit dem Inhaber einer allgemeinmedizinischen Praxis verheiratet ist und der seine Frau zu ihren Repräsentationsterminen zu begleiten pflegt ... Ein Fall theaterüblicher Vernetzung. Aber warum war die Polizei gerufen worden?

„Doktor Wachter ist auch der Hausarzt vom Freckenhagen. Zufälle gibt's." Sigi zögerte nur kurz. „Jedenfalls, da kam ihm was ausreichend merkwürdig vor. Also wollte er, dass die Polizei kommt. Aber bis die da ist, geh doch bitte mal rüber, nur um auf der sicheren Seite zu sein ..."

„Was machen wir denn jetzt? Ich will nicht, dass du allein hier hockst." Swantje sah immer noch blass aus. „Nicht, solange wir nicht wissen, was los ist."

Natürlich kam sie mit, den Soloflur Damen entlang, an der Maske vorbei zum Soloflur Herren. Dort saß vor der ersten Tür einer der Ankleider. In den zitternden Händen drehte er einen Kaffeebecher mit dem Logo der Domfestspiele. Er sah auf. Sein Gesicht war aschfahl.

„Der Arzt ist noch drin. Aber sonst, hat Sigi gesagt, sonst soll niemand hinein ...“

„Genau“, sagte ich, „lassen wir die Tür erst einmal zu. Sie machen das schon richtig.“

Natürlich hatte ich keine Ahnung, ob dem wirklich so war, aber der Mann schien einen Schock zu haben.

In diesem Moment wurden Stimmen laut und Schritte kamen die Treppe herauf. Der Intendant höchstpersönlich führte die Polizei durch das Haus. Ich wollte schon nach meinem Dienstausweis kramen, aber die Kollegen vom Dauerdienst kannten mich, seit einer Begegnung bei den Domfestspielen vor ein paar Jahren. Sie versprachen dem Intendanten, später bei ihm im Büro vorbeizuschauen, wenn sie sich ein Bild von der Lage gemacht hätten. Er stand noch eine Weile unschlüssig auf dem Flur und ging dann endlich. Mir galt kollegiale Höflichkeit und ich durfte einen Blick durch die geöffnete Garderobentür werfen, hinter der Doktor Wachter sich gerade Notizen machte.

# KAPITEL 2

*Der Hauptkommissar ist dem Tod schon begegnet.*

Oskar-Maria Freckenhagen war auch im Tod kein schöner Mann. Er saß, noch im Kostüm, vor dem Spiegeltisch. Die Perücke lag wie achtlos zur Seite geworfen neben ihm, halb auf einer Tasse. Ein kleiner dunkelroter Fleck in Brusthöhe zierte die Brokatweste, auf der Tischplatte lag ein Dolch.

Während sich der Theaterarzt mit einem der beiden Kollegen vom Dauerdienst beriet, trat der andere zu uns auf den Flur.

„Und du bist wirklich rein zufällig hier, Karin?“ Kriminalhauptkommissar Friedemann Muskau grinste schief. „Wir haben uns ja ewig nicht mehr gesehen. Na, wenn du schon mal da bist … Hast du irgendwelche sachdienliche Beobachtungen machen können?“

Leider nicht. Oder sollte ich ihm berichten, wer reichlich blass aus der Maske zurückgekehrt war? Verdammt. Privates und Dienstliches auseinanderzuhalten war schon im Alltag nicht immer einfach. Und wenn ich mir Swantje so anschaute, hatte sie wieder Bedenken, ob es richtig gewesen war, das Rollenangebot anzunehmen. Andererseits, der Rosenkavalier …

„Und Sie sind …“, wandte sich der Kollege gerade an sie.

„Swantje Mittersand. Ich singe in der gleichen Produktion wie der Kollege Freckenhagen.“

Der würde allerdings nie mehr singen, jedenfalls nicht auf Erden.

„Mittersand … Mittersand“, murmelte der Kriminalhauptkommissar. „Den Namen kenne ich doch.“

Diese Reaktion war Swantje so gewöhnt wie die Bemerkung, die darauf folgte. „Sie sehen aber ganz anders aus. Ich habe Sie auf den Domstufen gesehen, damals."

Das war die Sache, weshalb mich die Kollegen kannten. Ich war bei einer Vorstellung im Rahmen der Festspiele als Statistin dabei gewesen, als direkt neben mir ein Scheinwerfer den Lockungen der Schwerkraft nachgab. Dass er das nicht ganz freiwillig getan hatte, sondern Sabotage an der Halterung unter anderem mein Leben gefährdete, hatte die Polizei auf die Bühne gebracht, wo Swantje in einer Aufmachung stand, an die sich viele gerne erinnerten. Außer ihrer Totenkopfmaske waren dem Kostümbildner Reifrock und Federboa eingefallen. Auf das hautfarbene, wattierte Trikot hatte sie bestanden, sie wusste, wie kalt es vor dem Erfurter Dom werden kann. Aber weder Rock noch Maske waren auch Jahre später gelegentlich ein Thema. Swantje hatte einen ganz erstaunlichen Gummibusen umgeschnallt bekommen, mit Brüsten, größer als ein Kopf. Jeweils. Kein Wunder, dass der Kriminalhauptkommissar nun staunte.

Die Tür zur Garderobe öffnete sich. Die Polizeikollegen berieten kurz miteinander, während der Theaterarzt zu dem Ankleider trat, der immer noch zitternd auf dem Klappstuhl saß. Dann kam Friedemann Muskau wieder zu uns.

„Wir werden vorsichtshalber die Spurensicherung rufen. So zu erkennen ist jedenfalls nicht, was die Todesursache war."

Hatte ich nicht dunkle Verfärbungen auf dem Kostüm gesehen?

„Gulaschsuppe, höchstwahrscheinlich." Der Kriminalhauptkommissar zuckte mit den Schultern. „Sagt jedenfalls der Arzt. Wie es aussieht, hat der Mann sich bekleckert und wollte es abkratzen. Mit dem Dolch. Vielleicht hatte er ja Todesangst, dass er das Kostüm ruiniert?

Möglich ist vieles. Nach der Autopsie wissen wir mehr. Hoffentlich." Er sah sich um. „Dieser Doktor ist so sicher, dass das kein normaler Herzkasper sein kann … Anscheinend ist der Tote bei ihm Privatpatient. War er. So einen Hausarzt kann ich mir nur wünschen. Also gut, soll sich die SpuSi mal kümmern. Sicher ist sicher."

Während Doktor Wachter mit den Kollegen vom Dauerdienst das Eintreffen der Spurensicherung abwartete, sahen Swantje und ich zu, dass wir das Haus so schnell wie möglich verließen.

„Das hab ich jetzt wirklich nicht gebraucht." Swantje schüttelte den Kopf. „Der Freckenhagen, der konnte ja nun echt ein Arsch sein. Aber das? Und so? Und dann auch noch zwei Wochen vor der Premiere!"

Je näher eine Aufführung rückt, desto enger wird bei den meisten Opernsänger*innen der Tunnelblick. Zum Glück wusste ich, dass dieses Fokussieren auf die Rolle Swantjes Methode war, mit Alltagsstress umzugehen. Nun gut, eine Leiche ist nicht gerade alltäglich. Mein lieber Schwan war jedenfalls immer noch reichlich blass um die Nase. Verstehen konnte ich es nur allzu gut, denn vor gerade sechs Wochen hatte sie schon einmal wegen einer Leiche Auskunft geben dürfen.

Wie es sich mit der anderen verhielt, dafür muss ich ein wenig ausholen. Nun gut, nicht nur ein wenig. Sie ziehen es vor, eine Zusammenfassung zu erhalten und dann zu entscheiden, ob Sie mehr wissen wollen? Also gut. Wir hatten beim Joggen eine Leiche entdeckt. Einige Begleitumstände machten die Situation deutlich unangenehmer, als uns lieb sein konnte.

Wer da an diesem Morgen einer Fortsetzung unserer körperlichen Ertüchtigung im Weg gelegen hatte, war eine von Swantjes Kolleginnen, obwohl der Begriff hier eher weit zu fassen wäre. Aber es sollte ja die Kurzversion sein, also belasse ich es dabei, dass Zeugen vorangegangene Auseinandersetzungen erwähnten und Swantjes Alibi für den vorläufig angenommenen Todeszeitpunkt in meiner Beteuerung bestand, ich hätte es gewiss mitbekommen, wenn sie mitten in der Nacht aufgestanden wäre. Meinen leichten Schlaf konnten die mit der Untersuchung Betrauten glauben oder nicht.

Ich vermute, das kam jetzt doch ein bisschen plötzlich. Sie können aber beruhigt weiterblättern, hier geht es zunächst um Zwischenmenschliches.

Die meisten sind im Grunde völlig zufrieden, wenn sie ihr Leben lang keiner einzigen Leiche gegenüberstehen, und Swantje macht da keine Ausnahme. Dass die Verbindung zwischen ihr und der Toten im Springbrunnen eine ebenso gegenseitige wie herzliche Feindschaft gewesen war, änderte an dieser grundsätzlichen Einstellung nichts. Zuletzt manifestiert hatte sich die Gegensätzlichkeit zwischen der Meinigen und der Gesangslehrerin Isabeau Braun-Haupt ein paar Tage, bevor wir Letztere tot aufgefunden hatten.

Die Musikhochschule Weimar hatte beide als Dozentinnen für ihre Internationalen Meisterkurse verpflichtet. Bei Isabeau Braun-Haupt handelte es sich um einen sehr berühmten, wenn auch ehemaligen Gesangsstar. Vor gut 30 Jahren, als die CD gerade ihren Siegeszug antrat, hatte sie bei gefühlt 75 Prozent sämtlicher Klassikproduktionen mitgewirkt und nebenher an allen großen Bühnen der Welt gastiert. Inzwischen waren die Gesangsauftritte der Sopranistin zwar schon lange her, ihr Ruhm blieb jedoch ungebrochen. Als Gesangslehrerin war sie ebenfalls berühmt, aber das passendere Adjektiv wäre, wenn ich Swantje glauben durfte, doch eher „berüchtigt“.

„Weißt du“, hatte sie mir anvertraut, „als Lehrerin ist sie schlicht und ergreifend eine Katastrophe. Komplett. Natürlich gehen die Leute zu ihr, der Name zieht immer noch im Lebenslauf. Dass sie die nach Strich und Faden fertigmacht, um sie anschließend, wie ich vermute, wenn die Kohle stimmt, zu kleinen Klons von sich selber zurechtzukneten …" Swantje hatte geseufzt. „Die allerwenigsten halten das durch. Und es ist in den allermeisten Fällen einfach grottenschade. Ein vergeudetes Talent mehr. Aber mach wer was dran. Solange die Leute glauben, ihnen kann das nicht passieren, hat sie ihre Marktnische."

Nun gut, mittlerweile hatte. Hatte gehabt. Allerdings war nun nicht nur grammatisch ein Zeitenwechsel angesagt, denn Isabeau Braun-Haupt, Dame Commander of the Order of the British Empire und Ehrenmitglied der Wiener Staatsoper, Ehrendoktorin diverser Universitäten, bayerische und österreichische Kammersängerin, Ehrenmitglied mehrerer königlicher Musikakademien sowie Trägerin diverser Verdienst- und Ehrenzeichen, hatte am letzten Morgen der Weimarer Meisterkurssaison tot im Delphinbrunnen vor der Orangerie im Schlosspark gelegen, ihr wenige Stunden vorher noch so sorgfältig toupiertes Haar umspült von Entengrütze.

Woher ich wusste, wie ihre Frisur vor dem Kontakt mit dem kaum knietiefen Wasser des Springbrunnens ausgesehen hatte? Für diese Erklärung muss ich nun wirklich weiter ausholen. Wie erwähnt, Sie können ruhig weiterblättern. Ich gehe derweil erst einmal joggen, gemeinsam mit Swantje. Das war es nämlich gewesen, womit wir uns an diesem frühen Sonntagmorgen beschäftigt hatten. Die Dinge, die wir aus Liebe tun … Warum war ich überhaupt mit ihr in Weimar und verbrachte das Wochenende nicht auf unserer Couch in Arnstadt?

Angefangen hatte alles mit einer harmlosen Bitte.

„Du würdest mir wirklich helfen, wenn du dir das antun willst."

Die Meinige hatte zweifelnd geklungen, aber es stand natürlich außer Frage, dass ich sie bei ihrem diplomatischen Problem unterstützen würde. Die Sache erwies sich im Grunde als banal und nicht einmal ansatzweise war dabei von Isabeau Braun-Haupt die Rede gewesen. Swantje hatte sich nicht sonderlich darum gekümmert, wer außer ihr im Line-up der Weimarer Meisterkurse stand, auch wenn das in diesem Jahr besonders beachtlich ausgefallen war. Ein russischer Geigenstar, eine in der Schweiz lebende Violinvirtuosin aus Georgien, ein bulgarischer Cembalist, ein Hornist aus Australien, ein Pianist aus den USA, ein Liedbegleiter mit Wohnsitz Niederkassel-Mondorf, wo auch immer das im Rheinischen liegen mochte, ein Streichquartett aus Hamburg … die Liste war lang und international besetzt.

Neben den Instrumentalstars, die Workshops für Soli und Kammermusik anboten, gab es auch zwei für aufstrebende Gesangstalente. Mit „Vokaltechnik und Interpretation" hatte Swantje ihren Kurstitel eher allgemein gehalten, der andere galt dem Lied, also dem klassischen Kunstlied.

Der Rolle des absoluten Stars in der Riege der Kursleitenden hatte sich Isabeau Braun-Haupt angenommen, auch wenn ihre aktive Zeit als Sopranistin eine ganze Weile zurücklag. Bis auf wenige, gelegentliche Meisterkurse gab sie seit Jahren ausschließlich Privatstunden in ihrem Haus am Attersee.

Ihr Ruf als Mozartinterpretin und Liedsängerin war immer noch so groß, dass über die Art, wie sie mit Studierenden umging, eher unter der Hand gesprochen wurde oder nach dem dritten Sauternes. Swantje hatte mir ein paar Anekdoten erzählt und auch berichtet, dass der Star und sie ein einziges Mal in demselben Konzert mitgewirkt hatten. „Da war ich noch ganz am Anfang und wusste es nicht besser."

Aber so dringlich die Vermeidung von Begegnungen mit Isabeau Braun-Haupt sein mochten, der Grund, weshalb ich mit nach Weimar gekommen war, bestand in einem, nun ja, eher privaten Problem.

„Weißt du“, hatte Swantje gesagt, „unter den Anmeldungen ist jemand, die reist mir seit ein paar Jahren nach …“

„Eine von deinen Superfans?“, hatte ich gefragt und noch gelacht.

„So gibt sie sich gerne. Ja. Das wäre doch auch ganz okay. Es schmeichelt ja durchaus. Selbst wenn ich nach den Vorstellungen sowieso meistens einfach nur noch heim will. Aber das Spalier am Bühneneingang gehört eben zum Job. Ich glaube, ich werde klammheimlich enttäuscht sein, wenn das einmal aufhört.“ Sie hatte geseufzt. „Ach was soll's. Ich will nicht länger um den Brei herumreden. Der ist sowieso nur lauwarm. Höchstens. Also die Sache ist die …“

Eine ihrer besonders hartnäckigen Fans war aufstrebende Sängerin und erhoffte sich von der Meinigen weitaus mehr als ein weiteres Autogramm. Sie ließ kaum eine Gelegenheit aus, Kontakt zu Swantje aufzunehmen, und besuchte selbstverständlich auch deren Meisterkurse. Wäre es nur um einen Karrierevorschub gegangen, hätte Swantje das mit einem Lächeln abgetan. Sie ist da sehr prinzipiell unterwegs und unterstützt Talente gerne. Aber bei dem Superfan waren wohl auch private Absichten im Spiel. Und wie lässt sich das formulieren, dass es da nichts zu hoffen gibt, ohne zu verletzen, aber dafür mit der Aussicht, in Zukunft eventuell gemeinsam auf einer Bühne stehen zu dürfen und ein entspanntes, kollegiales Miteinander pflegen zu müssen?

Ich würde also mitkommen, um die treusorgende Gattin zu mimen und die letzten Tage meines Urlaubs bei den Meisterkursen absitzen.

„Nimm dir am besten etwas zu lesen mit“, hatte Swantje gesagt.

Gut gewappnet mit dem neuen Roman von Karen-Susan Fessel in der Tasche harrte ich der Dinge, die da kommen mochten oder eher, die ich verhindern sollte.

Die befürchtete Konfrontation fiel allerdings aus, da sich der Superfan nach einem positiven Corona-Test sehr kurzfristig hatte abmelden müssen. Ich blieb dennoch, denn zum einen höre ich Swantje gerne zu, selbst beim Unterrichten. Zum anderen hatte sie wirklich talentierte Studierende, die mich mehr als einmal aufhorchen ließen.

Swantje ging mit allen sehr freundlich um. „Es hat doch überhaupt keinen Sinn, gleich draufzuhauen", hatte sie mir vor einiger Zeit anvertraut, „Sänger*innen sind nun einmal nachwachsender Rohstoff. Gut, manche bleiben roh, aber veredelt wird nicht an der Wurzel. Sowieso muss sich erst einmal zeigen, wohin sich das Talent neigt, bevor ein Spalier gesetzt werden kann. Eine Stimme lässt sich nun einmal nicht zwingen in ihrer Entwicklung. Die muss selber wissen, wohin sie wachsen will. Fixierung als Rankhilfe funktioniert allenfalls bei Hopfen. Oder bei Bohnen."

Ich muss nicht weiter ausführen, wer bei uns in Arnstadt im Garten werkelt, nicht wahr? Zurück also nach Weimar, oder genauer, auf den Belvedere oberhalb der Stadt. In den Räumen des dortigen Musikgymnasiums, das gerade seine Sommerferien genoss, veranstaltete die Hochschule „Franz Liszt" auch in diesem Jahr ihre Meisterkurse.

Da saß ich also und folgte mit gelegentlichem Aufhorchen dem Unterricht. Der lief auch außerhalb des tatsächlichen Singens recht harmonisch ab. Ein einziges Mal hatte ich gespürt, dass Swantjes Geduld endlich war. Eine Studentin, die mit bereits abgeschlossenem Master aus Tokio nach Deutschland gekommen war, um noch ein Studium anzuhängen, wollte die Verkündigungsszene in Händels „Messiah" unbedingt singen, ohne mehr als die kurzen Orchesterzwischenspiele zum Atemholen zu verwenden. Vielleicht lag es an der Aufregung, aber Fumiko Osokawa verstand weder auf Deutsch noch auf Englisch, dass die Sache so nicht funktionieren konnte und die korrekte Aussprache sich obendrein von dem unterschied, was sie sang.

Eine Weile hörte sich die Meinige das mit stoischer Gelassenheit an. Sie griff erst ein, als sie bemerkte, dass die Sopranistin gegen Ende der reichlich langen Notenlinien immer wieder in Luftnot geriet.

„Atmen", sagte Swantje.

Die Studentin nickte und versuchte es wieder, mit dem gleichen Ergebnis. Beim dritten Ansetzen griff Swantje nach einem Bleistift und kam zum Notenpult.

„Schauen Sie. Hier, an dieser Stelle, geht das gut mit dem Atmen. Hier auch. Hier könnten Sie innehalten. Und wenn Sie wollen, auch da." Swantje zeichnete mit ihrem Bleistift die Stellen an. Leider sah die Japanerin nicht wirklich in die Noten, sodass die Hinweise nicht viel nutzten.

„Hören Sie, Fumiko-san …"

Die Japanerin nickte beflissen.

„Singen ist ein bisschen wie Sterben. Wenn Sie mit dem Atmen aufhören, ist beides schnell vorbei."

Fumiko Osokawa lächelte höflich.

„Ohne Atem kann niemand singen, jedenfalls nicht lange. Erst verreckt die Stütze, dann der Ton …"

Und zum Schluss Sie selbst, setzte ich den Satz in Gedanken fort. Es handelte sich um einen Kalauer, den Sänger*innen ziemlich lustig finden können. Der Kurs lachte jedenfalls und auch Fumiko stimmte ein.

„Ah so desu", sagte sie, „mehr Luft. Hai. Wakarimasu."

„Aber nicht alle auf einmal", antwortete Swantje. „Pausen sind wichtig. Für das Atmen wie für das Publikum, damit es besser versteht, um was es eigentlich geht. Immer wenn Sie Luft holen, haben die Zuhörenden Zeit, etwas abzuspeichern. Natürlich müssen Sie nicht alle drei Wörter auf das Publikum warten. Aber je mehr Stellen sie wissen, an denen das Atmen möglich sein kann, desto freier werden Sie. Und umso genauer bekommen Sie ein Gefühl dafür, wo es nötig ist. Für Sie wie für das Publikum."

Die Sopranistin nickte und tippte mit dem Zeigefinger auf Swantjes Markierungen. „Das ist viel, vieles möglich."

„Und wenn Sie in die Noten schauen, können Sie immer noch entscheiden, ob Sie sterben wollen oder singen."

Swantje lächelte und Fumiko Osokawa machte eine Verbeugung.

„Singen Sie es noch einmal, Fumiko-san. Suchen Sie sich aus, wo Sie das mit dem Zwischenatem machen. Eine Stelle. Vielleicht schauen Sie heute Abend noch einmal in die Noten. Und morgen Nachmittag probieren wir aus, welche anderen Varianten für Sie infrage kommen können."

Fumiko-san holte Luft, nickte dem Klavierbegleiter zu und sang. Mit Atempausen. Dann strahlte sie und die Kursteilnehmenden applaudierten. Sie deutete eine Verbeugung an und machte Platz für den nächsten.

Im Gegensatz zu Isabeau Braun-Haupt, die alle aktiven Kursteilnehmenden genau eine Stunde lang unterrichtete, um dann den nächsten Namen aufzurufen, für den sie sich wohl spontan entschied, hatte Swantje mit ihrem Workshop abgemacht, die Reihenfolge auszulosen. Nach jeweils einer halben Stunde wollten sie wechseln, und am Ende der Woche würden alle drei Stunden Einzelunterricht vor Publikum gehabt haben.

„Es geht nicht an, dass Sie die ganze Zeit auf heißen Kohlen sitzen und sich nicht entscheiden können, ob Sie fürchten, gleich dran zu sein, oder ob Sie das hoffen."

Vorsichtiges Lachen war als Antwort gekommen.

„Am meisten lernen Sie sowieso beim Zuhören“, hatte sie erklärt, „und ich erwarte von Ihnen, dass Sie von Ihren Kollegen und Kolleginnen hier im Workshop mindestens so viel lernen wie von dem, was ich Ihnen sage. Besser wäre es natürlich, wenn es sogar mehr wäre, denn wie jemand anderes etwas umsetzt, kann Ihnen selbst auch weiterhelfen.“

Schnell entwickelte sich ein kollegialer Umgang zwischen den Studierenden. Während sie in den Kaffeepausen munter plauderten, eine gemeinsame Chatgruppe in ihren Handys einrichteten und miteinander lachten, erwies sich das Klima im Parallelkurs als deutlich anders.

# KAPITEL 3

*Adel verpflichtet, gelegentlich auch zu Manieren.*

Swantje hatte mit den Schultern gezuckt, als ich sie in einer ruhigen Minute darauf ansprach. „Die Methoden von Dame Isabeau sind bekannt. Und nicht nur ihre Methoden, sondern auch, welchen Typ sie bevorzugt, wenn sie unterrichten soll."

Schnell war klar, dass Swantje nicht einen Stimmtyp meinte, sondern es ganz handfest um Herkunft und Hautfarbe ging. Und selbst wenn die den Ansichten von Dame Isabeau entsprachen, war diese nicht gerade zimperlich mit den ihr Anvertrauten.

„Es gilt in gewissen Kreisen sogar als Ehrenzeichen, mehr als eine Stunde bei ihr zu überstehen. Dafür zahlen sie auch noch, und das sehr ordentlich, um sich fertigmachen zu lassen. Verrückte Welt."

Einmal mehr ein Anlass, mich zu wundern über die Zustände in der klassischen Musikszene, aber die Zeit verging auch ohne Grübeleien schnell. Ich hatte ja sowieso mein Buch dabei und Swantjes Studierende sangen wunderbar.

Allerdings gab es auch einiges an anderweitiger Ablenkung. Bereits am ersten Nachmittag war die Sekretärin zu Swantje gekommen. Nein, mit ihrer Lehrtätigkeit war alles in Ordnung, die Studierenden waren begeistert. Die Sekretärin machte sich eher Sorgen um den Kurs von Dame Isabeau.

„Sie kommt wohl schlecht damit zurecht, dass ein Großteil unserer Studierenden … wie soll ich sagen … nun ja …"

Ich hatte bei dem Vorsingen zugehört, als entschieden wurde, wer aktiv am Kurs teilnehmen durfte und wer sich auf das Zuhören beschränken musste. Kurz gesagt, der prozentuale Anteil an Blondschopfen auf der aktiven Seite entsprach nicht dem der Gesamtbevölkerung. Bei Weitem nicht.

„… keine Biodeutschen sind“, vervollständigte ich also.

Die Sekretärin nickte zögernd und war sehr erleichtert, als Swantje zusagte, ihren Kurs für diejenigen zu öffnen, die nicht in Dame Isabeaus Kriterienraster passten.

„Ich weiß genau, wie das ablaufen wird“, raunte sie mir zu, „Sie hat sich schon vor dem Vorsingen entschieden, mit wem sie arbeiten will. Selbst bei denen beträgt sie sich schlecht und macht das Talent erst einmal nieder. Und schon bald wird an die Tür des Sekretariats geklopft. Auch wenn in der Ausschreibung steht, dass auf keinen Fall etwas erstattet wird, außer die Hochschule sagt selbst ab.“

Sie können sich vorstellen, dass ein Meisterkurs von fünf Tagen Dauer nicht gerade für kleines Geld zu haben ist. Dazu Fahrtkosten, Übernachtung, Essen … Da wird sehr gründlich überlegt, ob der Kurs nicht doch zu überstehen wäre.

Dass Dame Isabeau Studentinnen mit „Kindchen“ ansprach, statt sich den Namen wenigstens für die Kursdauer zu merken, war noch das Harmloseste. Bereits am Nachmittag des ersten Kurstages hatte eine Studentin die Tür hinter sich zugeschlagen und das Kurssekretariat besucht. Dank der Absage des Superfans war schon da ein Slot bei Swantje frei, sogar für eine aktive Teilnahme. Da Isabeau Braun-Haupt sich auch weiterhin einiger durchaus rassistisch verstehbarer Kommentare nicht hatte enthalten können, wiederholte sich das Szenario am nächsten Morgen und das nicht zum letzten Mal. Beim dritten Besuch der Sekretärin begann Swantje, die Angelegenheit amüsant zu finden. Allerdings dauerten die Meisterkurse fünf Tage und beim Bergfest mussten weitere Stühle für ihren Workshop gebracht werden.

Swantje trug es mit Fassung und hing allabendlich noch zwei Stunden an ihre regulären Kurszeiten an, denn ihre Kulanz sollte sich selbstverständlich nicht zu Ungunsten derjenigen auswirken, die von Anfang an auf den Unterricht von Dame Isabeau verzichtet hatten. Dass unsere gemeinsamen Abende von einer gewissen Erschöpfung meines lieben Schwans begleitet wurden, mussten wir wohl hinnehmen, auch wenn wir uns die Zeit in Weimar deutlich anders vorgestellt hatten.

Isabeau Braun-Haupt selbst zeigte sich eher unterwältigt von der Gesamtsituation. Der Exodus derjenigen, denen sie allenfalls eine passive Teilnahme hatte gönnen wollen, war mehr als deutlich, und sie lastete ihn nicht ihrem eigenen Verhalten an, sondern Swantje, natürlich ohne anzumerken, wie wichtig ihr ein Publikum war. Mich überraschte es nicht, dass auch die Nicht-Aktiven zu Swantje wechselten, die gute Stimmung in ihrem Kurs machte keinen Unterschied zwischen denjenigen, die an einem Werk arbeiteten, und den anderen.

„Zuhören ist auch Arbeit", hatte Swantje gleich am ersten Tag betont. „Glauben Sie bitte nicht, nur weil jemand nicht singt, dass nichts geleistet wird. Und nutzen Sie unbedingt die Gelegenheit ihrerseits zuzuhören. Nicht nur denjenigen, die auch aktiv mitwirken. Sprechen Sie miteinander, ein so fachkundiges Publikum finden Sie selten."

Natürlich hatte der Kurs pflichtschuldigst gelacht, aber am Abend erklärte Swantje mir, dass gerade das Feedback der passiv Teilnehmenden sehr oft an grundlegende Dinge rührte. „Es ist so leicht, als Sängerin oder Sänger arrogant zu werden und nur noch auf sich selbst zu hören. Wenn dir das schon in einem Kurs passiert, wo es um nichts geht, außer vielleicht, wenn du Glück hast, um

Vernetzung, dann machst du es im Beruf sehr bald genauso."

Natürlich kam das im Kurs gut an. Isabeau Braun-Haupt hingegen verzog das Gesicht, wenn sie Swantje nur sah.

Sie hatte sich bereits zweimal bei der Sekretärin beschwert, wie laut es doch nebenan zuging und dass diese ständige Applaudiererei alle Naslang dem Rahmen eines Meisterkurses ganz sicher nicht angemessen sei. Ja, tatsächlich, ihre Konzentration war gelegentlich sogar durch Gelächter gestört worden, berichtete sie gerade empört, als wir durch die Tür des Pausenraums für die Lehrkräfte traten.

Swantje zog zunächst nur eine Augenbraue hoch. Doch dann bestand Dame Isabeau darauf, dass es hier schließlich um Kunst ginge, und mein lieber Schwan fühlte sich bemüßigt, doch zu reagieren.

„Sie irren sich, meine Beste", sagte sie milde und mir schien schon allein durch diese Anrede der Kammersängerinnen-Blutdruck anzusteigen.

„Aber selbstverständlich geht es hier um Kunst!"

Swantje lachte. „Kunst? Die Malschule sitzt unten in der Stadt, gleich beim Oppelschen Garten. Aber, gut, das war ein Kalauer. Dennoch, ich bleibe dabei, nicht um Kunst geht es hier, es geht um Musik."

„Hören Sie, Kindchen, das muss ich mir nicht bieten lassen!", empörte sich Dame Isabeau.

Swantje lächelte schweigend, was natürlich noch mehr reizte. Schon begann eine Tirade, bei der „Frechheit" noch als harmloseste Bezeichnung auftauchte. Irgendwann musste jedoch auch die Kammersängerin trotz ihrer beachtlichen Zwerchfelltechnik Luft holen.

„Na, geht's jetzt besser?" Swantje konnte ein absolutes Biest sein, wenn sie nur wollte. Zum Glück wollte sie es selten, aber hier und jetzt war es eindeutig so weit.

Dame Isabeau schnappte tatsächlich hörbar nach Luft.

„Item", Swantje hielt tatsächlich einen Zeigefinger hoch, „wenn es Ihnen tatsächlich um Kunst geht, warum sorgen Sie dann dafür, dass eine Luana del Rio y Montoya sich weigert, auch nur eine Minute länger in Ihrem Workshop zu sitzen? Sie könnten eine der begabtesten Sängerinnen unterrichten, die Costa Rica aktuell zu bieten hat, aber tun Sie es? Nein."

Die blonden Highlights im Haar der Studentin hatten Dame Isabeau nicht nachhaltig einbremsen können.

Swantje hob den zweiten Finger. „Item, wenn es Ihnen tatsächlich um Kunst ginge, hätten Sie Kaisha Washington, die hochinteressante Lieder von Florence Price vorbereitet hat, als aktive Teilnehmerin zugelassen, statt ihr zu raten, es mit Gospelsongs zu versuchen."

Auch diese Sängerin war in Swantjes Kurs untergeschlüpft.

„Das … das … das muss ich mir …" stammelte Dame Isabeau.

„Item", der dritte Finger war oben, „Travis Tuala hat im vergangenen Jahr den Publikumspreis beim Internationalen Schubertwettbewerb in Dortmund gewonnen. Aber Sie verlangen, dass er erst einmal anständig Deutsch lernen soll. Kann es sein, dass Sie es nicht ertragen, wenn ein Tenor aus Samoa der geborene Liedinterpret ist?"

Dame Isabeau war eindeutig schockiert, wie sie mit offenem Mund im Raum stand. Hatte ihr vor Swantje noch nie jemand die Leviten gelesen?

„Item", nun zeigte Swantje vier Finger, „Sie unterbrechen Ihre Studierenden gerne noch im ersten Takt. Das ließe sich, ich gebe es zu, als eine Kunst ganz eigener Art betrachten, aber was Sie in erster Linie damit tun, ist verunsichern und Kunst von vorneherein verhindern. Und, offen gestanden, das ist nicht Kunst, sondern schlicht ein

Zeichen mangelnder Manieren. Was mich zu einem weiteren Punkt bringt."

Mittlerweile zeigte die Kammersängerin eine Gesichtsfarbe, die wirklich nicht mehr als gesund bezeichnet werden konnte. Aber Swantje hob ungerührt auch den Daumen.

„Item, eine Sache, die mich betrifft, oder eher, Ihren Umgang mit mir. Als Dame Commander of the Most Excellent Order of the British Empire sollten Sie wissen, dass es Ihnen nicht zusteht, die Tochter des Viscounts Ranelagh mit Kindchen anzusprechen."

Neben Swantjes Alter verschweigen die offiziellen Biografien auch den väterlichen Titel. Ihr ist das lieber so. „Der hat nichts mit der Karriere zu tun, obwohl, gelegentlich ist er sogar hinderlich. Zum Glück interessiert sich die Klatschpresse nicht für Klassik", hatte sie mir ziemlich früh in unserer Beziehung anvertraut. „Aber natürlich ist die Sache bekannt. In den entsprechenden Kreisen. Man spricht nicht drüber, es wissen nur alle Bescheid."

Ob Dame Isabeau zu den Eingeweihten gehört hatte, konnte ich aktuell nicht klären, da sie nur noch leise röchelte und umgehend den Pausenraum verließ.

Aus der hinteren Ecke erklang leiser Applaus.

„Brava!" Ilian Petrow, der bulgarische Cembalovirtuose, strahlte. „Bin ich froh, dass Sie gesprochen langsam genug. Ich konnte sehr gut verstehen. Brava!" Er ergriff Swantjes Rechte, beugte sich darüber und deutete einen formvollendeten Handkuss an. „Das war Kunst. Und Musik."

Die Sekretärin der Meisterkurse lächelte schwach. „Ich würde Ihnen gerne meine Hochachtung aussprechen. Aber jetzt muss ich erst schauen, wie ich Dame Isabeau wieder beruhige." Sie zuckte mit den Schultern. „Ach was. Das war es wert."

Erstaunlicherweise gab es in den nächsten Kurspausen keine weiteren Anhustungen. Dame Isabeau verzog zwar immer noch ihr Gesicht, sobald sie Swantje das Haus betreten sah, aber es kam weder zu einer Aussprache noch sah sich die Kammersängerin bemüßigt, beispielsweise nachzuhaken, warum ich eigentlich die ganze Zeit dabei war. Im Stillen bedauerte ich zumindest dies. Ich war bestens vorbereitet und hatte mir vorgenommen, meinen Dienstausweis zu zücken und etwas von „Personenschutz, gehen Sie bitte weiter" zu murmeln. Das wäre nicht einmal sehr geflunkert gewesen, Swantje hatte in Interviews betont, sie denke nicht, dass sie in nächster Zeit in St. Petersburg und am Bolschoi-Theater auftreten werde, da sie die Verträge unter anderen Voraussetzungen unterzeichnet hatte. Die Reaktionen in den sozialen Medien waren, gelinde gesagt, heftig gewesen.

Bisher hatte sich niemand bei den Meisterkursen eingefunden, um die Angelegenheit auszudiskutieren, aber das bedauerte ich noch weniger als den Umstand, dass ich in meiner vorbereiteten Rolle nicht zum Einsatz kam.

Nachdem der Exodus aus dem Kurs der Kammersängerin verebbt war, verliefen die weiteren Unterrichtstage angenehm ungestört. Mein Buch war längst ausgelesen, aber Swantje hatte wirklich hervorragende Studierende. So überzeugte uns Fumiko-san bei ihrer Schlussrunde mit stupender Atemtechnik und ausgefeilter Pausendisposition.

Traditionell endeten auch in diesem Sommer die Weimarer Meisterkurse mit einem Matineekonzert der Studierenden. Ebenso traditionell gab es am Vorabend in den historischen Räumen des Belvederes ein Galadiner für die Dozentinnen und Dozenten, die sogar einen Gast mitbringen durften. Das wollte ich mir natürlich nicht entgehen lassen und nahm neben Swantje Platz. Auf meiner anderen Seite saß Ilian Petrow, der als Begleitung Andreea Doina mitgebracht hatte. Die junge Sopranistin würde sich demnächst als Sophie Faninal so heftig wie unvermittelt in den Rosenkavalier verlieben. Also in Swantje. Die Proben an der Oper Erfurt sollten in der nächsten Woche beginnen.

Gegenüber am Tisch saß Isabeau Braun-Haupt, die den Präsidenten ihres Thüringer Fanclubs mitgebracht hatte. Natürlich war ihr der Ehrenplatz neben dem Veranstalter zugedacht worden. Immerhin handelte es sich bei dem Hochschulpräsidenten um einen ehemaligen Meisterschüler, der ihr immer noch gewogen war, vielleicht, weil sein Studium auch schon eine Weile zurücklag.

Das Diner war so gut, wie man es von einem in solchen Dingen erfahrenen Caterer erwarten konnte. Das Ambiente in dem denkmalgeschützten Gartenhaus des Belvedere-Ensembles trug zur festlichen Atmosphäre bei und an der Tafel sorgte der großzügig nachgeschenkte Wein aus der Saale-Unstrut-Region für beste Laune. Selbst etliche Anmerkungen der Stargästin über ausländische Studierende, die erst einmal ordentlich Deutsch hätten lernen sollen, bevor sie nach Weimar kamen, konnten die allgemeine Stimmung nicht nachhaltig stören.

Zumindest ging es bis kurz vor dem Dessert gut. Dann hatte Andreea Doina genug. „Wenn wir es genau nehmen wollen, Frau Kammersängerin", sie lächelte, „sind dann nicht auch Sie Ausländerin, hier in Deutschland, ich meine, so als Österreicherin?"

War es der Wein, der für die roten Flecken auf den Wangen Isabeau Braun-Haupts sorgte? Oder war es ein wenig Zorn darüber, dass ihr nicht so schnell eine Antwort einfiel? Endlich kam ein „Aber Sie … Sie san doch a nöd vun da?"

„Ganz recht." Andreea Doina hob ihr Glas. „Ich komme aus Rumänien. Aber immerhin habe ich … einen deutschen Pass."

Die Kammersängerin sah ihre Chance. „Bittschön, den hau'n's aber doch erst kriegt, nachdem sie Deutsch glernt hom."

Nun lachte Andreea, eines dieser perlenden Bühnenlachen, die noch in der sechzehnten Reihe zu hören sind. „Ach, Frau Kammersängerin. Ich spreche akzentfrei Hochdeutsch, seit ich vier Jahre alt bin. Wann, meinen Sie, wird es denn bei Ihnen so weit sein?"

Dame Isabeau fehlten die Worte. Hörbar schnappte sie nach Luft. Swantje versteckte ein Kichern hinter ihrer Serviette und der Virtuose tätschelte sanft die Hand seiner milde lächelnden Sopranistin.

Der Hochschulpräsident sah sich genötigt einzugreifen. „Das, meine Damen, wäre vielleicht ein Thema fürs Kamingespräch? Nach dem Dessert gibt es ja noch den Umtrunk nebenan."

„Vielleicht sollten wir uns erst einmal dieser ausgezeichneten Crème brûlée widmen." Die Meinige lachte. „Oh weh, schon wieder ein Ausländer, und das nicht nur am Tisch, sondern sogar darauf!"

Die Tafelrunde rettete sich in ein freundliches Lachen, während die Kammersängerin ihr soeben neu gefülltes Glas in einem Zug leerte und Swantje böse anstarrte.

Der Umtrunk nach dem Dessert fand wie angekündigt nebenan statt. Während sich der Fanclubpräsident verabschiedete, um den Zug nach Hause nicht zu verpassen, befleißigte sich Dame Isabeaus Meisterschüler, sie mit Champagner zu umsorgen. Swantje und ich beließen es bei einem Digestif und spazierten dann gemütlich zu dem Hotel nahe beim Schlosspark, das von der Musikhochschule für die Kursleitenden gebucht worden war. Swantje hatte kurzentschlossen für ein sehr komfortables Upgrade gesorgt. „Klar könnten wir auch jeweils heim", hatte sie beschlossen, „aber wenn schon, denn schon. Wer weiß, wie lange das gehen mag. Und für das Matineekonzert will ich ausgeschlafen sein. Nichts wäre peinlicher, als wenn ich bei einem meiner Studis mittendrin einschlafe oder bei einer von der Braun-Haupt."

Natürlich würden nicht alle Teilnehmenden etwas vortragen. Der Cembalist hatte mit den anderen Dozierenden vereinbart, einfach in ihren Kursen zu losen. „So haben alle eine Chance und niemand kann sagen, es wäre Bevorzugung."

Es ist nicht notwendig zu erwähnen, wer sich an diesem Konzept nicht beteiligen wollte, denke ich. Auch über die Hotelnacht werde ich nicht mehr erwähnen, als dass wir beide mit zufriedenem Lächeln einschliefen.

Dass der Wecker noch vor der Eröffnung des wirklich ausgezeichneten Frühstücksbuffet klingelte, konnte zumindest Swantjes gute Laune nicht trüben. Sie war allerdings doch etwas zögerlich, unsere Joggingrunde zu beginnen, die seit ein paar Monaten zu unseren gemeinsamen Morgenritualen gehörte. Die gestrige Crème brûlée war jedoch ein Argument, davon nicht abzuweichen. Ich wollte den Belvedere-Park einmal ohne touristische Ohs und Ahs und „Ach, da sollten Sie mal nach …" erleben, also trabten wir in diese Richtung los. Allerdings war es dann nichts mit der großen Runde durch die Anlage. Lautes Rufen der Schwäne empfing uns. Irgendetwas irritierte sie und wir fanden nur allzu schnell heraus, was das war. Vor der Orangerie ragten zwei Füße über den gemauerten Rand des Springbrunnens. In der Morgensonne glänzten die Schuhsohlen rot, was die zu Brunnenfiguren stilisierten Delphine jedoch ungerührt ließ. Wir traten näher heran, aber mehr als die Polizei zu verständigen, konnten wir für Isabeau Braun-Haupt nicht tun. Das Abschlusskonzert wurde abgesagt, aus Pietätsgründen.

Selbstverständlich folgte eine Untersuchung, bei der auch der Fanclubpräsident befragt wurde. Da es in dem Zug in sein Dorf hinter Gotha eine Fahrkartenkontrolle gegeben hatte, bei der sich sein Ticket als ungültig erwies, konnte er rasch ein hieb- und stichfestes Alibi vorweisen. Der Obduktionsbefund ließ eventuelle Fremdeinwirkung offen, zählte jedoch lediglich diffuse Spuren auf, aber nichts, was einen Unfall eindeutig widerlegen konnte. Hingegen wurden beachtliche Mengen an Alkohol im Blut festgestellt. Ich erspare Ihnen die weiteren Details, in denen eine Vollcorsage mit Stahlrippen, die die Beweglichkeit der Trägerin vermutlich einschränkten, eine ebenso große Rolle spielte wie die Prellung des Nasenbeins. Es musste nicht ausschließlich am Alkohol gelegen haben, dass sich Isabeau Braun-Haupt nicht mehr hatte aufrichten können. Die Befragung der anderen Gäste ergab zwar Hinweise, dass Swantje wie auch Andreea Doina gewisse Ressentiments gehegt hatten, aber klare Hinweise, dass eine von beiden oder gar beide … immerhin versicherte der Cembalovirtuose ebenso wie ich, dass ein Alibi für die von der Obduktion festgelegte kritische Zeitspanne bestand.

# KAPITEL 4

*Die Bundespolizei kommt zum Hausbesuch.*

Wir hatten ein paar Wochen gehabt, um die Sache mit der toten Kammersängerin ein wenig zu verarbeiten, aber nun, mit dem Kammersänger als zweiter Leiche und das am Sonntagmittag … ganz sicher war das nicht die Art von Sommer, die Swantje und ich schätzten. Da die Klärung der Frage, ob die Premiere verschoben werden musste oder ob vielleicht doch ein Ersatzochs aufzutreiben war, dem Intendanten und dem Künstlerischen Betriebsbüro der Oper oblag, konnten wir den restlichen Sonntag immerhin dazu nutzen, einander auf andere Gedanken zu bringen.

Wie uns das gelang, tut hier und jetzt nichts zur Sache, ich belasse es bei der Erwähnung unserer extrabreiten Couch, die wir wegen genau dieser Eigenschaft ins Wohnzimmer gestellt hatten. Einigermaßen erholt starteten wir in die neue Woche.

Am Montagmorgen eröffnete mir mein Chef, dass er eine sehr ehrenvolle Aufgabe für mich habe. Solch eine Formulierung verspricht meist nichts Gutes, und so war es dann auch.

„Da habe ich natürlich meinen besten Mann … ach, was, du weißt schon, wie ich das meine."

Korrektes Gendering ist nicht seine Stärke. Gut, wir schreiben ja auch erst das dritte Jahrtausend, da wäre so etwas wohl ein bisschen viel verlangt. Aber ich lenke ab – und, ja, ich weiß, wieder einmal. Kein Wunder. Die Aufgabe, die er mir zudachte, war eine, um die sich kaum jemand gerissen hätte. Ich möge mich nach Erfurt begeben, um dort bei einer Taskforce mitzumachen, die unter der Leitung der Bundespolizei dem sich zunehmend professionalisierenden Schmuggel Einhalt gebieten sollte.

Dem Vernehmen nach zeigt sich die Bundespolizei nicht gerade zimperlich, wenn es um das Verteilen der Zuständigkeiten geht. Meist sei das Ergebnis dabei, dass Team Bund die Hände frei hat, um etwaigen Ruhm einzuheimsen … nun gut. Das war ganz bestimmt ein Vorurteil. Ganz bestimmt. Sicher. Aber ja.

Jedenfalls sollte ich die Verbindung zwischen Bund und Land, also dem Freistaat Thüringen, sicherstellen. Liaison klang nicht wirklich nach Laufarbeit, sondern nach Aktenproduktion und damit eher entfernt von Situationen, in denen der Ruhm kleckerbereit stand. Glamourfaktor gegen Null. Oder eher, je nach Gesamtleitung, in Permafrostregionen.

Bevor nun jemand etwas in Sachen Klimawandel erwähnt: Tatsächlich stellt der bandenmäßig aufgezogene Schmuggel auch in Thüringen längst ein größeres Problem dar. Zwar grenzt der Freistaat nicht an das mehr oder weniger befreundete Ausland, aber die geografische Lage macht ihn zu einer beliebten Drehscheibe. Und geschmuggelt wird im Grunde alles. Schon lange geht es nicht mehr in erster Linie um unverzollte Zigaretten wie nach der Wende, als in den Eingangsbereichen der schnell aus dem Boden gestampften Einkaufszentren bunte Kartons mehr oder weniger diskret weitergereicht wurden. Der Markt hat sich diversifiziert und mittlerweile bringen gefälschte Autoersatzteile sowie Pülverchen und Medikamente nicht allein die Steuerbehörde in Rage, sondern stellen auch ein erhebliches Sicherheitsrisiko dar. Da musste die Frage nach dem Glamourfaktor wohl hintanstehen. Also machte ich mich auf Richtung Erfurt.

Das Team für dieses Joint Adventure hatte sich zu meiner Begrüßung etwas ausgedacht. Statt mir die Aktenproduktion aufzudrücken, sollte es zum Einstieg gleich so richtig zur Sache gehen, erfuhr ich, als ich mich in der Erfurter Bahnhofstraße bei der Bundespolizeiinspektion zum Dienst für die Taskforce „Prosper“ meldete. Wer sich diesen Namen ausgedacht hatte, wollte ich lieber gar nicht erst fragen.

„Walter Kaminski“, stellte sich der Kollege vor. „Polizei Sachsen.“ Er lächelte schief. „Frau Rogener, nehme ich an? Was haben Sie angestellt, dass Sie ins Boot kommen?“

„Nichts Justiziables“, antwortete ich knapp. „Sie sind auch als Liaison dabei?“

„Genau.“ Er griff nach seinem Jackett. „Bei uns haben wir Pinnchen gezogen, ganz wie ehrliche Leute.“

„Sie haben natürlich gewonnen.“

„So kann man es auch sehen. Aber wir sollten uns auf den Weg machen. Die anderen sind schon los. Es gab einen Tipp, wir haben eventuell ein Verteilzentrum auf dem Schirm.“

Der Kollege aus Sachsen wippte ungeduldig auf den Zehenspitzen. „Ich erkläre Ihnen das Weitere auf der Fahrt.“

Viele Details gab es allerdings noch nicht. Auf die Nachricht eines Informanten hin war ein Bauernhof nördlich von Erfurt diskret observiert worden. Ackerbau oder Viehzucht schienen in dem Restbestand einer ehemaligen Landwirtschaftlichen Produktionsgenossenschaft schon eine ganze Weile keine größere Rolle mehr zu spielen. Ein Bio-Hof in Gründung nutzte einen Teil der Anlage zur Produktion von Eiern, um die Zeit zu überbrücken, bis das Ackerland den Pestizidbestimmungen des Ökolabels entsprach. Die Produktion fand jedoch in eher überschaubarem Rahmen statt. Dennoch gab es eine stattliche Liste von Fahrzeugen mit ausländischen Kennzeichen, die in den letzten vier Wochen auf dem Hofgelände Station gemacht hatten.

„Und wir haben einen wunderbaren Grund, mal nachzuschauen." Walter Kaminski strahlte. „Es ist Erntezeit. Da kommen wir nicht nur mit den Kollegen von der Gewerbeaufsicht vorbei, sondern auch mit dem Zoll. Der ist schließlich zuständig, wenn es um Arbeitserlaubnisse geht. Da fragen wir ganz freundlich, ob denn all die netten Gäste auch eine solche vorweisen können. Ganz nebenbei schauen wir uns eben um."

Das konnte natürlich auch ordentlich nach hinten losgehen. Ohne richterlichen Durchsuchungsbeschluss musste schon gewaltig Gefahr im Verzug sein, falls dieses Umschauen vor Gericht Bestand haben sollte. Aber wenn es um Sozialabgaben ging, Kranken- und Rentenversicherung sowie all die schönen Sachen, die auch kontrolliert werden wollen … vielleicht genügte das, um mit dem entsprechenden Druck an die Hinterleute des Schmuggels zu kommen? Ob die nun Menschen verschoben, Pülverchen oder Zigaretten, das stellte in erster Linie wohl ein logistisches Problem dar. Ohnehin war es nicht meine Baustelle. Ich war als Verbindungsperson besetzt, nicht als Entscheidungsbefugte. Da konnte ich mir so viele Gedanken machen, wie ich nur wollte.

Der sächsische Kollege, mit dem ich zu dem Zugriffspunkt fuhr, bestätigte mir, dass wir lediglich als Beobachtende vor Ort sein sollten. „Im Grunde ist es schlichtes Sondieren der Lage." Er lachte. „Also, falls du jetzt etwas Dramatisches erwartet hast …"

Als uns klar geworden war, dass wir auf unserer Dienstrangebene die beiden einzigen Nicht-Bundespolizisten waren, hatte sich das „Du" wie von selbst ergeben.

„So mit Mobilem Einsatzkommando, damit machen wir doch nur die Pferde scheu. Fällt also aus wegen is nich. Heute geht es nur um einen schnellen Blick in die Papiere. Und vielleicht, falls es sich ergibt, hinters Scheunentor. Dass wir Ortskenntnis haben, wenn wir tatsächlich zugreifen."

Warum die nicht mit einem diskreten Drohneneinsatz beschafft wurde? Vermutlich ist mir schlicht das Streaming-Abo nicht bekommen, mit dem Swantje ihre gelegentlichen Jetlags bekämpft. Bevor ich nach fliegenden Kameras fragen konnte, stellte Walter den Wagen am Waldrand ab.

„Wir gehen hier einfach quer durch, da kommen wir oberhalb vom Objekt raus."

Eine Verfolgungsjagd war also nicht geplant, jedenfalls nicht für uns. Die wäre vielleicht auch ein bisschen viel gewesen, so als Programm für den ersten Tag im Team. Hier führte ja nicht Til Schweiger Regie.

Wir gingen durch das eher knapp bemessene Waldstück und noch bevor wir den Bauernhof sahen, hörten wir schon aufgeregte Stimmen vielsprachig aufeinander einreden.

„Das hat wohl für ein bisschen Furore gesorgt", meinte der Kollege mäßig begeistert. „Eine diskrete Überprüfung wäre ja eigentlich etwas anderes." Ich musterte ihn von der Seite. Er grinste. „Nun ja. Davon ist ja auszugehen, dass in der Landwirtschaft nicht jeder Janek, Gjon sowie Jovan und all die anderen Johannesse ihre Papiere griffbereit haben. Wer nimmt denn schon den Pass mit, wenn er Gülle fahren geht?"

Einen Düngerwagen entdeckten wir nicht auf dem Hof. Dafür ein paar Mannschaftswagen, diverse Uniformierte und eine Gruppe von gummibestiefelten Männern und Frauen, die energisch auf zwei Anzugträger einredeten. Mit einem Mal heulte ein Martinshorn auf und verstummte nach einer gefühlten Ewigkeit ebenso abrupt. In der plötzlichen Stille war eine leicht schnarrende Stimme zu vernehmen.

„Also, Herrschaften. Die Sache ist ganz einfach. Wir können Sie alle mitnehmen, zur Überprüfung der Personalien. Damit ist Ihr Arbeitstag aber im Eimer. Dafür garantiere ich."

Der Anzugträger schnäuzte sich umständlich. „Oder wir bilden eine ordentliche Reihe, unterlassen das Palaver und bringen es hinter uns. Ihre Entscheidung."

„Darf ich vorstellen?" Der sächsische Kollege reckte sein Kinn in Richtung Anzugträger. „Erster Polizeihauptkommissar Müller Zwo. Unser Anführer. Lass ihn das Zwo bloß nicht hören, wenn du gut mit ihm auskommen willst." Er seufzte. „Ach, ich will keine falschen Hoffnungen wecken. Du wirst nicht gut mit ihm auskommen. Wir von der Landespolizei sind nur Fußvolk in seinen Augen." Sein Blick ging schräg an mir vorbei. „Moment, bitte."

Walter machte zwei, drei schnelle Schritte zu einem Holzstapel. „To nie jest droga naprzód." Seine Stimme klang sanft. „Przejdź wstecz."

Hinter dem Stapel war ein Seufzen zu hören. Dann stand ein semmelblonder Mann vor uns, in einem Pullover mit dem polnischen Adler auf der Brust, in abgewetzten Jeans und an den Füßen die hier wohl obligatorischen Gummistiefel. Walter nickte ihm zu und zeigte mit dem Finger auf die Gruppe. Mit gesenktem Kopf trottete der Mann zurück zum Hof.

„Bevor du fragst. Das war Polnisch."

Ich musste lachen. „Ist das hier die Sendung mit der Maus?"

Der sächsische Kollege nahm es mit Humor. „Hauptsache, Müller Zwo hält dich nicht für den kleinen blauen Elefanten …"

„Oder die Ente, denn wenn die kommt, ist Chaos im Quadrat."

Wir lachten. Aus dem Augenwinkel sah ich, wie der Erste Polizeihauptkommissar auf uns aufmerksam wurde. Er wandte sich zu einem der Uniformierten und sprach auf ihn ein.

„Na, dann wollen wir mal. Bevor wir uns abholen lassen." Walter seufzte. „Denk dran. Keine Zwo. Er ist die Nummer eins. Das ist sehr wichtig. Für ihn. Und für den Arbeitsfrieden."

Wir grinsten uns zu wie zwei Pennäler, deren Lehrer noch nicht weiß, was sie gerade ausgeheckt haben. Dass wir selbst es auch nicht wussten, störte uns nicht im Geringsten und hielt uns auf dem Weg zum Taskforce-Chef nicht auf.

„Kriminalhauptkommissarin Rogener, nehme ich an?" Mit einem Meter Abstand war das Schnarren in der Stimme unüberhörbar. Dass ihm das nicht wehtat? Sein Gesichtsausdruck ließ ahnen, dass der Erste Polizeihauptkommissar etwaige Schmerzen im zwischenmenschlichen Bereich zu kompensieren beliebte. Auch ohne Walters Warnung war klar, dass ich mir bei Müller Zwo besser keine Blöße gab.

„Schön, dass auch Sie Zeit für uns finden konnten", schnarrte der gerade.

Sag darauf nichts, ermahnte ich mich. Egal, was, es wird wie eine Rechtfertigung klingen, und die hast du nicht nötig. Ich beließ es also bei einem höflichen Lächeln und nickte.

„Schön, schön." Müller Zwo musterte mich eingehend und ließ mir so Zeit, seinen akkurat geknüpften Krawattenknoten zu besehen, die diskrete Narbe auf der Wange, den wie mit einem Messer gezogenen Seitenscheitel sowie die beiden Hautschuppen, die es gewagt hatten, sich auf eben diesem Scheitel niederzulassen.

„Möchten Sie vielleicht zu Ihrem Einstand irgendetwas anmerken hinsichtlich dieser Operation?"

Auch das noch, dachte ich. Sollen wir die Rangordnung gleich mit einem Weitpinkelwettbewerb klären, du Schuppenkaspar?

Zum Glück kam einer der Uniformierten heran, mit dem Zollabzeichen auf dem Ärmel. „Sie werden am Funk verlangt, Herr Müller."

Müller Zwo knurrte unwirsch. „Sie sehen doch, dass ich im Gespräch bin", presste er hervor. „Wer ist es denn?"

„Ich bin hier nur der Bote", antwortete der Mann vom Zoll ungerührt. Der Leiter der Taskforce schnäuzte sich erneut und ging dann zum Mannschaftswagen.

Der sächsische Kollege und ich sahen uns wohlweislich nicht an.

Der Erste Polizeihauptkommissar hatte das Funkgespräch ganz offenkundig nicht zu seiner Zufriedenheit beendet. Er stieg in einen dunklen Audi und verließ den Hof.

Nachdem auch der letzte Ausweis beschaut worden war, fuhr ein Mannschaftswagen nach dem anderen davon. Selbst unser semmelblonder Pole hatte ausreichende Papiere vorweisen können, er war wohl lediglich erschrocken angesichts der vielen Uniformierten, wie mir Walter erklärte. Wir blickten noch einmal über das weitläufige Gelände und auch durch das Scheunentor, hinter dem allerdings die Leere vor lauter Langeweile nicht einmal mehr gähnte. Dann machten wir uns auf den Rückweg durch das Wäldchen.

„Hier würde ich gerne mal privat vorbeischauen", meinte der Kollege. „Nach dem Regen der letzten Tage schießen die Pilze doch aus dem Boden wie, nun ja, wie Pilze." Er deutete auf eine Lichtung, die bereits von zwei Sammlern abgesucht wurde. Einen erkannte ich. Paule Wetzkopf, der Leiter der Opernstatisterie. Ganz in der Nähe hatte er eine Datsche, an der wir uns alle traditionell am Johannistag zum Grillen trafen. Gut gelaunt winkte er mir zu. Seine sichtlich gehobene Stimmung rechnete ich nicht der Freude am Wiedersehen mit mir an, sondern der üppigen Pilzausbeute, der er sich schon wieder zuwandt hatte. Zur Adventszeit betrieb Paule im Backstagebereich einen schwunghaften Handel mit Trockenobst, Pilzkonserven und dergleichen. Ich nahm mir fest vor, ihm möglichst bald meine Bestellung durchzugeben. Swantje liebte seine gedörrten Birnenringe und nahm sie als Ohnmachtshappen mit, wenn sie ihre Weihnachtskonzertrunden drehte.

„Ich würde ja vorschlagen, erst einmal irgendwo Mittag zu machen", sagte Walter, als wir wieder im Wagen saßen, „aber was, wenn uns Müller Zwo umgehend einen Eintrag ins Klassenbuch verpasst?"

Das wollte ich an meinem ersten Tag bei der Taskforce nicht riskieren. Auf Kantinenessen konnte ich an diesem Tag ohnehin verzichten, denn ich hatte diese schicke Butterbrotdose mit integriertem Salatfach bei. Ein Geschenk von Swantje. Der Kollege sah entsprechend beeindruckt aus, als ich nach unserer Rückkehr den Kühlakku abzog und in den Eisschrank legte. Schon steckten wir mitten in einem Fachgespräch über wünschenswerte Ausstattungen bei vielstündigen Observationen. Natürlich sind für solche Unternehmungen eher die niedrigeren Dienstränge zuständig, aber die hatten wir ja auch durchlaufen. Mittlerweile zog ich die Aktenproduktion vor. Immerhin galt es bei der nicht, möglichst unentdeckt zu bleiben, und der Gang zur Toilette war auch deutlich unproblematischer.

Während wir plauderten, fiel mir etwas bei der Teamzusammensetzung auf.

„Warum ist eigentlich niemand aus Sachsen-Anhalt dabei?"

Walter wusste Bescheid. „War schon." Er grinste. „Die ist aber seit letzter Woche in Mutterschaftsurlaub. Angeblich und nur gerüchteweise … also, von mir hast du das nicht, steckt der Chef dahinter."

Ich rollte mit den Augen. „Soso. Steckte."

Wurde der sächsische Kollege ein wenig rot um die Ohren? Tatsächlich. Sein Kurzhaarschnitt verdeckte nichts von der ganzen leuchtenden Pracht.

„Du nun wieder." Er seufzte. „Jedenfalls soll ja Ersatz kommen, aber da die Spuren sich aktuell auf Thüringen konzentrieren, ist es wohl doch nicht so eilig."

Nun ja. So ein Mutterschaftsurlaub beginnt ja nicht von einem Tag auf den anderen. Dass sich im Vorfeld niemand um den Ersatz gekümmert hatte, erstaunte mich doch. In Gedanken rechnete ich kurz nach. Wenn Müller Zwo tatsächlich der Grund für die Freistellung war, liefen die Ermittlungen wohl schon eine ganze Weile. Mir graute ein wenig vor dem Einlesen in die Ermittlungsakten. Oder sollte das etwa gar nicht erwünscht sein?

Walter zuckte einmal mehr mit den Schultern. „Vermutlich geht er davon aus, dass du das nach Feierabend erledigen wirst."

Mir würde wohl kaum etwas anderes übrig bleiben, wenn ich meine Begrüßung durch den Ersten Polizeihauptkommissar als Maßstab nahm. Aber in Gummistiefeln durch einen vollbiologischen Hühnerstall zu stapfen, war vermutlich noch unangenehmer, also beschloss ich, mich vorsichtshalber bald hinter die Aktenordner zu begeben.

Am Nachmittag traf sich das Joint-Venture-Team zur Lagebesprechung. Wie ich es mir bereits gedacht hatte, sprach hauptsächlich Müller Zwo. Dass der Ausflug nichts Handfestes erbracht hatte, schien er als persönliche Kränkung aufzufassen. Hatte Walter nicht von einem schlichten Überblick gesprochen, der verschafft werden sollte? Dass sämtliche Papiere der auf dem Hof Anwesenden in Ordnung gewesen waren, tat der Erste Polizeihauptkommissar mit einer lässigen Handbewegung ab. Der sächsische Kollege und ich waren zwar weniger unbekümmert in dieser Sache, aber Müller Zwo gab uns zu verstehen, dass wir uns da schon auf seine Erfahrung verlassen können durften. Ich fragte mich im Stillen, was ich meinem Dienstvorgesetzten wohl angetan haben mochte, dass er ausgerechnet mich abkommandiert hatte und dann auch noch zu dem Schuppenkaspar. Äußerlich war ich natürlich gespannte Aufmerksamkeit. So leicht wollte ich es Müller Zwo nun auch nicht machen. Endlich kam er mit seinen Ausführungen zu einem Ende.

Nach Feierabend holte ich den Kühlakku aus dem Eisfach und spülte meinen Kaffeebecher aus. Das restliche Geschirr, das die Arbeitsfläche in der Teeküche füllte, ließ ich wohlweislich unbeachtet.

Walter lachte. „Glaub ja nicht, ich hätte deinen Blick nicht bemerkt."

Ich grinste. „Tja. Ich werde den Teufel tun …"

Er nickte. „Wenn du das einmal machst, dann wirst du den Rest der Zeit zur inoffiziellen Spülhilfe."

So gerne ich überkommene Rollenerwartungen thematisiert hätte, Feierabend war Feierabend. Ich machte mich also auf den Heimweg nach Arnstadt und freute mich auf Swantje.

# KAPITEL 5

*Das grünäugige Monster hebt sein Haupt.*

Die Freude entpuppte sich als nicht gänzlich ungeteilt. Andreea Doina war zu Besuch, ich traf die beiden im Musikzimmer an, wo sie eng bei einander standen und Noten durchblätterten.

Swantje hatte mir bereits vor Wochen erklärt, dass der Regisseur ein gutes Maß an Nähe zu inszenieren wünschte. Das ist natürlich behutsam ausgedrückt, aber im Zusammenhang mit der Geschichte, oder besser, mit den Geschichten, die „Der Rosenkavalier" erzählt, ist einiges an Assoziativem denkbar. Da ist nicht nur die Eröffnungsszene, in der der junge Herr Rofrano neben seiner Geliebten liegt und nicht erst gerade in diesem Moment aufgewacht ist. Das Orchester lässt da eine Menge nicht nur angedeutet. Der Ochs auf Lerchenau ist ohnehin mehr der haptische Typ, der alle gleich anfassen möchte, und dass sich der Brautwerber und das Fräulein Braut in spe näherkommen, ist ja der eigentliche Plotdreh.

Dass also Swantje und Andreea Doina so eng beieinanderstanden, konnte der Probensituation geschuldet sein. Oder suchte gerade die eine bei der anderen Trost? Immerhin war durch das Hinscheiden des Barons die Premiere gefährdet.

Auch wenn Oskar-Maria Freckenhagen ein Unsympath erster Kategorie gewesen war, wer würde in solch einer Situation einfach zur Tagesordnung und zum regulären Probenbetrieb übergehen, besonders wenn nicht einmal geklärt war, ob die Premiere überhaupt stattfinden konnte?

Zugegeben, Andreea machte eine Miene, als ob sie nach Kräften vermeiden würde zu zeigen, dass ich in etwas hineingeplatzt war, was ich nicht unbedingt wissen sollte. Wie geheim waren denn am Abend nach der Einführungsmatinee Details der Inszenierung noch? Und wie lange wollte ich mir weiterhin vormachen, dass ich das Ende einer ganz normalen Privatprobe erlebte?

Wenn die Lebensabschnittserheiterin sich seit Jahren konsequent gegen eine Heirat ausspricht und andererseits so manche Fans beliebigen Geschlechts nicht zwischen Bühnenausstrahlung und Privatperson unterscheiden mögen, braucht eine Beziehung eine stabile Vertrauensbasis. Und, ja, ich weiß, dass die Versuchung, der Einsamkeit von anonymen Hotelzimmern auf Tourneen zu entgehen, gelegentlich über ein erträgliches Maß steigen kann.

Ich habe mich damit abgefunden. Die Begründung für meine Gelassenheit fand ich ausgerechnet in einer Operette, einem Genre, das mein lieber Schwan weitestgehend umpaddelt. Aber lernen lässt sich ja bekanntlich überall, und so auch durch „Die lustigen Nibelungen“ von Oscar Straus. Der Komponist hat nicht nur ein S weniger als Richard Strauss oder alle Walzerkönige, die ohnehin mit ß geschrieben werden, er hatte sogar auf den Buchstaben verzichtet, um Verwechslungen zu vermeiden. Genützt hatte dem Sohn einer jüdischen Familie das nach 1938 nichts, er emigrierte über Paris in die USA.

Aber zurück zu seinem durchaus amüsanten Bühnenstück, in dem Kriemhild und Brunhilde um Siegfried streiten. Aber anstatt, dass der Held zum Schluss tot von der Bühne getragen wird, einigen sich die Damen, dass fünfzig Prozent einer guten Sache besser sind als nüscht. Sie teilen sich den Göttergatten, der das mit einer gewissen Resigniertheit zur Kenntnis nimmt.

Selbstverständlich nehme ich dergleichen Rivalitäten nicht immer so gelassen. Das grünäugige Monster kommt gelegentlich auch zu mir und das nicht nur auf Wochenendbesuch, aber letzten Endes nutzt Eifersucht niemandem. Dass ich in unserer Beziehung zu kurz käme, kann und will ich beim besten Willen nicht behaupten. Da mochte Andreea noch so nahe bei Swantje stehen, alles in allem war auch sie eine Kollegin auf der Durchreise. Nach dem letzten Vorhang würde sie anderswo ein Engagement finden, während Swantje den Garten hinter unserem Haus winterfest machte.

Ich verstehe, Sie hatten einen Kriminalfall erwartet und erfahren nun Privatkram statt Tatrelevantes. Aber in Sachen Kammersängerin war die Tendenz immer noch beim Verorten als Unfall, angesichts der Kombination von Alkohol, schlechten Sichtverhältnissen und altersbedingter Gelenksteife.

Wie es sich mit Freckenhagen verhielt, da würde mit etwas Glück der Bericht im Laufe der Woche eintreffen. Vielleicht hatte ich dann die Gelegenheit nachzuhaken, zwischendurch beim Einarbeiten in die Schmuggelermittlung. Dafür brauchte ich zunächst Zeit, der Kollege hatte mich gewarnt, dass ich mehr Stunden vor den Akten verbringen würde als im Gespräch.

Selbstverständlich hätte sich auf ein Nachfragen meinerseits das Team von der Bundespolizei überaus erfreut darüber gezeigt, mit Walter und mir zwei von drei involvierten Landespolizeibehörden in die Ermittlungsarbeiten direkt eingebunden zu wissen. Aber ich brauchte nicht nachzufragen, um zu wissen, dass ich trotz ebendieses Entzückens noch lange nicht zum Team gehörte.

„Du musst das verstehen", hatte Walter gesagt, „die arbeiten seit Jahren zusammen. Sie haben ihre Codes, sie kennen einander. Wir sind potenzielle Störelemente. So schnell geht das nicht mit dem Vertrauen. Und dass sie uns in ihre Chatgruppe aufnehmen, da können wir lange warten."

Natürlich hatte ich aufgehorcht bei dem Stichwort. In den letzten Jahren ist viel durch die Presse gegangen und führte gelegentlich sogar zu dienstrechtlichen Konsequenzen. Kein Wunder, dass mittlerweile eine gewisse Vorsicht herrscht.

„Alles klar", hatte ich geantwortet und mich im Stillen gefragt, ob ich als neues Teammitglied mich auch gleich in Sachen Privatleben outen sollte. Ich beschloss jedoch, mein Leben unter der Regenbogenfahne weiterhin als so alltäglich und natürlich zu sehen, dass es mir gar nicht in den Sinn kommen konnte, die Angelegenheit zu thematisieren.

Das Grübeln darüber, wie es sich mit den Lebensumständen des Bürokollegen oder der anderen Mitglieder der Taskforce verhielt, hätte mich vermutlich auch nicht weiter abgelenkt von der Frage, wie ich mit Andreea Doina und ihrer Nähe zu Swantje umgehen wollte. Bisher hatte die Methode „Abwarten und Teewasser aufsetzen" sehr gut funktioniert.

Es war auch gut möglich, dass ich mir nur deshalb just einen Kopf machte, weil ich nicht weiter nachdenken wollte über den Ersten Polizeihauptkommissar.

Der Schuppenkaspar und ich würden keine Freunde werden. Es war sogar möglich, dass die Ermittlungen durch Kommunikationstrübungen innerhalb des Teams erschwert werden würden. Wie kam ich eigentlich darauf, dass die Ermittlungen gemeinsam ablaufen würden? Müller Zwo hatte nicht den Eindruck gemacht, dass er auf Teamarbeit gesteigerten Wert legte. Zeit für Tee.

Andreeas Lachen hörte ich bis in die Küche. Dort schmurgelte ein Backblech mit Ofengemüse vor sich hin. Hatte ich erwähnt, dass Swantje nicht nur eine Gartenfee ist, sondern auch sehr gut kochen kann, so gut, dass Andreeas Anwesenheit beim Abendessen mich nicht weiter grämte?

Es wurde dann noch ein sehr schönes Beisammensein in der Wohnküche, bei dem ich unter anderem erfuhr, dass Doina ein Künstlername war.

„Ich hatte einfach keine Lust darauf, meinen Familiennamen falsch geschrieben zu sehen. Chatschaturjan, Saint-Saëns, Ysaÿe, selbst Dvořák, alles kein Problem im Westen. Aber ihr glaubt nicht, wie viele Möglichkeiten es gibt, Bilciurescu falsch zu schreiben. Es ist anscheinend schon herausfordernd genug, an beide Es in Andreea zu denken." Sie hatte ihr Glas geleert und sich gleich nachgeschenkt. „Na, danke bestens. Klaus mit K und Claus mit C. Kein Problem. Philipp mit insgesamt drei P, manchmal mit einem E hintendran, oder auch mal mit zwei L. Ein zweites A bei Vaughan-Williams und natürlich das H nicht vergessen. Das bekommen sie alle ganz brav hin. Aber Andreea Bilciurescu? Vergiss es. Am besten ganz schnell. Wenn du deinen Namen richtig geschrieben sehen willst, dann such dir einen, bei dem es Absicht sein muss, wenn er falsch geschrieben wird. Doina, das ist eine traditionelle rumänische Liedform, und sie hat den Vorteil, dass es auch noch ein kurzer Name ist. Aber auf die zwei E beim Vornamen, da bestehe ich."

Vorsichtshalber hatten wir es bei der einen Flasche Wein belassen. So saß ich also am nächsten Morgen ohne Brummschädel über den Akten und versuchte, mir einen Überblick über den Stand der Ermittlungen zu verschaffen. Dafür, dass die schon seit rund einem Jahr liefen, war enttäuschend wenig Greifbares aktenkundig.

Fest stand, dass Thüringen eine Drehscheibe war in einem weitgespannten Schmuggelsystem, das nur die kleinsten Fische im Netz der Behörden zappeln ließ. Informanten deuteten an, dass einer der Bosse hier im Freistaat wohnte, aber wo genau, blieb ebenso schleierhaft wie weitere Details über seine Identität.

Geschmuggelt wurde alles, was sich beschaffen ließ. Und da bei gefälschten Markenprodukten das Prüfsiegel des TÜVs oder die CE- und GS-Zertifikate der Produktsicherheit gleich mitgefakt wurden, kam deutlich mehr als reine Steuerhinterziehung ins Spiel. Allerdings hatte keine der aktenkundigen Aktionen in den letzten Monaten mehr eingebracht als ein paar Kleinverteiler, die eher durch Zufall entdeckt worden waren.

Am zweiten Tag meiner Akteneinsicht baute sich Walter vor meinem Schreibtisch auf. „Na, schon was gefunden, das wir übersehen haben?"

Ich zuckte mit den Schultern. „Nur dass der Drucker mal gereinigt werden sollte." Ich tippte auf die Streifen am Seitenrand. „Oder ist das ein geheimes Aktenzeichen?"

Der sächsische Kollege lachte. „Schön wär's ja. Aber wir können im Grunde froh sein, dass es ein Laserdrucker ist. Das Budget gibt die Wartungsintervalle vor und wir sind noch eine ganze Weile nicht dran."

Sollte ich erkennen lassen, dass ich wusste, wie man einen Laserdrucker reinigt? Besser nicht. Das war wie mit dem Spülen von fremden Tassen in einem Team. Ehe ich mich es versah, wäre der Wartungsjob zu meinen Aufgaben gewandert.

„Gibt es denn mittlerweile etwas Neues, was noch nicht in den Akten drin ist, Walter?"

„Könnte sein. Der Chef hat soeben Lagebesprechung um zwei Uhr angekündigt und sehr wichtig dabei dreingeschaut."

Und der sächsische Kollege ging nun durch die Abteilung und meldete das weiter? Aber bevor ich nachhaken konnte, fuhr Walter schon fort.

„Klar, das ginge auch per E-Mail und Teamview, aber hier hat es sich wirklich gerade erst ergeben. Da ist wohl eine Obduktion reingekommen …"

Kurz nach vierzehn Uhr war klar, dass mich der Tod des Kammersängers doch auch dienstlich beschäftigen würde. Im Magen waren Reste von gleich mehreren blauen Tabletten gefunden worden und die Analyse hatte ergeben, dass es sich bei oberflächlicher Betrachtung zwar um Pfizers Verkaufshit für hoffnungsfreudige Männer handelte, die aus eigener Kraft ihrer Begeisterung nicht mehr ausreichend eindrucksvoll standhalten konnten, etliche heikle Substanzen als Beimengungen allerdings vermuten ließen, dass es sich um eine gefälschte Version handelte. Prompt war der Befund weitergeleitet worden an die Taskforce.

Freundlicherweise hatte Oskar-Maria Freckenhagen in der Westentasche seines Rokokokostüms einen Blisterstreifen dieser Pillen mit sich geführt. In der Folie fehlten zwei der Tabletten. Die chromatografische Analyse hatte Übereinstimmungen zwischen Mageninhalt und Blisterstreifen ergeben. Und es gab sogar eine weiterführende Spur. Wie es der Kollege Zufall so wollte, hatte nicht nur der Kammersänger Fingerabdrücke auf der Hochglanzfolie hinterlassen.

Müller Zwo wirkte siegesgewiss, da die Datenbanken der Bundespolizei die eindeutige Zuordnung ergeben hatten. Eine Zeugin war in Dresden um Fingerabdruckproben gebeten worden, um sie im Rahmen von Ermittlungen gegen internationale Geldwäscherei aus dem Kreis der Verdächtigen auszuschließen. Erst wenn diese Akten als erledigt abgelegt werden konnten, würde der Datensatz gelöscht werden. Und nun tauchte er als Treffer bei unseren Ermittlungen auf, denn statt Geld zu waschen, war Freckenhagens Blisterstreifen in der Hand gehalten worden, von einer gewissen Andreea Blitzireschu.

Dieses gedehnte E im Vornamen gab mir zu denken. Konnte es sich um einen rumänischen Namen handeln, den der Erste Polizeihauptkommissar lediglich falsch aussprach? Er schien ein wenig irritiert, als ich nachfragte, schaute aber dann genauer in seine Unterlagen.

„Bli…, nein, Bilziu…“

„Bilciurescu, meinen Sie das?“

Er nickte, fing sich aber rasch. „Haben Sie Sachdienliches anzumerken, Frau Rogener?"

Nein, ich wollte Andreea Doina nichts Böses. Das konnte doch alles auch ganz harmlos sein. Hoffte ich zumindest. Aber Müller Zwo war ohnehin erneut in Fahrt.

„Oder möchten Sie nach der LPG schon wieder auf einen Ausflug gehen, diesmal mit Ziel Dresden?"

Der Erste Polizeihauptkommissar legte es aber wirklich darauf an, nicht gemocht zu werden.

„Das fiele dann doch wohl eher in den Wirkungsbereich des Kollegen Kaminski, als Mitglied der Landespolizei Sachsen, meinen Sie nicht, Herr Müller?"

Ich spürte, wie es den Leiter der Taskforce wurmte, dass ich ihn nicht mit seinem Dienstgrad ansprach, aber was sollte mir schon groß passieren? Sicher, er konnte mich heimschicken, aber dass das eine Strafe sein würde, davon würde ich mich selbst erst noch überzeugen müssen.

„Ich schlage vor", mischte sich Walter ein, „dass wir das auf dem kleinen Dienstweg klären."

Müller Zwo nickte. Außer dem Obduktionsbefund hatte er noch diverse Anordnungen, die hauptsächlich den Dienstplan betrafen. Walter und ich sollten uns einstweilen vorrangig um die Abklärung in Sachen Fingerabdruck kümmern. Das versprachen wir natürlich pflichteifriglichst.

Die Lagebesprechung endete kurz darauf. Während Müller Zwo die Dienststelle verließ, erklärte ich Walter, dass wir Frau Bilciurescu möglicherweise in Erfurt antreffen konnten, und erzählte ihm von Andreea Doina.

„Die wäre also eventuell vor Ort. Schick." Genüsslich pfiff er durch die Zähne. „Also gut, bringen wir es hinter uns."

Zum Glück kannte ich den aktuellen Probenplan und wusste, dass wir Andreea noch in der Oper antreffen würden. Walter war damit einverstanden, die Sache diskret aufzuziehen.

Meine Mitgliedschaft in der Erfurter Statisterie sorgte dafür, dass wir am Bühneneingang nicht lange aufgehalten wurden. Unser Timing war exzellent, wenige Minuten später endete die Probe und wir besuchten Andreea Doina in ihrer Garderobe.

Schnell stellte sich heraus, dass unser diskreter Ansatz die richtige Vorgehensweise gewesen war. Andreea leugnete nicht lange, sondern gab freimütig zu, eine Blisterpackung in der Hand gehabt zu haben, am Morgen der Matinee.

„Der Freckenhagen hat sie mir zum Halten gegeben." Sie lachte. „Offiziell suchte er nach seinen Halsbonbons. Aber du hast ihn ja selbst erlebt. Der baggerte auch an mir sehr ungeniert herum. Besonders, wenn es keine Zeugen gab."

Walter sah mich irritiert an. „Erklär ich dir später", raunte ich ihm zu.

„Dabei hab ich ihm schon vor Wochen gesteckt, dass ich prinzipiell nichts anfange mit Männern, die meine Großonkel sein könnten."

Autsch. Ob das dem Kammersänger gefallen hatte?

„Er hat gelacht, aber halt dieses Bühnenlachen, wo du sofort weißt, echt ist das nicht. Na ja, und vor der Matinee, da standen wir im Flur und er fing wieder an. Dann hat er so komisch gehustet und ich hab ihn gefragt, ob er ein Halsbonbon braucht." Sie schüttelte den Kopf. „Natürlich war das eine Steilvorlage. Ich hab immer was zum Lutschen dabei, hat er gesagte. Und sich dabei in den Schritt gegriffen."

Walter unterdrückte mit Mühe ein Lachen.

„Na ja, er brauchte aber wohl tatsächlich was für den Hals und kramte in seinen Taschen. Dann sagte er, halt mal, und hat mir dann alles Mögliche in die Hand gedrückt. Eine Packung Tempos, seine Uhr, diese angebrochene Blisterfolie … Dann hatte er endlich die Bonbons gefunden und ich konnte ihm den ganzen Kram zurückgeben."

Der sächsische Kollege klang sehr ruhig. „Ist Ihnen denn dabei irgendwas aufgefallen?"

Andreea schüttelte den Kopf. „Nicht wirklich. Keine Ahnung, was das für ein Zeugs war. Irgendetwas Eckiges, hellblau, daran erinnere ich mich noch. Hatte ich noch nie gesehen, hat mich aber auch nicht weiter interessiert. So viel wusste ich schon, dass ich beim Freckenhagen besser nicht zu genau nachfragte. Das waren wohl keine Halsbonbons. Sonst hätte er kaum weitergekramt, nicht wahr?"

Sollten wir das tatsächlich glauben, dass Andreea Doina Potenzpillen nicht erkannte, ganz gleich, ob die nachgemacht waren oder the real deal?

„Fällt dir sonst noch irgendwas ein zu der Sache?"

„Na ja. Ich bin schon froh, dass er mir nicht auch noch sein Taschentuch zum Halten gegeben hat, das, mit dem er sich so gerne den Schweiß abtupfte. Da hätte ich mich schon geekelt. Aber die Pillen, die waren ja eingeschweißt. Ich war sowieso überrumpelt. Dabei hätte ich es wissen müssen, dass ich besser nicht allein mit ihm im Gang stand. Da wusste man doch nie, mit was er wieder anfangen würde." Sie schüttelte sich. „Und immer wieder diese Halbsingerei mihit diiir, mihit diiiir … Nie im Leben mit dem. Der Einzige, der da immer noch dran glaubte, dass vielleicht, ein bisschen was, wer weiß, das war er selbst. Der hatte vielleicht Illusionen."

Ob es stimmte, was Andreea erzählte? Zuzutrauen war es dem Freckenhagen schon, das wusste ich aus Swantjes Berichten zur Genüge. Und es war eine völlig harmlose Erklärung, wie die Fingerabdrücke auf die Packung gekommen waren. Jetzt mussten wir sie nur noch glauben.

Und nicht nur wir, sondern auch Müller Zwo. Aber mehr als ein Indiz waren sie ohnehin nicht. Dass Andreea die Packung angefasst hatte, bestritt sie ja überhaupt nicht. Eine weitere Spur – für die Akten.

Auch Walter schien überzeugt. „Damit würde uns doch jeder Anwalt aus dem Gerichtssaal lachen, wenn es überhaupt so weit käme." Er seufzte. „Müller Zwo wird aber schon sehr enttäuscht sein. Ganz bestimmt wird er das. Und ganz genau wissen, dass er die Falschen zum Abklären geschickt hat. Aber das weiß er ja ohnehin."

# KAPITEL 6

*Blut ist ein ganz besond'rer Saft.*

Die Enttäuschung war unserem Taskforce-General bei der Lagebesprechung am nächsten Morgen durchaus anzumerken. Er lächelte säuerlich und konnte sich der Anmerkung nicht enthalten, dass Leichtgläubigkeit keine sachdienliche Eigenschaft sei, auch nicht für Landespolizeien. Man wisse ja ohnehin nie bei solchen …

Allerdings kam keine Antwort auf mein Nachhaken, wen oder was genau er mit seinen „solchen" meine. Mir blieb nicht unverborgen, dass ein paar Kollegen im Team unvermittelt etwas strenger dreinschauten, dies jedoch erst seit meinem Nachfragen. Ob ich vielleicht doch besser Einblick in die geheimen Chats nehmen sollte, von deren Existenz Walter gesprochen hatte? Aber wie mir das gelingen würde, darauf hatte ich ebenso wenig eine Antwort wie der Chef auf meine Frage. Ich beließ es also dabei, aufmerksam dreinzuschauen und mir ein paar Notizen zu machen.

Es wurde ein neuer Einsatz geplant, wiederum auf Hinweis des Informanten, über den uns nichts Weiteres mitgeteilt wurde als sein grammatisches Geschlecht. Erneut sollte es zu der ehemaligen LPG im Norden Erfurts gehen, allerdings nicht unter dem Deckmantel, Arbeitserlaubnisse zu kontrollieren. Auf dem Gelände gab es einen zweiten Gebäudetrakt, weit außerhalb der Sichtweite des Verwaltungsgebäudes, auf das wir uns beim ersten Mal konzentriert hatten.

In dem ehemaligen Arbeiterwohnheim hatte sich ein Verein häuslich eingerichtet, der die nicht selbst benötigten Räume als Ferienzimmer vermietete. Nun lag ein richterlicher Durchsuchungsbeschluss für diesen Teil der Anlage vor, zur Abklärung der Ermittlungen. Ein erheblicher Personalaufwand sollte der Sache dienlich sein, meine Anwesenheit sei jedoch nicht vonnöten, fühlte sich Müller Zwo bemüßigt anzudeuten. Ich durfte einstweilen meinen Einblick in die Aktenlage vertiefen, im Einsatz wäre gewiss nicht die Zeit dafür.

Ich saß immer noch im Büro und blätterte beziehungsweise scrollte vor mich hin, als die Taskforce zurückkehrte. Den Hauswart des Beherbergungsbetriebs hatten sie gleich mitgebracht, einen milde lächelnden Endfünfziger mit randloser Brille, schütterem Haarkranz und von schmächtiger Statur. Um den Hals hing ihm ein Kranz von mittelgroßen, zu Blüten geschnitzten Holzperlen, an dem ein Kreuz baumelte. Zusätzlich zierten Medaillons im Abstand von jeweils zehn Perlen die Kette. Ein Rosenkranz?

Tatsächlich, stellte sich heraus. Bei dem Verein, der die Ferienzimmeranlage als Finanzquelle nutzte, handelte es sich um eine spirituelle Gemeinschaft, wie der Hauswart erklärte.

„Selbstverständlich läuft das alles völlig korrekt ab“, erklärte mir Walter während unserer Kaffeepause. „Der Mann führt wirklich knochenhart Buch über jede einzelne Rolle Toilettenpapier. Sogar die Räucherstäbchen sind abgezählt.“ Er lachte. „Ziemlich weltlich, wenn du mich fragst. Und dabei … also, halt dich fest. Was sie den ganzen Tag machen, da kommst du nicht drauf. Ich wollte es ja auch nicht glauben. Sie beten.“

„Sie? Wie viele sind das denn?“

„Aktuell waren nur drei da. Der Hauswart. Seine Tante. Tatsächlich, die Tante. Und ihr Mann. Steinalt, die beiden. Alle anderen sind zu einer Hochzeit im Fränkischen. Die kommen nächste Woche wieder. Er ist dageblieben, weil, die Gebetsanliegen, die erledigen sich ja nicht von allein.“

Ich muss wohl reichlich verblüfft dreingeschaut haben.

„Ja, weißt du, die beten wirklich rund um die Uhr. Im Schichtbetrieb." Er zuckte mit den Schultern. „Mein Ding wäre das nicht. Schräge Sache, irgendwie. Dabei wirken die eigentlich ganz zurechnungsfähig. Selbst die beiden Alten."

Sollte ich mit dem sächsischen Kollegen mal ein Wort über Ageismus sprechen? Oder über Religionstoleranz? Ach was.

Der Hauswart, der sich als Franziskus Niederer ausweisen konnte, war der ganzen Sache sehr gelassen begegnet. Er war auch gerne bereit gewesen, zur Einvernahme mit in die Stadt zu kommen. „Ich habe wirklich nichts zu verbergen."

Warum überhaupt ein Durchsuchungsbeschluss ausgefertigt worden war? Es bestand Verdacht auf eine Hanfplantage, Verarbeitung zu Cannabis und Drogenhandel. Nicht ganz das, wozu die Taskforce gegen den internationalen Schmuggel eingerichtet worden war, aber wer auf eine lange Wanderung geht, ist sich selten zu schade, unterwegs ein paar Beeren vom Wegesrand zu naschen.

Warum war der Hauswart eigentlich nicht mitgefahren zu der Hochzeit? Beten ließe sich doch überall.

„Der macht hier die Stallwache, sozusagen", erklärte mir Walter, „hin und wieder kommt Jungvolk aus der Stadt vorbei und glaubt, es wäre lustig, dort ungestört Party zu machen."

„Und da genügt so ein Fliegengewicht wie der Hauswart, um das zu verhindern?" Ich schüttelte ungläubig den Kopf.

„Na, himmlischen Segen haben sie ja wohl", mischte sich einer der Kollegen von der Bundespolizei ein. Ferdi Horbel hatte er bei der Vorstellungsrunde als seinen Namen genannt. „Sie haben da eine Kapelle, mit einer Ikone, die soll angeblich wundertätig sein."

„Ikone? Sind die orthodox?“

Ferdi Horbel schüttelte den Kopf. „Nee, ganz normal katholisch, bisschen strenger vielleicht. Aber ich glaube, der Bischof hat sie nicht ganz so gerne. Ich hab da was läuten hören.“

Das konnte ich mir gut vorstellen.

„Na ja, vom Bistum haben sie jedenfalls nicht viel Unterstützung, so viel konnte ich beim Blick in die Buchhaltung sehen.“ Der Kollege war Spezialist für Finanzdinge, er war erst nach einer abgeschlossenen Banklehre zur Polizei gekommen und dort von den Fachleuten der forensischen Finanzanalyse mit offenen Armen empfangen worden.

„Die Zimmervermietung ist wohl eine der Hauptsäulen in ihrem Wirtschaftsjahr. Die Kunden sind nicht unbedingt fromme Seelen, Handelsvertreter schätzen die Ruhe und die gute Autobahnanbindung. Und sie bieten Super-WLAN.“

Allerdings waren aktuell nur zwei Zimmer der vom Durchsuchungsbeschluss zur Ansicht freigegebenen Räumlichkeiten vermietet. Das eine beherbergte einen Location Scout, wie er es nannte. Drehorte für Filmproduktionen zu suchen, war ein eigener Beruf? Ich verkniff mir ein Staunen.

Das andere Zimmer nutzte ein Handlungsreisender, der den Einzelhändlern der Region Weihnachtsdeko der unterschiedlichsten Art zum Weiterverkauf anzubieten versuchte. Bereitwillig hatte er dem Team vor Ort einen Katalog überlassen. Hauptsächlich Ware aus China und Vietnam. Müller Zwo hatte verächtlich dreingeschaut, berichtete Walter.

„Aber sein Katalog könnte natürlich auch Tarnung sein und eigentlich müssten wir ihn auf dem Schirm haben. Kann sein, dass er sich mit dem Zeug ein Alibi verschafft, warum er Handelsbeziehungen nach Fernost hat, und unter der Hand bietet er dann die Sachen an, die uns tatsächlich interessieren. Ich weiß ja nicht, was unser aller Chef für Typen erwartet, vielleicht Bruce Lees kleinen Cousin oder irgendeinen Schnurrbartträger aus Aserbaidschan, keine Ahnung." Er nahm einen Schluck aus seinem Kaffeebecher und verzog angewidert das Gesicht. „Ich glaub, die Milch ist hinüber. Aber okay. Zurück zum Fall. Wenn ich einen Schmuggel so richtig gut aufziehen wollte, wäre ein Handlungsreisender Mitte vierzig, angeschrammtes Köfferchen, Jackett, das über dem Bauch ein wenig spannt und an den Ellenbogen schon ein bisschen speckig ist, vielleicht genau die richtige Tarnung."

Wirklich viel ergeben hatte die Durchsuchung jedenfalls nicht. Die angebliche Hanfplantage entpuppte sich rasch als überdimensionierter Wintergarten, in dem Sansevierien gediehen. Dass diese Sukkulenten auch als Bogenhanf gehandelt wurden, machte sie noch längst nicht zu einer Cannabisplantage.

Frustriert hatte der Erste Polizeihauptkommissar auch zur Kenntnis nehmen müssen, dass es sich bei den auf Goldgrund gemalten Ikonen nicht um aus dem Osten geschmuggelte Kirchenschätze handelte, sondern um Neuanfertigungen. Die Buchhaltung der Gemeinschaft rechnete die Ikonenmalkurse der Tante des Hauswarts völlig korrekt ab.

„Und dann haben wir doch etwas entdeckt." Walter war der König der Kunstpausen. „Die Sache hat Müller Zwo so gewurmt, wir fanden ja überhaupt nichts, was nicht koscher war, da hat er dann den Kollegen das Luminol holen lassen. Gab zwar nicht wirklich Anlass dafür, keinerlei Indizien, nichts. Außer dem Frust. Aber dann ging uns doch tatsächlich ein Licht auf. Ein kleines zwar, aber Müller Zwo hätte fast gekräht vor Glück."

Ich konnte es mir lebhaft vorstellen. Aber Walter wusste die Szene auch sehr anschaulich zu beschreiben.

„Also, das war so ein wirklich lauschiges Erkerzimmer, das aktuell nicht vermietet ist.“ Er holte tief Luft. „Die Einrichtung so ein bisschen basic, Bett, Schrank, kleiner Schreibtisch, Sessel im Erker, Fernseher, Minikühlschrank, Wasserkocher. Aber nicht wirklich groß. Da standen wir dann zu viert drin und es war schon ziemlich eng. Der Kollege mit der Luminolflasche und dem Fotoapparat, der Chef, der Hauswart, ich war auch dabei.“

„Und dann?“

„Na ja, sooo viel Blut war es dann wohl auch nicht. Aber ausgerechnet im Bett? Mit bloßem Auge war da auf der Matratze nicht wirklich was zu sehen. Aber durch das Luminol schon. Müller Zwo ist fast ausgeflippt vor Glück, etwas gefunden zu haben, was den ganzen Aufwand rechtfertigte.“ Walter konnte die schnarrende Stimme unseres Taskforce-Leiters sehr gut nachmachen.

„‚Wären Sie eventuell in der Lage, das hier zu erklären?‘ So hat er den Hauswart angepfiffen, der gar nicht wusste, wie ihm geschah. Aber ruhig geblieben ist er und hat nur gesagt, dass er nicht einmal weiß, was er da nun sehen soll. Das hat ihm der Chef natürlich gerne erklärt. Aber der Hauswart hat nur mit den Schultern gezuckt.“

Der Kollege mit dem Luminol hatte seine Fotos bereits in den Ermittlungsordner der Taskforce geladen. Mit ein paar Klicks hatte ich die entsprechenden Dateien auf dem Monitor.

„Also, viel zu sehen ist da aber nun wirklich nicht.“

„Vielleicht altes Blut?“ Walter klang zweifelnd. „Ich weiß ja nicht, was die SpuSi dazu meint, aber der Fleck ist ja nun nicht gerade klein. Leuchtet halt nur schwach, aber die Ausdehnung, die ist schon heftig.“

„Das ist dann aber schon komisch, dass man da mit bloßem Auge nichts sieht. Irgendein Schatten, vielleicht, aber ob ich den gesehen hätte, wenn ich nicht wüsste, dass da was ist?“

„Am liebsten hätte der Chef den Hauswart ja gleich hierbehalten. Aber dafür reicht es wohl nicht. Hat ja Wohnsitz, keine Einträge, alles tipptopp bei dem Mann." Ferdi Horbel klang ein bisschen, als ob er sich rechtfertigen wollte.

Mir schien die Blutsache auch reichlich mysteriös. Walter erklärte noch, der Hauswart hätte nach einem Blick ins Beherbergungsregister sagen können, dass das Zimmer im Hochsommer vermietet gewesen war, zwei Wochen lang, mit Frühstück. Ein Gast aus dem Rheinland, eine Autorin, der die Ruhe wichtig war, weil sie ein Manuskript fertigzustellen hatte.

Ich schaute mir das Foto von der Matratze noch einmal genauer an und zerdrückte ein Grinsen.

„Ich glaube, ich weiß, was da los war."

„Dann sag das am besten bei der Lagebesprechung." Walter stand schon in der Tür. „Geht gleich los."

Im Konferenzraum drängten sich alle Mitglieder der Taskforce. Vor dem Monitor an der Wand stand der Erste Polizeihauptkommissar, neben ihm sein persönlicher Assistent und der Leiter der Erfurter Dienststelle, bei der unser Team untergebracht war.

Zunächst begrüßte Müller Zwo uns alle und gab einen Überblick über den Stand der Ermittlungen. Dass die Durchsuchung der spirituellen Gemeinschaft wenig ergeben hatte, wusste er mit wohlgesetzten Worten in den Hintergrund treten zu lassen. Das Luminolfoto, so blass die Blutspur auch gewesen sein mochte, überstrahlte das ansonsten magere Resultat. Es war dem Ersten Polizeihauptkommissar deutlich anzumerken, dass er den Hauswart nur zu gerne in Gewahrsam genommen hätte, angesichts des unerklärten Blutbefundes. Der Monitor zeigte eine der Aufnahmen, mit seinem Laserpointer fuhr der Erste Polizeihauptkommissar rund um den mysteriösen Fleck auf der Matratze.

„Hier haben wir eine sehr interessante Spur. So fromm scheint es in der Gemeinschaft nun doch nicht zuzugehen, Ikonen hin oder her."

Ich musste wohl ein wenig zweifelnd dreingeschaut haben. Müller Zwo war das nicht verborgen geblieben und schon versuchte er, mich vor versammelter Mannschaft einzunorden.

„Sie scheinen Bedenken zu haben hinsichtlich der Validität der Argumente, Frau Kollegin?" Seine Stimme war wirklich unangenehm schnarrend.

„Nun …", begann ich zögernd.

„Na, was denn? Raus mit der Sprache. Zieren Sie sich nicht so, wir haben ja auch noch etwas anderes zu tun."

Die Gesichter ringsum blieben verhalten neutral. Viele Freundschaften schien der Erste Polizeihauptkommissar nicht im Team geschlossen zu haben. Aber das konnte mir im Grunde auch gleichgültig sein, sobald die Ermittlungen sich nicht mehr auf Thüringen konzentrierten, würde ich vermutlich ohnehin wieder heimgeschickt werden.

Ich holte tief Luft. „Im Gegensatz zu Schwarzlicht, unter dem ja alles Mögliche aufleuchtet, geht es bei Luminol um Eisen, genauer um das Hämoglobin im Blut, das den Oxidationsprozess des im Mittel enthaltenen Wasserstoffperoxid beschleunigt und verstärkt …"

„Sie brauchen uns die Funktionsweise von Luminol nun wirklich nicht zu erklären, Frau Rogener", unterbrach mich Müller Zwo. „Wir sind uns ja wohl alle einig, dass wir dort Blutspuren sehen."

Ich lächelte sanft.

„Es gibt auch Bleichmittel, die für ein ähnliches Leuchten sorgen, Herr Müller." Ich sah, wie er die Kiefer zusammenpresste, aber er würde noch ein paar schlechte Nachrichten mehr ertragen müssen.

„Es handelt sich bei dem vermutlichen Tatort …" Gerade noch hatte ich es vermieden, bei dem von Ihnen vermuteten Tatort zu sagen. „Es ist ein Beherbergungsbetrieb, mir scheint, da wäre der Einsatz von Bleichmitteln ein wenig plausibler als ein Blutbad. Aber gut, gehen wir davon aus, es handelt sich um Blut." Ich holte tief Luft. „Damit ist noch lange nicht gesagt, dass wir einen Tatort vor uns haben."

„Nee, ist klar." Einer der Bundespolizisten lehnte mit verschränkten Armen am Fenster. „Da hat jemand Nasenbluten gehabt, ganz bestimmt. Nur eben so richtig dolle."

Alles lachte. Der Kollege fühlte sich anscheinend bestätigt, denn er fuhr fort: „... schlichtes Nasenbluten. Natürlich. Weil, in der Provinz gibt es ja keine Gewaltverbrechen und es passiert auch garantiert kein Mord. Und Blut ist Blut ist Nasenbluten."

Ich wartete, bis sich die allgemeine Heiterkeit gelegt hatte.

„Ist es eben nicht, Herr Kollege."

Das sorgte für irritierte Gesichter. Müller Zwo schaute, als ob er zu einer sarkastischen Bemerkung ansetzen wollte.

Ich gab mir einen Ruck. „Also gut. Herr Müller, Sie haben ja soeben auf die Ausdehnung der Spur hingewiesen. Ich setze den Fall, es handelt sich nicht um Bleichmittelspuren, sondern tatsächlich um Blut. Ist angesichts der Größe die Lumineszenz nicht doch ein bisschen sehr schwach?" Bevor er etwas einwenden konnte, sprach ich weiter.

„Wir sehen, dass die Spur eher mittig liegt, sowohl längs als auch quer auf der Matratze. Nasenbluten, wie von dem Kollegen vorgeschlagen, fällt damit wohl eher aus, das hinterließe doch Spuren weiter oben, in Höhe eines Kopfkissens."

Ich sah Walter und Ferdi nicken.

„Die Positionierung in Kombination mit der schwachen Lumineszenz lässt mich etwas anderes vermuten. Eine Wunde, gar eine mit Todesfolge wäre dann allerdings ausgeschlossen, Provinz hin oder her. Die letzte Person, die das Zimmer bewohnt hat und folglich wohl das Bett nutzte, war eine Frau. Ich tippe auf Menstruation, die mitten in der Nacht einsetzte und erst am nächsten Morgen bemerkt wurde."

Ein paar der Kollegen schien das Thema deutlich unangenehm.

„Wie jezze", meldete sich der Kollege vom Fenster, „was macht Sie da so sicher? Blut ist Blut."

„Eben nicht", gab ich knapp zurück. „Wir kennen doch den alten Spruch, Blut ist ein ganz besond'rer Saft. Aber Blut ist tatsächlich nicht nur besonders, es ist auch nicht immer und überall gleich. Menstruationsblut hat eine deutlich andere Zusammensetzung als das Blut in den Adern. Da schwimmt einiges mit. Zum Beispiel Gewebepartikel ..." Mir schien, als ob sich der ein oder andere Kollege ein wenig grünlich um die Nase verfärbte, „... daneben sind auch noch andere Faktoren im Spiel. So ist zum Beispiel die Menge an Hämoglobin und damit an Eisen deutlich geringer. Angesichts der Ausdehnung der Spur unterstützt die doch recht schwache Lumineszenz meine Annahme, dass es sich um Menstruationsblut handelt. In dem ist schlicht und einfach nicht genug Eisen vorhanden, um ein stärkeres Leuchten zu verursachen."

Ich hörte ein leises Knirschen. Tatsächlich, Müller Zwo mahlte mit dem Unterkiefer. Er musste sich wohl sehr zusammenreißen. Natürlich würde er mir heimzahlen, dass ich ihn nicht nur vor dem ganzen Team, sondern auch vor dem Leiter der Erfurter Dienststelle bloßgestellt hatte, aber darauf konnte ich nun wirklich nicht auch noch Rücksicht nehmen.

Da der Luminoleinsatz bei der Durchsuchung der letzte Versuch gewesen war, etwas ermittlungstechnisch Relevantes herauszufinden, dauerte die restliche Lagebesprechung nicht mehr lange und bot auch keine weiteren Höhepunkte mehr.

„Du hast dir heute einen Feind gemacht, Karin", sagte Walter, als wir die Dienststelle verließen.

„Heute?" Ich lachte. „Seit dem Weitpinkelwettbewerb bei der Ausweiskontrolle war da was in der Luft. Dass ich auf sein Spielchen nicht eingestiegen bin, hat die Sache nur zementiert."

„Auch wieder wahr." Walter seufzte. „Ich weiß absolut nicht, was los ist mit ihm. Der war eigentlich ganz gut zu händeln. Aber seit Britta in Mutterschutz ist, da ist er wie ausgetauscht. Irgendwie schon creepy, das Ganze."

## KAPITEL 7

*Gut geklaut ist halb gedacht.*

Swantje hatte ausnahmsweise keine Abendprobe und so konnte ich bald Müller Zwos Reaktion auf meine bloße Anwesenheit schildern.

„Ich kenne ihn ja nicht", meinte sie, „aber den Typ, den nur zu gut. Dirigenten, Regisseure ... Oft genug erlebt. Da muss irgendwas kompensiert werden und irgendwen trifft es eben. In diesem Fall dich. Im Grunde ist es völlig gleich, wer ihm in die Brüllschneise läuft. Gibst du klein bei, fühlt er sich bestätigt, wenn nicht, dann spielt er halt an dem Hebel, den er für den längeren hält."

Mir konnte es im Grunde gleichgültig sein, ob es zum Knall kommen würde. Auf eine etwaige Fürsprache von Müller Zwo brauchte ich nicht zu hoffen, denn ich wollte ohnehin nicht zur Bundespolizei wechseln und mir irgendwo wieder ganz neu ein Standing aufbauen.

„Also, nimm's wie ein Mann", sagte Swantje schließlich. „Jammere."

Ich beschloss, dass der Erste Polizeihauptkommissar diese Mühe nicht wert war, und erkundigte ich mich nach dem Probenstand.

„Der neue Ochs ist fantastisch. Eine Stimme zum Niederknien und darstellerisch ein absolutes Bühnentier."

Ein Fall von Der König ist tot, lang leben der König? Auch wenn Oskar-Maria Freckenhagen lediglich einen Baron gespielt hatte, war es nicht ein bisschen sehr schnell gegangen, bis ein neuer Ochs auf Lerchenau über die Bühne polterte?

Swantje nickte. „Stimmt schon. So ein Theaterbetrieb hat etwas Gnadenloses. Der ist sowieso schon ziemlich problematisch. Da hast du einen, der beträgt sich dermaßen daneben, dass du ihn die Hälfte der Zeit zum Mond schießen willst. Nur manchmal, da blitzt etwas auf und du denkst dir, ja, dafür ertrage ich das doch eine Weile. Und schon ist dieser Augenblick wieder vorbei und ... Aber so ein Ende, allein und verschwitzt in der Garderobe, das wünscht man doch niemandem." Sie schenkte sich Tee nach. „Andererseits, der Neue, der ist wirklich fantastisch. Der hat Nuancen, da bekommst du richtig Mitleid mit diesem Baron, der einfach ein bisschen zur falschen Zeit lebt. Bis du merkst, nein, der lebt genau zur richtigen Zeit, denn nur in dieser kann ihm Einhalt geboten werden. Im Heiligen Römischen Reich Deutscher Nation ging es ja zuweilen eher unheilig zu, wenn der Adel das so wollte." Swantje lachte. „Und prompt bin ich wieder bei dem neuen Kollegen und der Freckenhagen ist vergessen. Es ist schon ein seltsamer Beruf."

Vielleicht steckte mehr dahinter als professionelle Anforderungen. Konnte es nicht auch ein wenig Selbstschutz sein? Erst vor wenigen Wochen hatte Isabeau Braun-Haupt tot in der Entengrütze gelegen, der Kammersänger war die zweite Leiche – und mit beiden hatte es zuvor Unfrieden gegeben. Küchenpsychologie war ein von mir nicht gepflegtes Hobby, aber dass die beiden Tode spurlos an Swantje vorbeigegangen waren, das mochte ich nicht glauben. Bedauerliche Fälle, alle beide, aber ansonsten?

„Du schaust so nachdenklich." Mein lieber Schwan hatte wohl meine Stimmung gespürt. „Vor einer Premiere bekomme ich halt meinen Tunnelblick. Sorry dafür."

„Macht die Proberei denn wenigstens Spaß?" Es interessierte mich, denn im Gegensatz zu den Meisterkursen im Sommer konnte ich bei den Vorbereitungen für die Premiere nicht dabei sein. Selbst wenn die Taskforce nicht dazwischengekommen wäre, der Regisseur war bekannt dafür, dass er Fremde nicht bei den Proben haben wollte. Sogar Ensemblemitglieder wurden hinauskomplimentiert, wenn sie in der anstehenden Szene nicht eingebunden waren.

„Schon ganz gut. Ein paar Zickereien, aber die gibt es ja fast überall. Und der Vadian, der hält ja tapfer durch."

Xenon Gartaboom, ein Regisseur, den die Kritik von Amsterdam bis Zürich feierte, war selbst außerhalb von Künstlerischen Betriebsbüros als gelegentlich schwierig bekannt. Swantje hatte mir von einem Morgen ziemlich zu Beginn der Proben erzählt, als der Regisseur von der Probe in die Intendanz marschiert war. „Schafft mir Arbeitsbedingungen!", hatte er über den akustisch recht eindrucksvollen Flur gerufen und war erst zu besänftigen gewesen, als man ihm neben dem Regieassistenten gleich drei Hospitant*innen abkommandierte. Die hatten brav durchgehalten, aber der Regieassistent war zwei Wochen nach diesem Auftritt mit einer Alkoholvergiftung in der Notaufnahme gelandet. Sein Ersatz sah sich mitten in einer Probe dazu gezwungen, eine hitzige Auseinandersetzung dadurch zu beenden, dass er erst den blanken Hintern gezeigt hatte und dann gegangen war. Vadian, der dritte, würde hoffentlich bis nach der Premiere durchhalten.

„Der ist echt ein Fels in der Brandung. Ich glaube, der nimmt die ganze Sache als persönlichen Härtetest. Auch wenn er gar nicht so sehr auf Strauss steht, sondern auf französische Frühromantik."

Ich hatte wohl ziemlich fragend dreingeschaut, denn Swantje erzählte gleich weiter.

„Hat er mir erzählt. Man kommt ja in der langen Probenphase ins Gespräch. Aber in Frankreich, wo sie das noch spielen, holen sie mich fürs deutsche Fach und nicht für Französisches." Sie lachte. „Jedenfalls Strauss hin, Strauss her, dieser Gartaboom, der ist sowieso nicht einfach. Der brennt halt, und wie ein richtiges Feuer lässt er sich nicht aufhalten. Reinreden schon gleich gar nicht. Dabei hat Vadian durchaus brauchbare Ideen." Sie lachte. „Auch wenn er sie gelegentlich, nun ja, klaut."

„Muss ich da etwa dienstlich eingreifen?"

„Ach was." Swantje winkte ab. „Der Gartaboom interessiert sich halt besonders für den Ochs. Und für die Feldmarschallin."

Diese Feldmarschallin hat natürlich keinen militärischen Dienstrang. Das ist mehr ein Fall von „Ich, als Zahnarztgattin", wie es früher in der Fernsehwerbung hieß. Marie-Theres Fürstin Werdenberg, wie ihr Rollenname lautet, ist die Geliebte und gleichzeitig die Frau Tante des Rosenkavaliers. Nun ja. Vielleicht eine angeheiratete Tante, damit sie sich auch so richtig näherkommen dürfen, trotz ihres Trauscheins. Für den Neffen, wir wissen nicht wievielten Grades, hat sie auch vor dem Frühstück Zeit, denn wie bereits eingangs erwähnt, weilt der Gemahl, also der Feldmarschall, in den kroatischen Wäldern, allerdings nicht im Krieg, sondern auf der „Bärenjagd". Aber Swantje war schon weiter.

„Also, die Idee vom Gartaboom ist, dass der Kern der Oper wäre, wie mit dem eigenen Altern umzugehen ist. Marie-Theres und Ochs sind halt die beiden Pole. Er springt jedem Rock nach und wird nur dann in den Ehehafen einlaufen, wenn die Mitgift ihm nicht nur seine Schulden deckt, sondern ihm auch ein gemütliches Leben finanziert. Sie hingegen ist stinkreich, hat elegantes Personal und nicht irgendwelche Bauernlümmel wie der Ochs, hält sich einen jungen Mann und verzweifelt an der Zeit, gegen die sie laut dem Textdichter nachts die Uhren anhält." Sie schüttelte den Kopf. „Aber im Grunde sind sie gleich, findet der Gartaboom. Ob der Ochs sich nun als Bräutigam einkaufen lässt oder nicht, er sucht sich sein Vergnügen, wo er es bekommt. Und sie ist im Grunde auch nicht besser. Sie könnte Bücher schreiben oder irgendwelche Charitys pushen, obwohl, das immerhin tut sie ja, aber ansonsten?"

Das pinke Plüschcover des Opernführers meines Vertrauens leuchtete unübersehbar in dem Bücherregal gegenüber unserer Couch. Aber jetzt war nicht der Moment nachzulesen, was die Feldmarschallin außerhalb ihres Bettes amüsierte. Swantje war in Fahrt.

„Ist eigentlich ein ganz interessanter Aspekt, der den Ochs aufwertet von der komischen zu einer eher tragischen Figur. Die Frau bleibt natürlich auf der Strecke, nobler Verzicht und so weiter. Das ist im Grunde also auch ziemlich konventionell, dabei hat der Gartaboom sonst einen ganz anderen Ruf. Doof ist nur, der konzentriert sich so sehr auf die beiden, da hat er nicht so viel nachgedacht, was Andreea und mich angeht. Er inszeniert halt an der einen Idee entlang." Sie seufzte. „Superdoof. Und auch wieder nicht. Mir soll es recht sein, die Musik übersteht auch das. Andreea muss als Sophie halt niedlich sein, das macht sie super. Und ich habe den Freiraum, dass ich mir die Rolle mehr oder weniger nach meinen Vorstellungen entwickeln kann." Sie lachte. „Okay, letzten Endes auch weniger. Wenn es nach dem Gartaboom ginge, dann würde ich nobel in der Gegend herumstehen, wenn ich meiner Geliebten nicht gerade an die Wäsche will. Das war das Konzept, mit dem er aufgeschlagen ist. Ursprünglich war ihm zu meiner Rolle nur eingefallen, dass ich, also, genauer, mein Octavian, der nächste Ochs auf Lerchenau sein würde. Nein, wird. Nein, werde. Grammatik, du Bitch." Sie lachte. „Aber das Inszenieren ist immer ein Prozess." Sie lachte wieder. „Das hat er wortwörtlich gesagt. Und darauf nagle ich ihn fest. Das mag er zwar nicht, aber er schuldet mir noch was."

Die Querverbindungen und Verbindlichkeiten in Swantjes Welt ließen mich immer wieder staunen. Irgendwer tat irgendwem einen Gefallen oder benahm sich schlecht und Jahre später wurde die Rechnung fällig. Manchmal reichte es auch, jemanden ins Herz getroffen zu haben mit einem kleinen Geschenk zur Premiere, ein anderes Mal war es die Rettung eines Konzerts oder einer Vorstellung. Der neue Ochs auf Lerchenau würde in der nächsten oder übernächsten Spielzeit ganz bestimmt wieder zu Gast in Erfurt sein.

„Auch der Gartaboom, so gut der auch im Geschäft ist, selbst er ist gelegentlich darauf angewiesen, dass ihm jemand gut will. Ich bin vor rund zehn Jahren mal bei einer Salome von ihm eingesprungen, in Dresden. Das war vielleicht eine Nummer. Eigentlich wollte ich nur die Vorstellung sehen, meine damalige Freundin war Produktionsdramaturgin und hatte mir eine Karte für die Premiere verschafft."

Tatsächlich war ich wohl seit ihrer Schulzeit die erste Frau Freundin der Meinigen außerhalb der Musikblase, aber mich interessierte ihre Anekdote zu sehr, als dass ich ablenken wollte.

„Jedenfalls bin ich vorher mit ihr noch in die Kantine und ehe ich es mich versehe, stehen der Intendant, der Regisseur, das war der Gartaboom, und die Dirigentin vor uns und fragen, ob ich nicht … Es wäre ein Notfall, die Sängerin der Herodias musste mit der Rettung ins Krankenhaus, ihr Blinddarm ist dann pünktlich auf dem OP-Tisch geplatzt. Das war vielleicht eine Geschichte." Swantje lächelte versonnen. „Dank Franziska wusste ich über die ganzen Details der Inszenierung Bescheid und soooo viel hat die Frau des Herodes ja nun auch nicht zu singen. Gut, dass ich die Rolle so einigermaßen drauf hatte." Sie lachte. „Die Inszenierung hatte ein dermaßen üppiges Bühnenbild, wegen Party beim Tetrarchen, da haben wir einfach den Klavierauszug versteckt, einen Teil im Blumengesteck, den nächsten hinter dem Schild der Thronwache, und da war noch eine Säule, da wurde einfach hinten was aufgeklebt. Und dann ging es auch schon bald los. Mit dem Blättern, das war so eine Sache, aber auch das haben wir hinbekommen."

„Warum gab es denn eigentlich keine Doppelbesetzung, ich meine, Premiere und so, die Semperoper ist doch eine andere Hausnummer als Erfurt, die würden doch wohl auf Nummer Sicher gehen?"

„Der Gartaboom hatte es sich mit der Kollegin, die nach ein paar Vorstellungen übernehmen sollte, verscherzt. Die war noch vor der Generalprobe abgereist. Und eine halbe Stunde, bis der Vorhang hochgeht, da telefoniert man nicht mehr lange herum. Na ja, sie waren alle ganz dolle dankbar und der Gartaboom hat geschworen, ich hätte was gut bei ihm. Erstaunlicherweise hat er die Sache auch nicht vergessen gehabt, sondern mich bei der ersten Probe darauf angesprochen. Mit dem Herodes von damals wechsle ich immer noch Weihnachtskarten. Nur Franziska, die ist völlig vom Radar. Was aus der wohl geworden ist? Irgendwie ist der Kontakt komplett abgerissen, obwohl es eine Trennung ohne Streit war. Ich glaube, die arbeitet mittlerweile in einem Musikverlag, weit weg von cholerischen Regisseuren und eitlen Gesangsstars." Swantje warf einen Blick auf das Regal mit den DVDs. „Irgendwo muss noch das Video von der Vorstellung herumliegen. Das hat mir Franziska noch verschafft, bevor es zwischen uns aus war."

Unsere Sammlung von Opernaufzeichnungen war beachtlich und natürlich gab es auch etliche Rosenkavaliere. Ein paar davon hatte ich mir angeschaut, ganz abgesehen davon, dass ich Richard Strauss als Komponisten durchaus zu schätzen weiß – als Nutznießenden des NS-Staates natürlich deutlich weniger -, ich wollte doch wissen, was Swantje in Erfurt so zu tun haben würde. Tatsächlich war der Ansatz des für diese Premiere verpflichteten Regisseurs nicht nur ein wenig anders als der traditionelle

Mainstream. Aber was war das eben gewesen mit dem Klauen?

„Ach so. Na ja, der Gartaboom arbeitet sich ja an den beiden Erwachsenen ab. Und wenn ich dann als Rosenkavalier diese Brautwerbung überreichen soll, da hat er mich nicht einfach machen lassen, aber eingefallen ist ihm nur konventionelles Zeug, das ihn selbst nicht vom Hocker riss. Da hat der Vadian gemeint, vom Libretto her ist dem Octavian die Sache ja ganz und gar nicht recht. Sophies Vater, der Herr von Faninal, ist so einer, der im letzten Krieg reich geworden ist und wegen Waffengeschäften geadelt wurde. Steht so im Textbuch, ganz nebenher. Aber Octavian ist so ein uraltadeliger Spross, den nervt dieser Auftrag schon gewaltig. Er, der feine Herr als Bittsteller bei den Neureichen? Also komme ich auf die Bühne und bin halbbesoffen. Das hat der Vadian dem Gartaboom untergejubelt. Der fand das auch ganz klasse, vor allen Dingen, als ich ihm da das Passende anbot. Du warst ja bei der Périchole dabei …"

Schauen Sie im Opernführer mal nach Offenbach. „La Périchole" hat eine hinreißende Rolle für einen Mezzosopran, wenn der sich traut, so zu spielen, als wäre er reichlich angeschickert.

„Jedenfalls gefiel es dem Gartaboom, und ich hatte nicht das Herz anzumerken, dass Vadian das bei Konwitschny geklaut hat."

Noch so ein Name, aber dieser war so berühmt, dass selbst ich von dem Regisseur schon einmal gehört hatte, obwohl Swantje noch nicht mit ihm zusammengearbeitet hat.

„Na gut. Die Idee hat ja auch was. Ein bisschen off, das schon, wenn ich bedenke, dass unser erster Regieassi wegen Alkohols ausfiel." Nachdenklich schaute sie in ihre Teetasse. „Hauptsache, sie lassen ansonsten die Finger von meinen Szenen mit Sophie. Also, mit Andreea. Da ist die Musik dermaßen magisch, da kommen sie nicht auf die Idee, gegen den Strich bürsten zu wollen."

Wenn es nur die Musik war, was magisch wirkte, wollte ich mir das gut gefallen lassen. Auch wenn das grünäugige Monster gelegentlich doch nach einem Untermietvertrag bei mir verlangte, aber das natürlich nicht, wenn Swantje und ich den Feierabend auf der Couch genossen.

„Wie geht es denn eigentlich bei dir so?", fragte sie gerade. „Der Chef ist also eher eine Pappnase und das von der unangenehmen Sorte. Aber ist es denn wenigstens interessant?"

Gute Frage. Bisher war ich ja nicht wirklich in die Ermittlungen eingebunden, und das Gefühl, dass sich das auch nicht sonderlich ändern würde, war alles andere als klammheimlich. Auf der anderen Seite, wenn es sich um Kleingewerbler mit ein paar Stangen Zigaretten gehandelt hätte, dafür brauchte es nicht gerade die Bundespolizei. So eine Schmuggelsache inklusive Big Boss im Hintergrund und dann auch noch mit Gütern, die nicht nur die Steuerbehörden interessierten, sondern eine Gefahr für Leib und Leben darstellten? Gefälschte TÜV-Plaketten, trotz Aufkleber eben nicht geprüfte Sicherheit von elektrischen und elektronischen Bauteilen, Medikamente, die Werweißwas enthielten, aber nicht das, was wirklich half, außer den Schmugglerbossen, aber denen sehr? Gut, Freckenhagen hatte das Zeug für Viagra gehalten und prompt hatte es wohl gewirkt. Warum regte mich das alles eigentlich nicht sonderlich auf? Fing so ein Burn-out an? Und wenn, was konnte ich Swantje anvertrauen? Freckenhagens Irrtum? Andreeas Fingerspuren? Alles? Nichts? Wenigstens meine Befürchtung in Richtung Burn-out?

„Ich weiß wirklich nicht ...", setzte ich zögernd an. „Es könnte ja spannend sein. Der Karriere tut es sicher auch keinen Abbruch, wenn ich mich bei der Sache hervortue.

Und ein paar im Team sind wirklich klasse. Aber ich habe das Gefühl, ich werde da ein bisschen sehr außen vor gelassen, als müsste ich erst einmal beweisen, dass ich auch loyal und brav bin."

„Du und brav. So weit kommt's noch." Swantje lachte.

Ich zuckte mit den Schultern. „Vielleicht ist es schlicht die Gesamtsituation, mit der ich nicht mehr zufrieden sein kann. Ich zucke jedes Mal zusammen, wenn es in den Nachrichten um Thüringen geht. Noch hält ja der demokratische Konsens so einigermaßen, aber was da in so mancher Stadt abgeht, ich hab das Gefühl, wir sind kurz vor 33. Und damit nicht genug. Erst die Corona-Leugnerei, diese Schwurbler, die immer weiter abdriften und rechts mit offenen Armen empfangen werden. Für die Antifa andererseits sind wir sowieso das Böse schlechthin. Und mittendrin dann auch noch die Klimaklebe-rei … Der Spaß ist schon lange keiner mehr."

Swantje nickte. „Das verstehe ich nur zu gut. Ich bin ja die halbe Zeit unterwegs, da ist gut Abstand halten. Aber was das alles mit dir macht, darüber reden wir viel zu wenig."

Ob das Reden helfen würde? Meine Swantje hat neben dem deutschen Pass dank ihres Vaters, dem Viscount, und des Geburtsorts Oxford auch einen britischen, was ihr nach dem Brexit ganz und gar nicht schadete. Wo sie letzten Endes lebt, spielt für sie eine deutlich kleinere Rolle als für mich als Mitglied der Polizei Thüringen.

„Es kommt wohl etwas plötzlich", meinte sie nachdenklich, „aber wenn es dir hier nicht mehr passt, wir können auch wegziehen."

Das kam nun wirklich überraschend und das nicht nur ein bisschen.

„Ich könnte mich bestimmt versetzen lassen", sagte ich zögerlich, „aber ich weiß nicht, ob ich das will. Vielleicht gönne ich mir ja auch einfach eine vorgezogene Midlife-crisis? Oder es ist schlicht, weil wir einfach nicht weiterkommen mit den Ermittlungen. Das kenne ich doch bei mir, wenn die Sache so durchhängt, dann geht die Stimmung bei mir irgendwann bachab."

Swantje stand auf. „Ich weiß nicht, wie es mit dir ist, aber ich brauche erst einmal ein Bier. Und dann muss ich dir was erzählen."

Das klang mysteriös. „Bring mir eins mit", rief ich ihr nach.

„Also", fing Swantje an, nachdem wir uns zugeprostet hatten, „die Sache ist die. Ich unterrichte ja gerne."

Und gut, setzte ich in Gedanken den Satz fort. Ihr Meisterkurs hatte sogar mir Lust gemacht zu singen. Dabei war ich es eher gewohnt, dass man mir Schweigegeld anbot, wenn ich bei Feiern loslegen wollte.

„Jaaaa …" Ich machte eine auffordernde Handbewegung. „Also, mal Buddha bei die Fische. Was ist los?"

„Na gut. Ich habe ein Angebot. Die Kölner Musikhochschule hat eine Abteilung in Wuppertal. Und da wäre eine Professur zu vergeben …"

„Willst du denn nicht mehr singen?", platzte es aus mir heraus.

„Aber ja doch. So eine Professur, das ist doch kein Neun-bis-fünf-Job, fünf Tage in der Woche. Es gibt eine Menge Kollegen, die singen rund um die Welt und unterrichten auch. Und dann, okay, Wuppertal, das ist jetzt nicht gerade die Prestigehochschule, aber ich bin da zwischen den Niederlanden und Köln im Dunstkreis von gleich zwei großen Szenen für Alte Musik …"

Ich nahm einen großen Schluck Bier und setzte dann die Flasche auf dem Couchtisch ab.

„Sag mal, wen versuchst du hier zu überzeugen, mich oder dich?"

Swantje lachte. „Erwischt." Dann wurde sie schnell wieder ernst. „Es könnte allerdings eine Lösung sein, für uns beide. Weg hier. Und wenn die dich bei der Polizei in Wuppertal nicht wollen, dann heiraten wir eben doch und du bist die Künstlerinnengattin, die meine Termine im Auge behält und die Finanzen, mir die Fans vom Leib schafft und mich gelegentlich einnordet."

Gut, dass das Bier schon griffbereit stand. Auf einmal wollte sie heiraten? Etliche Jahre war das Finanzamt nur eine der Hürden gewesen, die gegen eine Verpartnerung sprachen, und nicht einmal die größte. Und nun aus heiterem Himmel ein Heiratsantrag?

Ich holte tief Luft. „Swantje …", sagte ich endlich. „Mein lieber Schwan. Ist das jetzt das Lampenfieber vor der Premiere, das aus dir spricht, oder kann es sein, dass du einfach komplett spinnst?"

# KAPITEL 8

*Generalprobe aufs Exempel*

Zugegeben, das war keine wirklich elegante Reaktion meinerseits. Immerhin hatte mir Swantje einen Heiratsantrag gemacht. Natürlich hätte ich umgehend meine Eltern anrufen können, mit denen ich sonst etwa einmal im Monat telefoniere und an Feiertagen extra. Sie leben in Schweden, in ihrem Rentnerparadies am See. Dort haben sie viel mit Mücken zu tun, jedoch nun wirklich nichts mit dieser Geschichte. Hier also nur der Hinweis, dass es sie gibt, sie mit der Existenz ihrer Tochter als Mitglied der Regenbogenfraktion keine Probleme haben und ansonsten den Handlungsablauf nicht weiter unterbrechen werden. Sie lassen schön grüßen.

Swantje lachte. „Gut, das kam sehr plötzlich. Ich werde diesen Winter vierzig, da kommt frau ins Grübeln. Und, okay, Premierenfieber. Na, geschenkt. Ich will nur, dass du weißt, wenn es darauf ankommt, musst du nicht bis zur Pensionierung die Müller Zwos dieser Welt ertragen. Schon gar nicht, wenn du dabei glaubst, du machst das, damit ich weiter Kunst machen kann."

Sie hat gelegentlich schon sehr gewundene Wege mir zu zeigen, dass sie mich liebt, nicht wahr?

Der weitere Verlauf des Abends erwies sich als erheblich angenehm und entspannte mich ausreichend für die Taskforce. Dort gab es aktuell nicht viel zu tun, Müller Zwos Informant war einstweilen verstummt. Nicht viel zu tun, das hieß natürlich nur, dass wir nicht ständig ausrückten für Zugriffe oder Observationen. Die Aktenberge wuchsen, seit bei Magdeburg auch ohne unsere Mitwirkung ein Zwischenlager ausgehoben worden war, was

Müller Zwos Laune erwartungsentsprechend nur wenig zu heben vermochte. So verging eine ganze Woche, die zweite begann und immer noch gab es keinen Ersatz für die Kollegin aus Sachsen-Anhalt. Wo blieb der eigentlich? Unser Erster Polizeihauptkommissar hielt sich eher bedeckt, als bei der nächsten Lagebesprechung am Mittwoch um elf die Sprache darauf kam. Dafür hatte er aber eine ganz tolle Idee, die uns allen viel Freude machte. Nicht.

Es sei ihm aufgefallen, dass die Nachrichtenlage – so formulierte er es tatsächlich – stundenlang unbeobachtet bliebe. So sehr er allen einen schönen Feierabend wünsche – nanu? –, es ginge nicht an, dass uns etwaige Entwicklungen – welche Entwicklungen? – erst mit weit über zwölf Stunden Verspätung erreichen würden. Ein ganz besonders Mutiger von der Bundespolizei meldete sich.

„Aber dafür ist doch der Dauerdienst zuständig?"

„Und hat der uns in letzter Zeit über irgendetwas außer der Reihe informiert?" Müller Zwos Stimme klang noch schnarrender als sonst. „Wir erfahren alles erst bei Dienstantritt am nächsten Morgen."

Seine Lösung, die er als Vorschlag formulierte, bei dem aber allen klar war, dass er sehr, wirklich sehr enttäuscht von uns sein würde, wenn wir sie vom Tisch lachten angesichts des Fakts, dass eben überhaupt keine ermittlungsdienlichen Nachrichten eintrafen, weder zu den normalen Bürozeiten noch mitten in der Nacht? Richtig: Stallwache. Wir sollten uns einen Dienstplan ausdenken, der dafür sorgte, dass auch außerhalb der Kernarbeitszeiten ständig ein Mitglied der Taskforce nicht nur erreichbar war, sondern im Büro die Arbeit des Dauerdienstes begleitete. Beginn umgehend, selbstverständlich. Da gab es kein Nachverhandeln.

„Gilt die übliche Regelung hinsichtlich der Nachtarbeit?" Ferdi Horbel war anscheinend todesmutig, wenn ich den Blick des Ersten Polizeihauptkommissars richtig deutete.

„Sie feiern das dann ab. Nachdem Sie das Team über relevante Ereignisse informiert haben, gehen Sie heim, machen Ihren Schönheitsschlaf, wenn er denn sein muss …"

Ich überlegte. Hatte ich bedauert, dass ich morgen Vormittag nicht zur Generalprobe gehen konnte? Ja. War damit zu rechnen, dass ausgerechnet heute Nacht der große Durchbruch in unseren Ermittlungen kommen würde? Vielleicht. Würde ich die Doppelschicht durchstehen können? Vermutlich. War die Couch im Pausenraum so großzügig bemessen wie unsere in Arnstadt? Nein. War mir das egal? Bevor ein anderes Teammitglied die Punkte fürs Bravsein einheimste, meldete ich mich.

„Also gut. Für heute übernehme ich das."

Zum Glück waren die Teammitglieder erleichtert und fanden nicht, dass ich ihnen in den Rücken fiel.

„Aber es kommt jeder dran. Und jede", beschied uns Müller Zwo noch. „Ich erwarte den Plan für die nächsten beiden Wochen heute Nachmittag auf meinem Schreibtisch."

Während er in die Mittagspause entschwand, kästen wir noch eine Weile an dem Dienstplan herum. Immerhin, es fanden sich sogar ein paar, die die Wochenenddienste übernehmen würden. Da wir ohnehin schon dabei waren, erstellten wir gleich einen kompletten Einsatzplan mit Früh- und Abendschicht. Müller Zwo redete uns nicht hinein, was die Sache durchaus erleichterte.

„Warum hatten wir eigentlich nicht längst so einen Plan?"

Walter zuckte mit den Schultern. „Das hat die Britta gemacht."

Britta? Ach ja, die Kollegin im Mutterschutz.

„Und seither?"

„Eigentlich haben wir ja auch jemand aus dem Sekretariat zugeteilt bekommen. Aber die ist hauptsächlich damit beschäftigt, die Termine unseres Chefs zu koordinieren. Und irgendwie hat es ja auch so funktioniert." Er seufzte. „Das ist eh purer Aktionismus. Wenn überhaupt etwas Sachdienliches außerhalb der Bürozeiten reinkommt, das hat der Dauerdienst bisher prima erledigt."

„Wie den Hinweis auf unsere Betgemeinde mit dem Ikonenhort?"

„Das hat der Müller ganz allein zu verantworten." Walter seufzte. „Das kam doch von ihm, also, von seinem Einflüsterer." Er rieb sich die Stirn. „Wenn ich es recht bedenke, waren wir im Grunde gar nicht richtig zuständig, unsere Aufgabe ist es, diese Schmuggelsache zu klären, und nicht, bei ein paar Betschwestern den Weihrauch zu konfiszieren, bloß weil der vielleicht mit seinen Wölkchen auch ein bisschen Nebel im Hirn macht."

Zwar wurde Weihrauch in der Antike dazu verwendet, das Orakel ganz entspannt im Drüben fischen zu lassen, aber die heutzutage eingesetzten Mischungen sorgen höchstens dafür, dass das Halleluja gelegentlich ein bisschen sehr enthusiastisch erklingt.

Wir lachten. Und dann saßen wir noch eine Weile zusammen in dem kleinen Büro mit den drei Schreibtischen. Auch so eine Idee von Müller Zwo. Anstatt uns über das Team der Bundespolizei zu verteilen, hockten wir ganz am Ende des Gangs. Angeblich war das günstig, wenn alle drei von den Landespolizeien gleichzeitig greifbar waren. Dass wir zu einem Drittel unterbesetzt waren, fiel nicht weiter ins Gewicht, und auch nicht, dass die Kolleginnen und Kollegen Input nur dann bekamen, wenn sie ihn sich abholten. Es war uns recht unmissverständlich klargemacht worden, dass die täglichen Teammeetings und die wöchentliche Lagebesprechung ausreichen würden für die Vernetzung. Müller Zwo, wer sonst?

Der entwickelte sich allmählich zu einem immer gewichtigeren Faktor in Sachen Arbeitszufriedenheit.

„Lass uns mal schauen, Walter, was wir überhaupt haben. Bei den Meetings heißt es ja immer nur ‚nüscht Neues'."

Wir machten also eine Bestandsaufnahme. Tatsächlich, wenn wir alle Hinweise und Ergebnisse zusammentrugen, wiesen die Spuren eindeutig nicht nur nach Thüringen, sondern sogar nach Erfurt.

„Es gibt also einen Big Boss namens Josef. Mehr ist unbekannt."

Walter nickte.

„Wir wissen, dass er im Erfurter Raum steckt, weil es dieses Abhörprotokoll gibt." Ich tippte auf den Aktenstapel. „‚Ich muss nach Erfurt. Josef will mich sehen.' So hat das doch geheißen."

„Genau. Aber leider ist der, der das gesagt hat, bei einem Autounfall zwischen Gera und Erfurt ums Leben gekommen, Stau kurz vor Erfurt, LKW ist aufgefahren, Notarzt kam zu spät, weil natürlich keine Rettungsgasse war."

Die Durchsuchung des Fahrzeugs hatte nichts Weiterführendes ergeben, außer einer unüblichen Menge an Potenzmitteln in Blisterpackungen, die noch in ihrem mit chinesischer Schrift versehenen Versandbeutel steckten. Interpol war eingeschaltet worden, es handelte sich beim Absender um eine Firma in Xúzhōu Shì.

„Keine Ahnung, wie das ausgesprochen wird." Walter lachte.

„Du bist eben nicht aus Erfurt. Das ist eine der Partnerstädte. Und schau mal, hier in der Übersetzung, da steht ‚Woche der Partnerschaft' auf dem Umschlag."

„Das bringt uns aber auch nicht weiter." Walter klang resigniert.

„Immerhin ist es eine Spur, die Erfurt wahrscheinlicher macht als beispielsweise Magdeburg, meinst du nicht?"

Wir lachten, aber weiter brachte uns das ebenso wenig.

„Wir wissen doch sowieso, dass dieser Josef Chinaware verteilt. Was also fangen wir mit dem Hinweis an?“ Walter klang quengelig.

„Wenn die Ware tatsächlich mit so kleinen Päckchen und per Post ankommt, dann hat es wenig Sinn, die Häfen zu überwachen. Und Datenschutz ist Datenschutz, wir können ja nicht einfach irgendwo Big Brother anrufen und fragen, ja, wer bekommt denn viel Post aus Übersee? Es machen ja sowieso immer mehr Firmen Werbung online und schicken ihre Päckchen von sonst wo her, da hätten wir mehr als eine Nachtschicht Arbeit, das alles auszusortieren.“

„Na, sag ich doch, Karin. Also, was hilft das?“

„Das hilft eben nur so weit, dass es eine Achse China-Thüringen gibt, die im Rahmen unserer Ermittlungen aufscheint. Ansonsten …“

Ansonsten war es nichts, was mich fern von der Generalprobe halten würde. Ob der neue Ochs wohl so gut war, wie Swantje erzählt hatte? Der Freckenhagen sang vielleicht schon mit den himmlischen Chören, die Gnade des Herrn ist ja bekanntlich unergründlich. An was war der Kammersänger nun wirklich gestorben? Herzstillstand muss nichts heißen, irgendwann hört jedes auf zu schlagen.

„Du schaust so nachdenklich. Hast du eine Idee, Karin?“

Eine sehr weit hergeholte.

„Das war doch so ein Geniestreich vom Müller, dass wir in alle Auffälligkeiten Einsicht bekommen sollten, wenn …“

„… wenn Medikamente oder sonstige unbekannte Substanzen im Spiel waren.“ Walter schüttelte den Kopf. „Und noch mehr Akten. Ich hätte nie gedacht, dass in Thüringen so viel los ist.“

„Na, so viel nun auch nicht. Ich vermute mal, die Menge ist der Art geschuldet, wie der Müller danach gefragt hat. Wenn er da einfach gesagt hat, schickt mal alles mit Medikamenten, ohne das irgendwie einzugrenzen, dann aber hallo. Der Fachausdruck ist Malicious Compliance, also böswilliges Einhalten der Vorgaben."

Walter lachte. „Na gut. Und jetzt?"

„Jetzt schauen wir, ob wir irgendwas finden, was sich deckt."

Wie war das wohl in Vorcomputerzeiten gelöst worden? Immerhin, die Suchfunktion brachte eine Parallele. Freckenhagen.

„Der hat tatsächlich das gleiche Zeug intus gehabt, wie es in der Sendung steckte, die aus Xu…, Schuz…, also dieser Partnerstadt?"

„Ja, Walter. Jetzt haben wir also noch eine Spur, die eindeutig nach Erfurt zeigt. Aber bringt uns das weiter?"

„Nö." Walter sah mich fragend an. „Damit zum Müller?"

„Noch nicht, das ist ein bisschen sehr dünn. Aber ich habe doch die Nachtschicht gezogen. Da werde ich mal tiefer buddeln. Einstweilen genügt wohl ein Aktenvermerk."

„So ein Toter läuft uns ja nicht davon." Walter grinste.

„Das sicher nicht. Aber leider kann er uns auch keine Auskunft mehr geben. Und deshalb gehe ich noch nicht zum Chef. Ich will erst schauen, ob ich irgendetwas finde, was uns weiterbringt. Das mache ich während der Nachtschicht. Viel Hoffnung habe ich zwar nicht, aber dann habe ich wenigstens den Überblick." Ich stand auf. „So, Pause. Ich meld mich mal ab, bisschen vorschlafen."

Selbstverständlich verlief die Nacht so ruhig, wie ich es erwartet hatte, und nach ein paar Stunden fruchtloser Scrollerei konnte ich ungestört darüber nachsinnen, wie der Plural von Couch lautet. Am Morgen wachte ich rechtzeitig auf und saß schon an meinem Platz, als sich die Büros der Taskforce zu füllen begannen.

Ich konnte aufzählen, was ich wollte, aber Unpünktlichkeit gehörte nicht zu den Schwächen des Ersten Polizeihauptkommissars. So meldete ich also brav, dass der medikamentöse Teil des Mageninhalts chemisch mit der Sendung aus der chinesischen Partnerstadt übereinstimmte. Wie erwartet, war Müller Zwo nicht gerade überwältigt. Ich war es ja auch nicht, ein Puzzleteil mehr, aber weiter ohne Vorlage, wohin es ins Bild gehörte. Endlich rang er sich ein „interessant, verfolgen Sie das einstweilen mal" ab.

In der Opernhauskantine traf ich Swantje, die sich gerade ihre Thermoskanne füllen ließ.

„Die von Daheim habe ich eben zeremoniell umgeschmissen." Sie lachte. „Es ist nichts passiert. Und es ist ein gutes Zeichen. So ein kleiner Unfall, das passt, danach macht das Karma Pause."

Ja, beim Opernpersonal ist ein gewisses Maß an Aberglauben durchaus verbreitet. Swantje bildet da keine Ausnahme. Ich wünschte ihr den rituellen Hals- und Beinbruch und setzte noch ein „und immer eine Handbreit Wasser im Orchestergraben" nach, worauf sie ihre Thermoskanne schlenkerte.

Bis auf eine kleine Unterbrechung, die einem Problem beim Umbau zum Szenenwechsel geschuldet war, lief alles glatt. Der neue Ochs auf Lerchenau war tatsächlich so gut, wie Swantje gesagt hatte, alle sangen hervorragend, Andreea war eine wirklich sehr süße Sophie und der angeschickerte Auftritt des Rosenkavaliers sorgte für genau das richtige Maß an Heiterkeit. Dass Swantje sowieso ganz wunderbar war, bedarf wohl keiner weiteren Erwähnung. Um ihr das dennoch mitzuteilen, ging ich zu ihrer Garderobe. Auf mein Klopfen hörte ich zunächst nichts, dann ein eher leises „Moment!"

Endlich öffnete sich die Tür. Swantje war nicht allein, Andreea stand vor dem Spiegel, in einen weißen Frotteebademantel gehüllt.

„Hallo, Karin!“ Ihr Spiegelbild lächelte mir zu. „Na, warst du drin? Wie war es?“

Das klang dermaßen harmlos, dass es schon wieder misstrauisch machen konnte. Ich gab mir einen Ruck.

„Ich würde ja sagen, alles großartig, toll, aber natürlich will ich die Premiere nicht verhexen. Belassen wir es dabei, dass ich mir keine Sorgen mache für übermorgen.“

„Du kennst uns Sängervolk aber schon sehr gut.“ Andreea lachte und wandte sich zur Tür. „Na, ich werd mal wieder. Wir sehen uns.“

Gerade wollte ich meinen lieben Schwan in den Arm nehmen, als es auf dem Soloflur Herren so laut wurde, dass es trotz der dicken Türen bis zu uns schallte.

Swantje rollte mit den Augen. „Was ist denn da schon wieder los?“

Die Polizei war im Haus, das war los. Die Kollegen von der Taskforce, unterstützt von der Erfurter Wache, nickten mir sogar zu. Inzwischen redete der Intendant beruhigend auf seinen Ochs ein. Owen Andrews sprach zwar gut Deutsch, aber in der Aufregung verwendete er dennoch einige der üblichen Four-Letter-Words. Er wollte nicht verstehen, warum er seine Taschen öffnen sollte und weshalb man seine Blutdruck-Medikamente beschlagnahmen wollte.

Selbstverständlich ließ sich der Erste Polizeihauptkommissar den Zugriff nicht entgehen und machte große Augen, als er mich mit Swantje den Gang entlangkommen sah. Der Sache weiter dienlich war natürlich nicht, dass der Intendant gleichzeitig auf ihn einredete und ihm versicherte, dass der Sänger überhaupt erst seit Kurzem in der Stadt und im Haus war, er sich für ihn verbürge und dass es sich bei den Pillen um ein zugelassenes Medikament handelte, das sogar beim Theaterarzt angemeldet war.

Ich hatte auch nicht gewusst, dass das Künstlerische Betriebsbüro seine Gäste bat, dem unterzeichneten Vertrag eine Liste beizulegen, welche Arzneimittel regelmäßig eingenommen wurden.

Das diente der Sicherheit, falls es zu einem medizinischen Zwischenfall käme, erklärte mir Swantje leise.

„Du erinnerst dich an die Geschichte mit meinem Einspringer für die Herodias? Da war es gut, dass der Theaterarzt das Krankenhaus informieren konnte, dass sie Blutverdünner nahm."

Und das machte der Datenschutz mit?

„Das wird in einem verschlossenen Umschlag aufbewahrt, in einem Tresor am Bühneneingang, so dass auch der Abenddienst Zugriff hat im Fall der Fälle. Und dann, wenn der Gast wieder geht, gibt er beim Pförtner sein Badge für die Tür ab, dafür bekommt er den Brief dann einfach wieder mit."

Die Statisterie hatte diese Regelung jedenfalls nicht, wollte ich mich gerade beschweren, aber dann fiel mir ein, dass Paule uns bei der Aufnahme in den Statistenverein ein Blatt hatte ausfüllen lassen mit medizinischen Details. Sein Argument damals war gewesen, dass er sehr gerne Rücksicht nähme auf spezielle Befindlichkeiten. „Wenn jemand Asthma hat und die Inszenierung besteht auf Nebelschwaden in den Szenen, dann setze ich doch niemanden mit Atemproblemen ein. Oder was ist, wenn Stroboskoplicht zu einem epileptischen Anfall führt? Alles schon erlebt, danke für Gehabtes."

Inzwischen hatten sich die Mitglieder der Taskforce mit Owen Andrews geeinigt, dass sie nicht seine komplette Pillendose beschlagnahmten, sondern sich mit Proben einstweilen zufrieden geben würden, was den Sänger sichtlich beruhigte. Oder lag es daran, dass er gleich eine

Tablette schluckte? Was auch immer der Grund war, er war Anlass genug für Müller Zwo, sich mir zuzuwenden.

„Was machen Sie denn hier, Frau Rogener?"

„Pause", sagte ich. „Ich hatte doch die Nachtschicht."

Selbstverständlich hatte ich längst heraus, welche Knöpfe ich beim Ersten Polizeihauptkommissar am erfolgreichsten drücken konnte.

„Eine Nachtschicht, nach der Sie mir von der Spur in die Oper berichtet haben. Ich wiederhole also. Was. Machen. Sie. Hier?"

Es schien den Taskforce-Chef deutlich weniger zu erfreuen als meinen eigentlichen Dienstvorgesetzten, dass ich als Statistin der Oper Erfurt Mitglied des Hauses war.

„Und Sie meinen nicht, dass ein wenig Zurückhaltung, was die Nähe zum Haus betrifft, Ihre Integrität bei den Ermittlungen unterstreichen könnte?" Ungeduldig wippte Müller Zwo auf seinen Zehenspitzen. „Das wird ein Nachspiel haben, glauben Sie mir."

Da konnte Swantje noch so lange ihr wirklich beeindruckendes Wir-haben-das-alles-nicht-nötig-Gesicht machen, dass der Erste Polizeihauptkommissar die Sache nicht auf sich beruhen lassen würde, davon konnten wir getrost ausgehen.

Owen Andrews beachtete ihn nicht weiter und wandte sich an den Intendanten. „Ich darf davon ausgehen, dass sich so etwas wie das hier gerade nicht wiederholen wird, ja?"

Müller Zwo wollte anscheinend etwas sagen, aber schon machte der Sänger eine abwehrende Handbewegung.

„Mit Ihnen rede ich nicht", zischte er. „Eine solche Behandlung wie die Ihre, die bin ich weder gewöhnt noch dulde ich sie."

Der Erste Polizeihauptkommissar stand mit offenem Mund da, aber Owen Andrews redete schon weiter auf den Intendanten ein. „Ich muss wohl nicht betonen, dass mein Goodwill gerade aufgebraucht worden ist. Selbstverständlich, ich würde es sehr bedauern, meiner Mutter erklären zu müssen, dass ich abgesagt habe …"

Der Intendant bemühte sich mit eilfertigen Beteuerungen die Wogen zu glätten, und Owen Andrews ließ sich endlich beschwichtigen.

„Ich werde den Tag Pause nutzen und mein Blutdruck auch. Aber versprechen Sie mir, dass ich diesen … diesen …" Es schien, als ob er eine bestimmte Formulierung vermeiden wollte. „Also gut. Ich bleibe. Danken Sie meiner Mutter und dass ich sie nicht enttäuschen will, wenn sie schon eigens aus Oklahoma herfliegt."

Selbstverständlich bekam er das Versprechen, dass die Frau Mama in der Intendantenloge platziert werden würde, wo ihr eine persönliche Betreuung gewiss war.

„Nachdem das nun geklärt ist, lass uns fahren." Swantje klang müde. Wir wandten uns zum Gehen.

„Wo wollen Sie denn hin, Frau Rogener?"

Ich sah, wie Swantje zusammenzuckte. Die Stimme des Ersten Polizeihauptkommissars schnarrte wieder sehr unangenehm.

„Heim. In die Pause, die Sie angeordnet haben, Herr Müller."

Er schnappte hörbar nach Luft. Der morgige Tag würde ganz bestimmt nicht angenehm werden.

# KAPITEL 9

*Nachspiel vor der Premiere*

„Dieser Auftritt da heute Mittag in der Oper … wer war das denn eigentlich? Ich dachte, ich kenne deinen Vorgesetzten?“

Swantje und ich hatten es uns gerade wieder einmal in Couchistan gemütlich gemacht.

„Ich hab dir doch von dem Müller erzählt. Der Typ mit der Schnarrstimme, das ist der Chef von der Taskforce. Er ist von der Bundespolizei, inwieweit er also weisungsbefugt ist, wenn es nicht rein um Taskforce-Belange geht, das sei mal dahingestellt.“

„Der ist ja wirklich ein richtiges Herzchen.“

„Zugegeben, ich mache es ihm auch nicht sonderlich leicht. Der ist es anscheinend nicht gewöhnt, dass ihn jemand auflaufen lässt, und dann noch eine Frau. Und, ja, ich nutze das gnadenlos aus, vielleicht, weil er von Anfang an so biestig auf mich reagiert hat, warum auch immer.“

Dass Walter und ich gelacht hatten, als wir ihm die Aufwartung machten, erwähnte ich nicht.

„Machtspielchen, nehme ich an. Solche Regisseure habe ich genug erlebt. Das pure Dominanzverhalten. Sie sind gleichzeitig Hirt und Hütehund und die Lämmer, das sind alle anderen. Diese Typen müssen immer erst ihr Revier markieren, und wehe, du stehst nicht bereit, ihnen mit dem Palmwedel Kühlung zuzufächeln.“

Ich lachte. „Mitten im Fluss die Metapher gewechselt, Respekt. Aber apropos Palmwedel. Auf der Palme ist der Müller ja selbst beim geringsten Anlass.“

„Den du ihm natürlich gerne bietest.“ Swantje lehnte sich zurück in die Couch.

„Also gut. Das habe ich mir selbst zuzuschreiben, wenn das morgen kein lustiger Tag im Dienst wird. Ganz bestimmt wird er das nicht. Aber sei's drum."

„Sollen Sie dir halt kündigen." Swantje lachte. „Denk dran, du hast Optionen. Wuppertal winkt."

Zugegeben, ich schlief nicht wirklich ruhig in dieser Nacht. Und, ja, ich überlegte mir am Morgen genauer als sonst, was ich anziehen würde. Sehr seriös gewandet, kam ich im Büro an.

„Morgen, Karin." Walter hatte bereits den ersten Kaffee auf dem Schreibtisch, als ich um kurz vor acht in der Dienststelle ankam. „Der Chef ist schon da. Und er hat nach dir gefragt."

Ich konnte davon ausgehen, dass Walter von der Szene in der Oper wusste. Anderswo mochte es Tratsch und Klatsch sein, hier in der Bundespolizeiinspektion an Erfurts Bahnhofstraße war ein lückenloser Informationsaustausch Stützpfeiler effektiver Ermittlungstätigkeit.

Nach der gestrigen Episode hatte ich mir schon gedacht, dass der Tag so beginnen würde. Ich atmete tief durch und versorgte erst einmal die Jacke an der Garderobe.

„Sofort hat er gesagt", mahnte Walter, „ach, nein, umgehend."

Ich seufzte und klopfte kurz darauf an der selbstverständlich geschlossenen Bürotür. Müller Zwo ließ mich warten, was mich nicht sonderlich überraschte. Endlich schnarrte sein „Herein".

Dass auf dem Besucherstuhl vor dem Schreibtisch mein Chef aus Arnstadt saß, überraschte mich dann doch. Offiziell gehörte ich ja zum Bezirk Gotha, Arnstadt ist nur eine Außenstelle, aber auch die hat einen Chef, und der war nun da und schien nicht wirklich glücklich zu sein über seine Anwesenheit. Dass der Erste Polizeihauptkommissar nicht zu lächeln bereit war, konnte ich als gewohntes Verhalten verbuchen.

„Na, da sind Sie ja." Das „endlich" stand von ganz allein im Raum.

Noch bevor ich die Tür hinter mir geschlossen hatte, fuhr Müller Zwo schon fort. „Haben Sie gedacht, Sie kommen damit durch?" Jetzt lächelte er doch, siegessicher, wie mir schien.

„Guten Morgen, die Herren", sagte ich sanft.

„Tun Sie nicht so! Sie sind aufgeflogen. Das hat Konsequenzen, das sage ich Ihnen."

Ich und aufgeflogen? Falls unser Gespräch zu Beginn für eine Erläuterung gesorgt hatte, was genau der Erste Polizeihauptkommissar meinte, hatte ich die wohl verpasst.

Hatte Swantje nicht etwas gesagt von Machtspielchen und Dominanzverhalten? Es wurde wohl höchste Zeit, Herrn Müller Grenzen zu setzen. Oder mein eigenes Revier zu markieren, wenn Sie so wollen. Da ich ohnehin seiner Meinung nach aufgeflogen war, wegen was auch immer, hatte ich nichts zu verlieren. Ich sah mich also erst einmal um. Tatsächlich, neben der Tür stand ein zweiter Besucherstuhl. Kurzerhand nahm ich die Aktentasche, die darauf abgestellt war, platzierte sie neben dem Gummibaum in der Ecke, hob den Stuhl neben meinen Chef und setzte sich.

„Nun denn", sagte ich lächelnd, „Sie hatten mich herbestellt, Herr Müller. Um was geht es, bitte?"

Der Erste Polizeihauptkommissar schnappte hörbar nach Luft.

„Also … das … das ist … das ist doch …" Er winkte ab. „Übernehmen Sie, Kollege."

„Morgen, Karin", sagte mein Chef. „Der Erste Polizeihauptkommissar hat mich hergebeten, weil es Dienstrechtliches zu besprechen gibt." Er schluckte. „Mit dir."

„Reden Sie nicht um die Sache herum." Müller Zwo wollte dieses Gespräch eindeutig führen, ohne es selbst führen zu müssen. Aber so gutmütig mein Chef sich auch bisweilen zu geben wusste, als Fußabtreter war er eindeutig fehlbesetzt.

„Wenn das die Umgangsformen bei der Bundespolizei sind, Herr Müller …“, begann er und führte den Satz dann doch nicht weiter, sondern wandte sich wieder mir zu.

„Was der Erste Polizeihauptkommissar vermeidet anzusprechen …“

Die Ruhe einer weiteren Kunstpause wurde nur durch die Müller'sche Schnappatmung unterbrochen.

„Also, Karin, die Sache ist die. Es sind, gelinde gesagt, Zweifel aufgekommen, ob du geeignet bist für die Taskforce Prosper.“

Einmal mehr empfand ich den Namen als eher albern. Vielleicht lag meine Abneigung auch an meinen Ansichten über Müller Zwo, der sich den Codenamen ausgedacht hatte.

„Wie bitte?“ Vorsichtshalber spielte ich die Empörte-Unschuld-Karte aus. „Und woran soll das liegen?“

„Nun ja“, druckste mein Chef herum.

Zwischen Müller Zwo und einer Engelsgeduld schienen ein paar Höllentore montiert zu sein. „Nun tun Sie nicht so scheinheilig, das ist ja wirklich nicht zu fassen!“

Mein Geduldsfaden hatte auch schon längere Tage erlebt.

„Herr Müller, wie wäre es damit. Wir halten uns ab jetzt an die Sachen, wie wir sie damals auf der Polizeischule gelernt haben. Was, wann, wer und so weiter. Sie erinnern sich vielleicht?“

Mein verbindliches Lächeln ärgerte ihn wohl ebenso wie meine zugegebenermaßen nicht wirklich diplomatische Einrede.

Der Arnstädter Chef, der in der Freizeit seine Dienste als Mediator anbot, sah sich genötigt einzuschreiten.

„Ich glaube, wir fangen am besten noch einmal von vorne an."

Dann erklärte er mir, dass der Erste Polizeihauptkommissar Zweifel hegte an meiner Zuverlässigkeit.

„Das ist noch sehr gelinde ausgedrückt", mischte der sich ein. „Am Morgen verlassen Sie direkt nach unserem Gespräch die Dienststelle und als wir mittags einer Spur in die Oper folgen, muss ich erfahren, dass Sie bereits seit Stunden dort im Haus sind. Und wo treffe ich Sie an? Genau da, wohin uns die Ermittlungen geführt haben." Seine Faust klopfte im Takt der Silben auf den Schreibtisch. Dann lehnte er sich zurück. „Und ich muss schon sagen, seit Sie bei uns sind, verlaufen sämtliche Ermittlungen im Sande. Das ist nun wirklich mehr als auffällig."

Ich zog eine Augenbraue hoch, ein Trick, den mir Swantje vor ein paar Monaten beigebracht hatte.

„Die Gesichtsfaxen können Sie sich sparen." Eine ungesunde Röte schlich sich über die Wangen des Ersten Polizeihauptkommissars. „Haben Sie nichts dazu zu sagen?"

„Aber ja doch, Herr Müller", sagte ich ruhig. „In Ihrer Zusammenfassung fehlt ein wichtiges Detail."

Mein Chef sah mich fast so verblüfft an, wie es der Erste Polizeihauptkommissar fertigbrachte.

„Ach, halt", setzte ich fort, „es sind zwei. Nein, sogar drei. Mindestens." Ich lächelte. „Wer hat Sie denn auf die Spur in Richtung Oper Erfurt hingewiesen? Wenn ich mich recht entsinne, lag der Obduktionsbericht Freckenhagen schon eine Weile vor."

Das schien Müller Zwo meinem Chef nicht erwähnt zu haben, wenn ich dessen erstauntes Gesicht richtig deutete.

„Sie selbst haben gesagt, dass ich an der Sache dranbleiben soll, auch wenn die aktuell nicht viel hergibt. Zum anderen wissen Sie ganz genau, dass es erst der Lärm auf dem Soloflur Herren war, weshalb ich überhaupt zu der Garderobe kam."

Meinem Arnstädter Chef gelang es, noch verwunderter dreinzuschauen.

„Und was die leerlaufenden Ermittlungen betrifft, ich war noch nicht in Erfurt, als sich das Team aufmachte zu der LPG. Dieses Nur-mal-Schauen unter dem Deckmantel der Zollermittlung, das hat doch allenfalls die Pferde scheu gemacht."

Ob es klug war, den Ersten Polizeihauptkommissar vor meinem Chef bloßzustellen? Die Frage war so müßig wie leicht zu beantworten. Mit Sicherheit war es das nicht, aber nun war auch ich in Fahrt. Torpedos hin oder her, volle Kraft voraus!

„Dann die Aktion wegen der Haschplantage. Nicht nur, dass diese Ermittlung überhaupt nicht im Portefeuille der Taskforce steht, der Tipp kam von Ihrem Informanten. Den nur Sie kennen." Ich holte tief Luft. „Ich bin der Prosper als Liaison zugeteilt worden, aber allmählich frage ich mich wirklich, ob Sie überhaupt mit der Polizei Thüringen zusammenarbeiten wollen. Und dann diese Dienstplanaktion mit den Nachtschichten, ist die wirklich nur, weil Sie dem Dauerdienst nicht trauen, weder dem eigenen von der Bundespolizei noch dem von Erfurt? Oder steckt da etwas ganz anderes dahinter?"

Müller Zwo schnappte erneut nach Luft. Seine Gesichtsfarbe sah sehr ungesund aus.

Mein eigentlicher Chef legte mir die Hand auf den Arm. „Ich schlage vor, wir machen an dieser Stelle mal eine Pause", sagte er ruhig. „Karin, wie wäre es, du gehst ins Büro und schaust, ob in der Zwischenzeit etwas Sachdienliches eingetroffen ist. Der Erste Polizeihauptkommissar und ich, wir melden uns später dann bei dir."

Selbstverständlich entsprach ich seinem Wunsch, allerdings nicht ohne zunächst den Stuhl an seinen alten Ort zu stellen. Ich vergaß auch nicht, die Aktentasche wieder darauf zu platzieren.

Walter stellte mir wortlos einen Kaffeebecher hin.

„Soll ich mal zuhören?", fragte er.

Ich musste lachen. „Ist das die Empathieversion von Möchtest-du-darüber-sprechen?"

Er nickte. „Erwischt. Aber gut, ich bin halt schon neugierig."

„Kein Wunder. Du bist ja Ermittler."

„Naturbegabung", gestand er.

Es gelang ihm recht schnell, meine Laune wieder auf Normalwerte zu bringen. Zur Belohnung erzählte ich ihm, was mir Müller Zwo alles vorgeworfen hatte. Und auch, was ich darauf geantwortet hatte.

Walter pfiff durch die Zähne. „Alle Achtung. Und das Ganze vor einem Zeugen, Respekt! Du bist aber auch ein Naturtalent."

„Na ja, was hätte ich denn tun sollen? Klein beigeben, etwas beichten, was ich nicht gemacht habe?"

„Sicher nicht." Walter klang entrüstet. „Dafür habe ich viel zu viel Spaß mit dir. Und es war höchste Zeit, dass wer den Müller mal einnordet. Ich bin nur froh, dass ich das nicht sein musste."

Es klopfte und Ferdi Horbel stand in der Tür.

„Du, Karin, ich hab da was läuten hören …"

O je, der Buschfunk. Aber Ferdi überraschte mich.

„Wir wissen alle, dass der Müller dich auf dem Kieker hat. Es weiß nur niemand, warum eigentlich. Bevor du kamst, war er zumindest offiziell ganz Feuer und Flamme, dass wir einen direkteren Draht zur Landespolizei hätten, wo doch die Ermittlungen sich mehr und mehr auf Thüringen konzentrieren. Und dann, kurz bevor du kamst, war es dann von heute auf morgen so was von Essig mit der Begeisterung."

Wenn das so war, warum hatte mich der sächsische Kollege nicht darauf vorbereitet, als wir zu der LPG fuhren? Oder hatte er es etwa versucht mit seinem „Sie werden nicht gut mit ihm auskommen"? Ich hätte Walter gerne gefragt, aber Ferdi redete schon weiter.

„Wenn das erst später gekommen wäre, dann hätten wir das schon verstanden. Er kann nicht wirklich gut umgehen damit, wenn ihm jemand Paroli bietet. Der glaubt dann sofort, man nähme ihn nicht ernst. Wie er darauf nur kommt?"

Ich wollte schon aufbegehren, dass ich unseren Taskforce-Chef ausreichend achtete, aber Ferdi ließ sich nicht bremsen.

„Wir nehmen ihn doch auch nicht wirklich ernst. Er ist halt der Chef, da muss ja wohl er sagen, wo es langgeht. Aber als Mensch, da kann er uns nichts erzählen. Er ist schwierig. Es ist schwierig. Und …" Er schluckte. „Ach, Schwamm drüber. Auf jeden Fall bin ich ganz bestimmt nicht der Einzige im Team, der gerne mit dir zusammenarbeitet. Du bringst ja auch Resultate. Diese Sache mit der Obduktion. Dass bei dem Freckenhagen exakt das gleiche Zeug nachgewiesen wurde, von dem wir die Schmuggler suchen, das ist niemandem von uns aufgefallen. Gut, die Spur führt jetzt auch nicht entscheidend weiter, jedenfalls noch nicht. Aber wenigstens ist es eine Spur und nicht völlig irrelevanter blauer Dunst. Einheimischer Haschanbau. Pfff. Und wir kümmern uns auch noch drum, als wäre es der Ernstfall. Nerven die Betschwestern, obwohl, die meisten waren ja eh ausgeflogen. Aber wir kramen da rum, statt Schmuggler dingfest zu machen …"

In diesem Moment klingelte das Telefon auf meinem Schreibtisch. Mein Chef bat mich, noch einmal zum Ersten Polizeihauptkommissar zu kommen. Ja, ich wurde ausdrücklich gebeten. Einigermaßen verblüfft machte ich mich auf den Weg.

Sollte mein Chef jemals den Polizeidienst verlassen wollen, würde er mit Sicherheit nicht ins Leere fallen. Eine erfolgreiche Karriere als Mediator stand ihm mit Sicherheit offen.

Der zweite Besucherstuhl war, ohne Aktentasche, wieder vor dem Schreibtisch platziert, hinter dem Müller Zwo sogar aufstand, um für seinen Ausrutscher um Entschuldigung zu bitten. Tatsächlich, er sagte „Ausrutscher", aber ich wollte dann auch nicht so sein und akzeptierte das Friedensangebot, obwohl ich dem ebenso selbstverständlich wie nicht wirklich über den Weg zu trauen bereit war. Wir gaben uns die Hand wie ehrliche Leute und klärten dann das Weitere ab.

Um die Atmosphäre endgültig zu reinigen, durfte ich zunächst ein verlängertes Wochenende einlegen. Am Dienstag wurde ich zurück im Büro erwartet und dann würden wir mit vereinten Kräften die Taskforce zum erhofften Erfolg bringen. Bundespolizei und Thüringer gemeinsam. Unter der Leitung von Müller Zwo, aber das war der eine Wermutstropfen, der die einzelnen Geschmacksnoten des Versöhnungscocktails miteinander verschmelzen ließ.

„Halt mich auf dem Laufenden, Karin", sagte mein Chef lächelnd zum Abschied. „Du weißt ja, Verbindung bedeutet, zwischen zwei Stellen, nicht nur in eine Richtung."

Der Erste Polizeihauptkommissar lächelte ebenfalls, ein wenig säuerlich, wie mir schien, aber er machte durchaus den Eindruck, als ob er sich zusammenreißen wollte. Dann würde ich das eben auch tun. Wuppertal hin oder her.

Walter sah mir neidisch zu, als ich meine Jacke vom Garderobenhaken nahm. Er hatte sich für den Samstagsdienst eintragen lassen, was ihm jetzt schon leidtat.

„Vielleicht sollte ich mich auch mal mit dem Müller anlegen?“, meinte er versonnen.

Ich lachte ihn an. „Mach du nur. Wenn es der Wahrheitsfindung dienlich ist?“

Er winkte ab und wünschte mir noch ein schönes Wochenende.

Daheim angekommen, begann ich, die Premierengeschenke vorzubereiten, mit denen Swantje die anderen im Ensemble zu bedenken vorhatte. Es war selten genug, dass ich ihr dabei helfen konnte, denn normalerweise sang sie an deutlich größeren Häusern als der Oper Erfurt, und ich reiste nur gelegentlich an.

„Weißt du“, hatte sie gemeint, „es wird ja gerne eine Flasche Wein verschenkt, Schampus, Pralinen oder so etwas. Irgendetwas, das das Gepäck nicht ausbeult und das man daheim nicht unbedingt auf dem Flügel als Trophäe ausstellen muss. Ich verschenke aber nicht so gerne Alkohol, so gut kenne ich die Leute selten, als dass ich wüsste, ob da wer ein Problem mit hat.“

Die Lösung für das Dilemma war ziemlich naheliegend. Der Rosenkavalier würde gebackene Apfelrosen verteilen, einfach zuzubereiten und optisch durchaus eindrucksvoll. Ja, Swantje ist die bessere Köchin von uns beiden, aber das vegane Rezept hatte ich entdeckt.

„Es ist so einfach zu punkten“, hatte sie gemeint, „vegetarisch leben viele, die stört es nicht, wenn das Rezept zusätzlich korrekt vegan ist. Und wer vegan lebt, ist extra entzückt, wenn das nicht groß diskutiert werden muss.“

Ich schälte gerade Äpfel, als Swantje nach Hause kam.

„Haben sie dir gekündigt?“ Sie klang ein wenig besorgt.

Ich lachte. „Nee. Nur das Wochenende freigegeben, aber zur Belohnung, nicht als Strafe.“

Gut, die Belohnung galt wohl dem Umstand, dass ich Müller Zwo nicht völlig hatte auflaufen lassen, aber willkommen war das freie Wochenende schon.

Apfelrosen sind wirklich einfach herzustellen, schauen Sie gelegentlich in das Online-Angebot Ihres Vertrauens. Allerdings war es eine recht beachtliche Anzahl, die Swantje benötigte. Neben dem Regieteam inklusive Hospitant*innen und dem Ensemble sollte nicht nur der Dirigent bedacht werden und selbstverständlich das Team in der Maske. Auch die Ankleiderin würde sich bestimmt freuen, die Souffleuse, der Inspizient …

„Das hat mich schon früher aufgeregt, als ich noch die zweiten Pagen und so gesungen habe. Die Stars hatten den Tisch in der Garderobe voll mit schönen Dingen, und all die Leute, die dafür sorgen, dass der Vorhang überhaupt hochgeht, die trinken vielleicht ein Bier gratis bei der Premierenfeier, aber das spendiert das Haus und niemand von denen, die im Rampenlicht den Applaus einheimsen."

War es denn bei der Taskforce anders? Eher nicht. Umso lieber half ich Swantje dabei, die fertig gebackenen Apfelrosen nach dem Abkühlen zu verpacken. Endlich war alles so weit erledigt und wir gingen früh schlafen. So gelassen wie sie sich gab, war Swantje selten vor Premieren. Und ein Rollendebüt stellte keine alltägliche Sache dar. Trotzdem ging sie am Morgen auf ihre Joggingrunde und selbstverständlich begleitete ich sie. Der Tag begann verheißungsvoll: Keine Leiche mit roten Schuhsohlen lag der Premiere im Weg.

# KAPITEL 10

*Ist der Lautsprecher an?*

Sie können jeden Sänger, jede Sängerin fragen. Wer kurz vor der Premiere sagt, „aufgeregt? Ich doch nicht“, lügt. Ich behandelte Swantje mit der angemessenen Vorsicht. Denken Sie an Meißen, denken Sie an Porzellan, denken Sie an was Sie wollen. Wenn Sie nicht in der Lage sind, als Partner*in von Künstler*innen vor einer Premiere eine gewisse Zerstreutheit oder im Einzelfall auch passiv-aggressives Verhalten hinzunehmen, sind Sie als lebensabschnittserheiterungsbeauftragte Person fehlbesetzt.

Ich verschweige Ihnen also die im Grunde harmlosen Ereignisse im Hause Mittersand-Rogener – ja, die Reihenfolge ist alphabetisch, nicht wertend –, ohnehin wurde es Zeit, zur Oper zu fahren. Dort angekommen, holte ich die Tasche mit den Premierenküchlein aus dem Kofferraum und nahm den Kleidersack über die Schulter. Da sich eine Menge auch auswärtiger Presse angesagt hatte, wollte Swantje nicht im Schlabberlook ins Blitzlichtgewitter geraten. Ich gab sie und das Gepäck bei der Ankleiderin ab, die versprach, dass auch outfittechnisch faltenfrei repräsentiert werden konnte.

Swantje ließ mein „toi-toi-toi“ unbeantwortet. Auch das gehört zu den Ritualen des Opernbetriebs: Wer sich für die drei Ts bedankt, riskiert es, einen ohnehin launischen Bühnengott zu provozieren. Sie beließ es also bei einer Umarmung und einem Abschiedskuss, der sogar wirkte, als konzentriere sie sich ganz auf mich.

Zweieinhalb Stunden bevor der Vorhang aufgehen würde, herrschte im Haus emsige Betriebsamkeit.

„Nabend, Karin! Ist hier noch Platz?“

Paule Wetzkopf hatte reichlich Kohlenhydrate auf seinem Tablett. SchniPo, Schnitzel mit Pommes frites, ist einer der Standards unserer Kantine, aber immerhin hatte er auch brav Gemüse auf dem Teller. Spinat. Mit Speck, versteht sich. Paule würde an diesem Abend alle Kräfte brauchen. Eine Premiere sorgt schon von ganz allein für eine gewisse Aufregung, und Paule würde hinter der Bühne die Fäden zumindest für die Statisterie zusammenhalten müssen. Dafür war sein SchniPo-Teller schon die richtige Grundlage.

„Der Rosenkavalier" wird sehr gerne als Kammerschauspiel inszeniert, das sich ganz auf die Hauptrollen konzentriert, aber es müssen eine ganze Menge Menschen auf die Bühne. Die Bediensteten der Fürstin Werdenberg, die Lakaien des Barons, im Hause der Braut in spe gibt es ebenfalls eine Menge Angestellter und dann ist da noch diese Szene im Wirtshaus, das selbstverständlich – wir befinden uns in Wien, wenn auch in einem fiktiven – im Prater angesiedelt ist. Gibt es für eine kleine Rolle etwas zu singen, übernehmen Chormitglieder den Part. Für die vielen „stummen" Personen, die die Szenen füllen, hatte Paule den gesamten Statistenverein aufgeboten. Fast, ich war in dieser Produktion ja nicht dabei, auf eigenen Wunsch. Swantje hätte es sicher nichts ausgemacht, aber ich wollte sie lieber entweder hinter den Kulissen oder im Zuschauerraum durch ihr Debüt begleiten.

„Bist ja schwer in Gedanken." Paule hob grinsend sein Bier.

Alkoholfrei, las ich auf dem Etikett.

„Die Ruhe vor dem Sturm, nicht wahr?" Paule wollte also plaudern. „Bedauerst du, dass du nicht dabei bist?"

„Ein bisschen schon. Aber der Urlaub ist nun einmal vorbei."

„Aber die hätten dir doch bestimmt freigegeben, dein Chef ist doch nicht so?"

Sollte ich von der Taskforce erzählen? Eher nicht.

„Sag mal … Du arbeitest doch in Arnstadt …“, fuhr Paule fort. „Was hast du denn da neulich bei der Hühnerfarm gemacht, da, wo früher die LPG war?“

Paule wusste gerne über alle möglichen auch privaten Details in seiner Statisterie Bescheid. Dennoch zögerte ich, ihm von meinen Nöten mit Müller Zwo zu berichten. Vielleicht würde sich die Situation in der Taskforce verändern, nach dem Frieden stiftenden Mediatoren-Einsatz meines Chefs. Nennen Sie mich ruhig eine unverbesserliche Optimistin.

„Ach das. Ein Kollege aus Dresden, auf Schnupperrunde.“ Ob Paule das nun glaubte oder nicht. „Gute Pilzernte gehabt?“

Er strahlte. „Und wie! Solche Oschis …“ Seine Geste hätte einem Anglervereinspräsidenten wohl angestanden.

Schon waren wir mitten in der Herbstbestellung, Birnenringe inklusive. Paule notierte eifrig in sein Smartphone.

„Das sieht aber schick aus. Ist das neu?“

„Weißt du, das Finanzamt ist ein bisschen gründlicher in letzter Zeit. Da habe ich mir ein zweites Handy angeschafft, das ist nur für die Pilzgeschäfte, das Trockenobst und so weiter.“ Er lachte. „Deshalb ist es auch ein Apple.“

Pflichtschuldigst lachte ich mit.

„Das hat sich mittlerweile zu einem richtigen Standbein entwickelt. Meine Rente ist ja nicht wirklich dolle und die Statisterie, das wirft nun auch nicht sonderlich was ab, auch nicht als Leiter vons Ganze.“ Nachdenklich betrachtete er das Handy. „Wenn das klingelt“, fuhr er fort, „dann ist es meistens erfreulich und sowieso nicht halb so dringend wie bei der Statisterienummer.“

„Wäre es dir lieber, wenn ich meine Bestellungen auch darüber durchgebe? So von wegen Auseinanderhalten der Geschäftsbereiche? Aber wenn Swantje ihren Birnenjieper kriegt, dann brennt die Hütte."

So weit kam es zwar nie, aber immerhin waren wir Stammkundinnen.

„Dann wählst du natürlich die Expressbedienung, klar. Aber vielleicht machst du auch mal ein bisschen Werbung für mich bei deinen Kollegen? Die kriegen dann die andere Nummer."

Schon speicherte ich die Ziffernfolge ab, während Paule genüsslich die Reste seines Schnitzels verspeiste.

„So", sagte er schließlich, „dann will ich wohl mal."

In diesem Moment kam Andreea Doina an unserem Tisch vorbei, mit einer Lunchbox in der Hand. „Kartoffeln, für die Pause." Sie zuckte mit den Schultern. „Die halten länger vor als all das Zuckerzeugs." Lachend ging sie weiter.

Paule sah ihr nach. „Das ist auch eine von den Guten", sagte er unvermittelt. „Die kommt noch ganz groß raus." Er nickte. „Ganz bestimmt. Ich bin ja schon lange im Geschäft, und glaub mir, bei manchen merkt man das sehr früh, dass der lange Atem, auf den sie setzen, gerade mal heiße Luft ist."

Ich wusste, dass er und ein paar Chormitglieder nicht wirklich gut miteinander auskamen, aber mir schien, als stecke ein grundsätzliches Ressentiment dahinter.

„Das klingt bitter, ich weiß", sagte er schließlich. „Ich hatte mir auch mal Hoffnungen gemacht. Da war ich noch Maurer, aber Talent war da und Stimme auch. Nur bin ich an die falsche Lehrerin geraten, dann gab's irgendwann Schreiknötchen und das war's. In der Statisterie bin ich eher durch Zufall gelandet, damals, wegen meiner Muckis." Er lachte. „Sie suchten welche, die beim Tannhäuser die tote Elisabeth von der Bühne tragen. Und die war, wie nannte man das früher? Eine Jubeltonne."

Autsch.

„Klar, das sagt man heute auch nicht mehr. Aber es ging ja darum, wie ich in die Statisterie kam. Ich konnte nicht mehr singen und bekam doch gleich als Allerersters eine tragende Rolle." Er seufzte. „Sicher, eine OP stand im Raum. Vielleicht wäre dann immerhin der Opernchor drin gewesen, aber, niemand studiert Gesang, um im Tutti zu landen."

Dabei ist schon allein vom Tarifvertrag her der Opernchor eine der mächtigsten Gruppen an einem Theater. Oft haben die renommiertesten Regisseure und Dirigenten vor versammelter Mannschaft Abbitte leisten müssen für etwas leichtfertig Dahingesagtes. Swantje versorgte mich auch in dieser Hinsicht immer wieder gern mit Anekdoten.

Paule leerte genüsslich sein Bier. „Ich muss dann wohl. Wir sehen uns!" Schon war er aus der Kantine hinaus.

Hatten wir an ihn gedacht beim Backen? In Gedanken zählte ich nach. Ja, auch Paule würde eine Apfelrose vorfinden. Sicher war sicher. Wir kannten ihn zwar nicht als nachtragend, aber alles hat früher oder später einen Anfang.

Warum dachte ich nur plötzlich an Müller Zwo und unser von der ersten Begegnung an harzendes Miteinander? Gut möglich, dass auch ich ein wenig Lampenfieber hatte. Ob ich wohl ein wenig vorglühen sollte, mir einen Champagner gönnen an der Foyerbar oder wenigstens einen Sekt? Bis zum Ende der Oper und dem Ausklang der anschließenden Premierenfeier wäre noch genügend Zeit, um den unweigerlichen Restalkohol abzubauen.

Ich könnte mir vielleicht auch einmal SchniPo einpfeifen, wie Paul es eben zersäbelt hatte. Der Gedanke war verlockend, aber angesichts der Portionsgrößen, die auf schwer arbeitende Bühnentechniker zugeschnitten waren, würde ich vermutlich ins Fresskoma fallen. Und das pünktlich zum Beginn der Vorstellung. Also, danke, aber nein, danke.

Irgendwann begann sie dann endlich, die Premiere und selbstverständlich war mein lieber Schwan so großartig, wie sie es nun einmal ist. Das gesamte Ensemble strahlte nur so vor Kunst und Musik, und natürlich hatte ich auch einen Blick dafür, dass sich meine Kolleginnen und Kollegen der Statisterie hervorragend betrugen, tutti quanti bis hin zu der Rolle, die im Libretto mit dem N-Wort bezeichnet wird. Das Haus war der Problematik schlicht ausgewichen. Als Haushofmeister der Fürstin Werdenberg war Sithembile Mandlenkosi aus Südafrika besetzt, und sein Sohn hatte sehr gerne eine Statistenrolle übernommen. Ein Einfall bereits des ersten Regieassistenten, hatte mir Swantje berichtet. Wie sie andeutete, war dem Regisseur die Bezeichnung in der Besetzungsliste kein Anlass für Peinlichkeit gewesen. Die Dramaturgie hatte sie dennoch im Programmheft durch „der Sohn des Haushofmeisters" ersetzt, und die Intendanz wartete ab, ob sich der Verlag oder die Strauss-Erben über dieses Detail aufregen würden.

Ob eine Opernvorstellung das Publikum ins Herz trifft, lässt sich auch daran ablesen, wann nach dem Finale der Applaus beginnt. Von meinem Eckplatz in der ersten Reihe konnte ich den Dirigenten sehen. Nach dem letzten Ton zählte ich die Sekunden und kam bis vier. Dann ließ er den Stab sinken. Es dauerte noch weitere fünfeinhalb und endlich brach der Bann. Vorhang für das Schlusstableau, Vorhang für die Statisterie, noch einen Vorhang für die Statisterie, diesmal mit Chor, Solovorhang für den Chor, Vorhang für alle Mitwirkenden, Vorhang für die vier Hauptpersonen, Vorhang für alle, die Marschallin und Sophie gehen gemeinsam den Dirigenten holen, Vorhang und das Regieteam gesellt sich dazu, Vorhang für das gesamte Ensemble, Vorhang für Chor und Statisterie und Nebenrollen, zu denen sich nacheinander die Hauptrollen gesellen, Vorhang für alle, Vorhang, vor den die einzelnen Darstellenden treten – hier ist immer die Frage, ob der Rosenkavalier oder die Marschallin zuletzt hervorkommen. Swantje löste das Protokolldilemma, indem sie sich mit Marschallin und Sophie gemeinsam verbeugte. Vorhänge, Vorhänge, Vorhänge, es nahm und nahm kein Ende.

Nach rund einer Viertelstunde schlüpfte ich durch die Tür neben dem Bühnenportal. Der Applaus wurde leiser und verstummte schließlich ganz. Endlich konnte ich Swantje in die Arme nehmen, verschwitzt und glücklich, wie sie war.

„Halt mich", flüsterte sie mir ins Ohr und drehte uns gleichzeitig in die Nische neben dem Inspizientenpult. Hier knutschten wir ein wenig, bis ich spürte, wie sich Swantje entspannte. Gemächlich brachte ich sie zum Soloflur, wobei wir nacheinander vom Intendanten, dem Chefdramaturgen und dem Technischen Direktor aufgehalten wurden, die mit ihren Glückwünschen nicht bis zur Premierenfeier hatten abwarten wollen. Endlich konnte Swantje vor ihrer Garderobe die Gratulationen derer entgegennehmen, die sich an den Türhütenden vorbei hinter die Bühne hatten schleichen können. Als auch diese Fans versorgt waren, durfte sie aus dem Kostüm steigen und sich in die Maske begeben. Ich wartete derweil in der Garderobe. Es klopfte noch ein paar Male an der Tür, aber das ging mich ja nichts an.

Ohne Bühnen-Make-up und gepuderter Perücke, aber festlich gekleidet und gutgelaunt ging Swantje mit mir zu der Premierenfeier auf der inzwischen bis auf die Kulissen leergeräumten Bühne. Dort wurde sie umgehend umschwärmt. Ich ging derweil an die Bar am Übergang zur Hinterbühne und organisierte Erfrischungsgetränke, während der Intendant Swantje mit jemandem bekannt machte. Ein neuer Knoten in ihrem beruflichen Beziehungsnetz? Vermutlich.

„Ganz gleich, wie gut du in der Vorstellung warst", hatte mir Swantje in der Garderobe noch einmal betont, „bei der Premierenfeier kannst du das alles zunichtemachen."

Ein unbedachtes Wort, eine zu wenig enthusiastische Umarmung oder ein Konzentrieren auf die falsche Person … „Schlangengruben sind nichts dagegen." Swantje hatte im Spiegel ihren Lippenstift kontrolliert. „Und das Ganze genau dann, wenn du von deinem Adrenalinhoch runterkommst und du einfach nur noch erschöpft bist vor Erleichterung."

Ich bahnte mir einen Weg zu ihr. Der graumelierte Herr mit der Brille, die zu sehr nach einem Kassengestell aussah, als dass sie nicht ein teures Designermodell war, entpuppte sich als Leiter eines Sommerfestivals an der Adria. Er würde Swantje gerne als Star verpflichten, sagte er gerade, allerdings mit einem gewissen Vorlauf. Er sprach von vier Jahren, vorher sei halt schon alles verplant.

Swantje lachte. „Wenn ich dann noch singe …"

Charmant bestand der Festivalleiter darauf, dass daran kein Zweifel bestehen könne und wie es denn sei mit dem Juli.

Die Meinige stutzte kurz. „Unmöglich", sagte sie dann. „Tut mir wirklich leid. Da bin ich in Glyndebourne."

Sie kokettiert recht gerne mit der Unwägbarkeit ihres Berufs. Tatsächlich war es nicht das erste Mal, dass jemand mit einem Angebot kam, das ein bisschen weiter in der Zukunft lag, und sie zunächst anmerkte, dass sie nicht wisse, ob sie dann überhaupt noch singen würde. „Weißt du", hatte sie mir im letzten Winter anvertraut, „es kann ja nun wirklich von heute auf morgen vorbei sein. Da gibt es eine ganze Menge Beispiele. Und als Denkmal meiner eigenen Stimmruine will ich nun wirklich nicht enden.“ Sie schüttelte sich. „Und wenn ich nicht ewig nur Einspringerin sein will, muss ich mich auf langfristige Pläne einlassen.“

Der Festivalleiter sah angemessen enttäuscht drein und verabschiedete sich kurz darauf. Wir sahen ihm nach, wie er sich durch die Menschentraube seinen Weg zu Andreea bahnte.

„Da geht er hin ...“ Swantje lachte. Ich muss wohl ein wenig verwundert dreingeschaut haben, denn sie sang mir leise zu: „Da geht er hin, der aufgeblasene, schlechte Kerl, und kriegt das hübsche, junge Ding und einen Binkel Geld dazu ...“

Sie lachte wieder. „Das singt die Marschallin, als sie den Baron verabschiedet hat, gleich am Anfang.“

Ich erinnerte mich und auch daran, wie der junge Lover kurz darauf überdeutlich macht, dass er gar nicht mitbekommt, in welcher Verfassung seine Geliebte ist. Bevor wir die Sache vertiefen konnten, war über die Lautsprecher erst ein Klopfen zu vernehmen und dann eine Stimme. „Ist das an? Ja? Auch der Lautsprecher? Ach so, ja, tatsächlich.“ Ringsum wurde pflichtschuldigst gelacht.

„Guten Abend“, fuhr der Intendant fort, „das war sie also, unsere Eröffnungspremiere der neuen Spielzeit ...“

Während er seine gut vorbereitete Rede hielt, in der er alle Beteiligten nacheinander zu sich auf das Podium bat, versorgte ich mich an der Bar mit einem neuen Glas und suchte mir dann eine Ecke mit etwas weniger Gedränge. Der Intendant ist ein durchaus geistreich-witziger Redner, doch dann wurde ich aufmerksam auf ein Gespräch, das zwei Damen hinter dem Seitenvorhang führten. Zwei Choristinnen ließen sich über die recht engagierten Tempi des Dirigenten aus. Dann wechselten sie das Thema und es wurde interessant. Sie sprachen über Freckenhagen, den toten Baron auf Lerchenau.

„Ist ihm ganz recht geschehen“, befand die eine Stimme.

Die andere stimmte ihr zu. „Das kannst du laut sagen."

„Und das mit dem Herz, das konnte ich doch nicht ahnen."

Sängerinnen im Opernchor können vieles und manches davon sehr gut. Derjenigen, die ich nun hörte, gelang jedoch eines weniger. Das Flüstern war schlicht nicht ihre Kernkompetenz.

„Erst hat er mir Gottweißwas versprochen. Empfehlen würde er mich, hier, dort, in Baden-Baden, seinem Agenten wollte er mich vorstellen und und und. Und was war? Nüscht war. Der Agent hatte keine Zeit, das Vorsingen wurde abgesagt und die Bühnen, von denen er getönt hatte, meldeten sich erst recht nicht. Große Töne spucken, ja, das hat er gekonnt. Richtig gut war er dadrinne. Aber sonst? Sonst war gar nüscht. Sonst musste ich sogar nachhelfen, frag nicht nach Sonnenschein. Klar, man will ja nicht so sein, und die Männer, die sind so verwundbar, wenn es nicht will und er nicht kann. Aber das ist mir dann zu dumm geworden. Entweder, habe ich ihm gesagt, du nimmst das jetzt oder du kannst es gleich ganz vergessen. Er wollte nicht, aber wollen, das hat er schon gewollt. Ich hatte sie schon in der Hand, du weißt, ich hab immer eine dabei, wenn ich schon zu viel von meinen Blutdruckpillen genommen habe und ich mich immer noch ärgere. Ich hab noch eine halbe Packung daheim, ist mal in einer Garderobe liegengeblieben, ich sag nicht, wer da vorher gastiert hatte, du weißt, Diskretion Ehrensache."

Nun ja.

„… ich zum Freckenhagen also so, hier, nimm halt, aber der wollte nicht. ‚Themenwechsel', hat er gesagt, ‚Gulaschsuppe, hmm, die riecht toll.' Mit Essen konnte man den immer locken, meine Herren, war der verfressen. Und ich hatte auch Hunger. Prompt sagt er, ‚bring mir eine mit, aber mit extra Paprika.'"

Die beiden Stimmen kicherten unisono.

„Auf dem Tisch mit dem Geschirr und dem Besteck standen auch ein paar Gewürze. Dir geb ich Paprika, hab ich noch gedacht und schnell die Pille auf einem Tellerchen klein gedrückt und mit in die Suppe gestreut. Kann ich was dafür, dass er Viagra wohl doch nicht vertragen hat?“

Die andere Stimme lachte kurz auf. „Na, wenigstens ist er im Kostüm gestorben. Das hat er sich doch immer gewünscht. Ach, Schwamm drüber. Lass uns mal nach dem Catering schauen.“

Vorsichtig lugte ich hinter den Vorhang. Von den beiden Choristinnen sah ich jedoch nur noch zwei wohlgerundete Rücken in dem Gewimmel verschwinden, jeweils in dunkelblau und dunkelgrün gewandet. Natürlich setzte ich ihnen nach, aber in diesem Moment kam einer der Kellner mit einer Häppchenplatte vorbei und schon war ich abgedrängt von einem soliden Orchesteraufgebot. Ohnehin hätte ich nicht gedacht, dass so viele Schattierungen von Dunkelblau möglich waren. So gab ich schließlich die Suche auf und rettete stattdessen Swantje mit dem Hinweis, dass wir nun leider müssten, aus dem Gespräch mit einem weiteren Veranstalter. Wir füllten ihren Kleidersack mit den Premierengaben, die sie erhalten hatte, packten die diversen Blumensträuße und machten uns auf den Weg.

## KAPITEL 11

*Agent Null-Null-Nullnummer*

Am Bühneneingang standen noch ein paar sehr unermüdliche Fans. Sie hatten keinen Einlass gefunden zur Premierenfeier, wollten aber nicht heim, bevor sie ihren Stars nicht die Aufwartung gemacht hatten.

Swantje überstand auch das tapfer, aber ihr Seufzer kam schon von sehr tief unten, als wir endlich im Wagen saßen. Ich reichte zu ihr hinüber und öffnete das Handschuhfach.

Sie machte große Augen und lachte dann. In dem Fach lag ein kleines Tetrapack mit Schokomilch und ein Tütchen mit Birnenringen, daneben die letzte der Apfelrosen.

„So gut sollte ich dich nach all den Jahren nun doch wohl kennen", murmelte ich und konzentrierte mich darauf, den Parkschein in den Schlitz an der Schranke einzuführen.

Genüsslich kauend schwieg Swantje auf der Heimfahrt, während ich meinen Gedanken nachhing.

Ich hatte es einfach nicht über das Herz gebracht, die Premierenfeier durch zusätzliche Gäste in Uniform zu unterbrechen. Ohnehin war ich nur Ohrenzeugin geworden, von was genau, musste sich erst einmal herausstellen.

Sanft weckte ich Swantje, als wir vor unserer Garage in Arnstadt angekommen waren.

„Morgen früh", Swantje sah auf die Uhr, „nein, heute früh gehe ich jedenfalls nicht joggen. So viel steht fest."

Natürlich hatten wir all die Blumengrüße mitgenommen. Swantje ging gleich zu Bett, während ich noch Vasen füllte, Stängel anschnitt und die Pracht so im Haus verteilte, dass es sich nicht ausnahm wie die Lagerhalle eines mittelgroßen Floristikunternehmens. Dann war für mich auch der Premierenabend vorbei.

Sonntagsmorgens fährt niemand gerne zur Arbeit. Aber mir lag das mitgehörte Gespräch doch auf dem Herzen. Im Büro schrieb ich ein Gedächtnisprotokoll und füllte einen Aktenvermerk aus, dass ich Anfang der Woche herausfinden können würde, um wen es sich bei den Choristinnen gehandelt hatte. Die von Müller Zwo angeordnete Stallwache hatte an diesem Tag Ferdi Horbel. Er war wie ich der Meinung, dass das belauschte Gespräch ausreichend Anlass gab für weitere Ermittlungen, aber dass dafür am Montag Zeit sein würde. Ich verschwieg ihm, dass mir Müller Zwo bis Dienstag freigegeben hatte.

Den restlichen Sonntag verbrachten wir auf Couchistan, wobei das Telefon unerfreulich oft die Geselligkeit unterbrach. Gegen Nachmittag meldete sich Andreea und fragte, ob sie am Abend vorbeischauen dürfe. Sie brauche einen Rat.

Swantje sah mich an, ich sah Swantje an und zuckte endlich mit den Schultern.

„Das hast du davon, dass du immer so nett zu den Kollegen bist", meinte ich halb im Spaß, als Swantje das Telefon weglegte.

„Immerhin bringt sie Pizza mit", war die Antwort und tatsächlich, Andreea brachte nicht nur diese, sondern auch unziemlich gutes Tiramisu und einen rumänischen Rotwein, der den Vergleich mit italienischen Abfüllungen gewiss nicht zu scheuen brauchte.

Natürlich war es nicht der Appetit auf Pizza und Nachtisch, der Andreea zu uns gebracht hatte, und erstaunlicherweise auch nicht die Sehnsucht nach unserer Couch.

„Ich habe ein Problem."

Und das nach ihrer so erfolgreichen Premiere? Aber mit genau dieser hing das Problem zusammen. Bei der Nachfeier hatte ihr ein Agent ein Angebot gemacht, zu dem sie unbedingt Nein sagen wollte. Genauer gesagt, es war der Vertreter einer hauptsächlich in Osteuropa tätigen Agentur, mit sehr guten Verbindungen und noch mehr Einfluss.

„Das klingt doch super", sagte ich noch, aber Swantje kam gleich zur Sache.

„Wo ist der Haken daran?", wollte sie wissen.

Was Andreea zögern ließ, war das Angebot, in wenigen Jahren die Eröffnung eines sehr großzügig geplanten Kulturzentrums in Sewastopol mitzugestalten.

„Es wäre eine Riesennummer." Andreea seufzte. „Ich könnte mir mit einer einzigen Unterschrift einen Namen machen."

„Aber was für einen!", warf Swantje ein.

„Eben. Und wenn ich nicht unterschreibe, dann kann ich davon ausgehen, dass sie mir das noch lange nachtragen werden. Sehr lange. Sie haben halt einen gewaltigen Einfluss."

Ich muss wohl ein bisschen verwirrt dreingeschaut haben, denn Swantje erklärte mir das Dilemma.

„Die Krim gehört doch eigentlich zur Ukraine. Und Russland hat sie besetzt, lange bevor sie sich nicht mehr darauf verlassen haben, dass die Separatisten mit ihren Scharmützeln die Regierung in Kiew ausreichend auf Trab halten würden und selbst angefangen haben zu schießen. Jedenfalls ist dieses Kulturzentrum in Sewastopol schon lange in der Planung gewesen. Klar, dass sie hauptsächlich russisches Repertoire spielen wollen."

Andreea nickte. „Und wenn ich mir anschaue, wie es seit dem Krieg russischen Kollegen ergeht, die im Westen für ihre Nähe zum Präsidenten bekannt sind, da wäre ich doch wahnsinnig, wenn ich für Sewastopol unterschreiben würde. Auf der anderen Seite ... Es war die Rede von einer Co-Produktion mit dem Bolschoi. Und wenn ich es nicht tue? Dann kann ich das wohl ziemlich vergessen, auch nur irgendeinen Einspringer irgendwo im Einflussbereich von dieser Agentur zu bekommen."

Swantje schenkte ihr nach. „Das würde ich nicht ganz so dramatisch sehen. Es gibt ja auch Theater im Westen. Und Agenturen sind überall. Meine sitzt in London. Sie hatten einen rübergeschickt, der hat mir bei der Premierenfeier schnell gesteckt, dass er sehr, sehr angetan war von dir. Du kannst mir nicht erzählen, dass der Krim-Typ der Einzige war, der ein Gespräch mit dir gesucht hat."

Andreea stutzte. „Stimmt eigentlich. Bis heute Mittag sind auch schon drei E-Mails gekommen, mit Einladungen zu Gesprächen."

Dass ich in diesem Moment an Geier dachte, überraschte mich nicht. Geier, Piranhas, Heuschrecken ... Dabei gibt es sehr seriös arbeitende Agenturen. Aber vielleicht witterte nicht nur der Sewastopol-Bewerber Chancen bei einer relativ unerfahrenen Sängerin. Andreeas gestrige Sophie hatte so manche im Publikum aufhorchen lassen, und wem es gelang, sie jetzt zu einer Alleinvertretung zu überreden, konnte sich auf eine eventuell sehr lukrative Zusammenarbeit freuen.

„Na also." Swantje machte ein sehr zufriedenes Gesicht. „Der eine versucht, dich zu überfahren, die anderen warten ab, bis du von deinem Premierenhoch runtergekommen bist und seriöse Entscheidungen treffen kannst." Sie hob ihr Glas. „Also, mit wem, meinst du, wird die Zusammenarbeit sinnvoller sein?"

Andreea nickte langsam. „Das klingt wirklich deutlich seriöser."

„Aber du hast dem Krim-Mann nichts versprochen oder etwas gesagt, dass er als Zustimmung auslegen könnte, oder?"

„Na, so durch den Wind war ich nun auch nicht." Andreea winkte ab. „Ich hab ihm irgendwann gesagt, dass ich nach zehn Uhr abends grundsätzlich keine Geschäftsentscheidungen fälle. Und dass ich mich im Laufe der nächsten Woche bei ihm melden werde. Der wollte und wollte trotzdem nicht lockerlassen."

„Wie bist du ihn denn dann losgeworden?"

Andreea und Swantje sahen mich verblüfft an. Ja, tatsächlich, ich saß immer noch mit am Tisch.

„Das habe ich Berenice zu verdanken." Eine der Hospitantinnen, erinnerte ich mich. „Und die hat es irgendwann auch geschafft, mich von ihm wegzubringen. ‚Meine Güte', hat sie gesagt, ‚schau mal, da ist der Grigorievic. Da müssen wir unbedingt hin, Sie entschuldigen uns doch sicher.' Und schon hatte sie mich am Arm und zog mich quer über die Bühne. Der Typ hat uns nur noch nachgeschaut."

„Wer ist denn der Grigorievic?" Swantje sah mich fragend an.

Ich zuckte mit den Schultern.

Andreea lachte. „Fragt mich nicht, ich hab auch keine Ahnung. Berenice hat mir dann gesteckt, dass das der erste Name war, der ihr einfiel. Sie hat wohl im letzten Sommer ein Praktikum bei einer Festivalagentur gemacht und die haben ihr beigebracht, wie man jemanden aus einem unangenehmen Gespräch herausholt."

Ich nahm mir fest vor, diesen Trick in mein Repertoire einzubauen. Der restliche Abend verlief ebenso heiter, nicht zuletzt, weil Swantje gestand, dass sie Andreea ihrer Agentur bereits vor der Premiere wärmstens empfohlen hatte.

Nachdem wir auch das Tiramisu einigermaßen gerecht aufgeteilt hatten, machte ich das Gästezimmer für Andreea zurecht. Keine von uns dreien hätte noch fahren sollen, schon gar nicht, nachdem Andreea noch eine zweite Flasche des wirklich ausgezeichneten Rotweins hervorgeholt hatte.

Ja, ich hätte ausschlafen können. Hatte mir Müller Zwo nicht freigegeben? Aber ich hatte ja unbedingt gestern noch meine Meldung abgeben müssen. Da wollte ich nicht bis Dienstag warten, bevor ich mich wieder sehen ließ. Löblich, so ein Diensteifer, nicht wahr? Dennoch machte ich mich mit gewissen Bedenken auf den Weg. Ob der Frieden mit Müller Zwo halten würde? Vorsichtshalber hatte ich vor dem Schlafengehen noch zwei Alka-Seltzer appliziert und war tatsächlich ohne nennenswerten Brummschädel aufgewacht.

Im Büro brachte ich meine Anekdote von der Premierenfeier vor und hatte damit den erfolgversprechendsten Tipp des Wochenendes. Statt alle Choristinnen zum Sprechtest zu bitten zwecks Identifizierung der des Flüsterns Unkundigen, schlug ich anderes vor. Im Intranet der Oper würden, so hatte es der Hausfotograf versprochen, Bilder vom Samstagabend aufgeschaltet werden. Müller Zwo nickte huldvoll und gestattete, dass ich erst einmal auf diesem Weg versuchen sollte, mir Klarheit über die beiden Plauderlotten zu verschaffen.

In der Tat, die Fotostrecken waren online, allerdings mit weit über hundert Bildern. Ich klickte mich durch die Vorschauen und betrachtete die Thumbnails.

Endlich hatte ich vier Fotos, bei denen die Kleidung der Abgebildeten zu meiner Erinnerung passen konnte. Ich legte sie Müller Zwo vor.

„Hmm", machte er zunächst. „Es ist ja nun letzten Endes Hörensagen." Er winkte ab. „Das ist kein Angriff auf Ihre Kompetenz, Frau Rogener, nur müssen wir uns angesichts der sonstigen Ergebnisse besonders darauf konzentrieren, im Zweifelsfall auch Gerichtsverwertbares zu erlangen. Können Sie diskret herausfinden, um wen es sich handelt? Wir können ja kaum den halben Chor, also alle die Damen, einbestellen." Er zögerte nur kurz. „Ich weiß, ich hatte Ihnen für heute freigegeben, aber wenn Sie schon da sind?"

Schon machte ich mich auf in die Oper. Am Bühneneingang traf ich Sigi, den Inspizienten, und beschloss, mich auf den ganz kleinen Dienstweg zu begeben.

„Hast du einen Moment Zeit für mich?"

Natürlich hatte er den. „Eigentlich bin ich nur da, um nach der Premiere alles bereit zu machen für die nächste Produktion."

Schon machten wir Station im Aufenthaltsraum der Bühnentechnik. Wir waren beide der Meinung, dass der Einspringer-Ochs weit mehr als bloßer Ersatz gewesen war.

„Irgendwie ist es aber andererseits schon schade um den Freckenhagen." Sigi strich sich über seinen Bürstenhaarschnitt. „Der war ja immer mal wieder bei uns zu Gast, nicht nur als Ochs. Sein van Bett, der Kezal und der Don Magnifico, die waren schon gut, auch der Falstaff, aber der Ochs, das war nun wirklich seine Paraderolle."

Nein, ich bremse jetzt nicht für die Titel der Werke, in denen Freckenhagen bereits in Erfurt auf der Opernbühne gestanden hatte. Googeln Sie halt. Oder schaffen Sie sich einen Opernführer fürs Offline an, es gibt da recht gute.

„Er war einfach so was von einem Bühnentier! Klar, er konnte schon ein richtiger Arsch sein. Zum Glück war ich, als schwuler Mann, sehr sicher vor seinen Nachstellungen. Aber so ein Ende … das wünscht man doch keinem, so allein und plötzlich."

Schon hatte ich ihn da, wo ich ihn haben wollte.

„Ja, damit hatte er bestimmt nicht gerechnet. Und so ganz natürlich war die Todesursache nun auch nicht."

Sigi sah sehr erstaunt drein. „Ich dachte, das war ein Herzinfarkt?"

„Das schon. Aber er hatte wohl vorher etwas eingenommen. Und das war dann eben eine Überdosis.“

Er kratzte sich nachdenklich am Ohr. „Der hatte immer so ein Pillendöschen in der Westentasche“, sagte er schließlich, „oder manchmal gleich so einen Streifen aus der Verpackung. Waren das etwa keine Halsbonbons? Obwohl ... Der Freckenhagen hat ja immer so getan, als wäre er allzeit bereit, aber nicht für die Pfadfinderei. Der musste nichts finden, der wusste, wo er lang wollte. Und wann, das wusste er auch. Nämlich immer.“ Sigi lachte. „Hat er jedenfalls behauptet. Auch, dass er immer konnte. Aber das war ein offenes Geheimnis, das wussten alle, dass er da mittlerweile nachhelfen musste.“

Ich hatte es nicht gewusst, aber ich wollte ihn nicht ablenken, wo er doch gerade in Fahrt kam.

„Du weißt schon. Die kleinen blauen Lutschkamellen, der beste Freund des Mannes, wenn er Weizenkeime nicht mag und Pistazien nicht verträgt.“

Ich war nicht sonderlich überrascht, wir gut sich Sigi auskannte in der Potenz förderlichen Details.

„Und du sagst, davon hat er dann wohl zu viel erwischt?“ Sigi klang nachdenklich. „Eigentlich ist das schwer zu glauben. Mir ist er ja nicht nachgestiegen. Aber man erfährt ja doch so einiges.“ Er schüttelte den Kopf. „Wie mir unter der Hand zugetragen wurde, kannte er sich prima aus in der Dosierung. In der Pause hat er noch ein Bier gezischt. Alkoholfrei natürlich, der war Vollprofi, ohne voll sein zu müssen. Erst beim Schlussapplaus trat er dann in seine blaue Periode. Das hatte er richtig durchgetaktet. Vorhang runter, Pille rein, raus aus dem Kostüm und der Maske und schon konnte es losgehen mit Heidewitzka, Herr Kapitän. Da ging es manchmal schon hoch her in der Garderobe. Im wahrsten Sinne.“ Sigi schüttelte den Kopf. „Die Ankleider haben schnell gelernt, dass es klug war zu klopfen. Und dann zu warten, bis er Herein sagte. Meine Güte, der Freckenhagen. Der war wirklich ein Unikum. Irgendwie vermisse ich ihn schon. Gerade weil wir nichts voneinander wollten. Da konnte ich seine Eskapaden gut vom Seitenaus mitverfolgen." Er lachte.

Höchste Zeit, ihn einzubremsen.

„Na ja, aber wenn er sich doch so gut auskannte mit dem Zeug, dass er da eine Überdosis erwischt, das ist schon komisch."

Sigi nickte. „In letzter Zeit war er auch ein bisschen unkonzentriert. Vielleicht eine Alterserscheinung? Ach, was weiß denn ich? Ich hatte ja nicht so viel mit ihm zu tun, so hetero, wie der war."

„Tja. Und ich, als kleine Statistin, mich hatte er ja gar nicht auf dem Radar."

„Stimmt, er hatte es eher mit den Chordamen. Besonders mit den ehrgeizigen, denen hat er erst mal alles Mögliche versprochen. Wenn sie dann nicht mehr warten wollten, dass er endlich zu seinem Wort stand, da hat er dann halt die Helferlein weggelassen. Dass dann rien ne va plus war, das lag natürlich nicht an ihm, sondern immer an ihr. Und schon war der Weg frei für die Nächste."

Und das sprach sich nicht herum?

„Du weißt doch, der Neid und die Missgunst, das sind die beiden zuverlässigsten Mitglieder im Opernchor." Sigi lachte. „Aber klar ist das ein Vorurteil, das nicht stimmt."

Natürlich hakte ich nach und endlich nannte er drei Namen, die sich zum Thema Freckenhagen wohl bestens auskannten.

„Aber, bitte, sag ihnen nicht, dass du ihre Namen von mir hast. Ich habe absolut kein Interesse daran, dass mir der Chorvorstand aufs Dach steigt." Sigi sah mich flehentlich an. „Ich weiß gar nicht, warum ich sie dir gesagt habe, das sind alles nur Vermutungen."

Selbstverständlich sicherte ich ihm meine Diskretion zu.

Mit den Namen im Hinterkopf ging ich ins Opernfoyer. Dort hingen großformatige Fotos nicht nur des solistischen Kaders, eine Wand war dem Chor und dem Orchester gewidmet. Der Abgleich zwischen den professionell aufgenommenen Porträts und den Schnappschüssen von der Premierenfeier war nicht einfach, aber nach einigen Minuten hatte ich meine Ergebnisse, deren Wahrscheinlichkeit an Sicherheit grenzte.

Ich erstattete Müller Zwo umgehend Bericht und er befand, dass es den Ermittlungen eventuell nicht zuträglich wäre, wenn wir die Chordamen bei diesem Stand der Recherchen zu uns ins Präsidium einbestellten. Es handelte sich ja bisher nur um reines Hörensagen. Ob eine der Sängerinnen selbst Kundin bei den Schmugglern gewesen war oder sie sich die blauen Pillen anderweitig verschafft hatte, als Zusatz zu ihrem Blutdrucksenker, war für Freckenhagen im Endergebnis zwar das Gleiche gewesen, für unsere Suche nach den Hinterleuten jedoch von enormer Wichtigkeit.

„Wenn wir da die Pferde scheu machen, dann ist auch diese Spur nichts wert." Müller Zwo klang bedauernd. „Wir machen das so. Sie halten die Damen im Auge, Frau Rogener. Als Mitglied der Statisterie können Sie ja in der Oper unauffälliger operieren."

Das klang überraschend vernünftig. Sollte der Stimmungswechsel des Ersten Polizeihauptkommissars tatsächlich grundsätzlicher Natur sein? Ich war geneigt, das zu glauben.

„Schauen Sie sich um, finden Sie Querverweise. Und wenn dann die Spur tatsächlich in die Oper führt, Frau Rogener …" Müller Zwo zögerte. „Wer könnte die Angaben der Damen belegen? Wer sind die Kontaktleute? Eventuell ist eine klassische Observation angesagt. Machen Sie mir doch einmal eine Liste …"

Allen Ernstes erwartete er von mir, dass ich meine Kontakte im Haus aufschrieb mit allen Querverbindungen und eventuellen weiteren Vernetzungen? Konnte es sein, dass der Leiter der Taskforce keine Ahnung davon hatte, wie viele Menschen zu einem geregelten Opernbetrieb gehörten?

Tatsächlich schien er überrascht, als ich ihm aufzählte, wie groß allein Orchester und Chor waren.

Ich versprach immerhin, mir Gedanken zu machen und diskrete Nachforschungen anzustellen, womit sich unser Taskforce-Leiter einstweilen zufrieden gab.

# KAPITEL 12

*Ein Dreier sorgt für Full House.*

Nach Arnstadt zurückgekehrt, traf ich Swantje gemeinsam mit Andreea im Musikzimmer an. War die nun immer noch da oder schon wieder? Das wollte ich natürlich nicht fragen.

Swantje zuckte mit den Schultern, als ich sie verwundert ansah. „Wir haben eine Einladung von der Gesellschaft der Opernfreunde Thüringen bekommen. Sie möchten, dass wir ihnen bei ihrer Jahreshauptversammlung ein Konzert geben."

Mir schien die Angelegenheit ein wenig sehr plötzlich in den Kalender gekommen zu sein.

„Stimmt. Es war wohl der Ehrenvorsitzende am Samstag in der Premiere. Und er wird demnächst neunzig, ausgerechnet, wenn sie ihre Versammlung haben. Da wollten sie halt nicht bis nächstes Jahr warten."

Verständlich. Aber meinte sie mit den Opernfreunden eigentlich die Erfurter Theatergesellschaft, die seit etlichen Jahrzehnten existierte?

„Nein", beschied mich Swantje, „das ist ein eigener Verein. Die fahren normalerweise kreuz und quer durch Europa und suchen sich Premieren aus. Aber an ein bestimmtes Haus gebunden sind sie nicht."

Und jetzt waren sie also in Erfurt eingefallen und wollten mal schnell ein Konzert haben. An einem Termin, an dem sowohl Swantje als auch Andreea Zeit hatten. Ein bisschen viele Zufälle, aber wenn ich es recht bedachte, beruht in der Theaterblase eine ganze Menge auf Zufällen.

„Jedenfalls sind wir gerade dabei, uns ein Programm zusammenzustellen. Klar, dass sie den Strauss wollen. Und gerade suchen wir noch nach weiteren Duetten. Das Programm soll etwa neunzig Minuten lang sein. Na, die haben Ideen. Aber immerhin zahlen sie gut.“ Swantje lachte. „Brahms haben wir schon, Wir Schwestern zwei, wir schönen … Das kommt immer gut an. Und, klar, das Katzenduett, der Pseudorossini. Ich nehme ein bisschen Händel, da habe ich ja einiges auf der Pfanne. Und Andreea wird etwas von Maria Tănase singen, die Sängerin war ein Superstar im Rumänien, Mitte letztes Jahrhundert.“

Ein bisschen viel Information auf einmal. Und Andreea stand ziemlich rotwangig im Musikzimmer. Kusch, dachte ich, kusch. Das grünäugige Monster sollte schön still bleiben.

„Von dem Honorar, was sie uns versprochen haben, fahren wir zwei dann mal wieder nach Venedig, dachte ich“, verkündete Swantje gerade und zwinkerte mir zu.

Venedig im Herbst? Und falls ich erst später Urlaub bekam, eventuell erst im Winter? Nun ja. An mir sollte es nicht liegen.

„Hattest du nicht letztens diese Barockoper aufgelegt, über die Amazonenkönigin? Da hättet ihr dann auch eine Komponistin im Programm.“

„Ach, du meinst Talestri, von Maria Antonia von Bayern? Das wäre natürlich toll, aber das muss dann Andreea machen, da ist nichts für meine Stimmlage zu holen. Ziemlich rücksichtslos von Ihro Gnaden, muss ich schon sagen. Aber ja, Komponistinnen, das wäre noch was.“ Sie griff nach ihrem Handy und scrollte durch die Kontakte.

„Ich rufe gleich mal bei Frau und Musik an, das Archiv sollte doch was haben.“

Andreea stand derweil neben dem Flügel und staunte.

„Das geht manchmal sehr schnell bei ihr“, beruhigte ich sie. Vielleicht auch mich selbst, denn was immer die Stimmung gewesen sein mochte, in der sich die beiden bei meinem Eintreffen befunden hatten, jetzt hatte meine Swantje anderes im Sinn.

Sollte ich Andreea fragen, ob sie zum Abendessen bleiben würde? Das grünäugige Monster schien unentschieden. Aber da stand unser Gast schon auf.

„Ich bin dann mal zurück nach Erfurt", sagte sie. „Danke für die Gastfreundschaft. Und erst recht für den Tipp mit den Komponistinnen, der ist super. Wenn nicht wir Frauen dafür sorgen, dass die Konzertprogramme endlich die Musikgeschichte wahrnehmen, dann wird das ja nie was." Lachend ging sie aus dem Haus und fuhr davon.

„Sag mal …" Swantje hatte das Handy mittlerweile wieder weggelegt. „Du hast mich in den letzten Wochen so umsorgt. Wie wäre es, wenn wir jetzt einfach schön essen gehen?"

Eigentlich hatte ich keine große Lust, noch einmal aus dem Haus zu gehen. Wir einigten uns darauf, uns Sushi liefern zu lassen. Die Zeit würde gerade noch reichen, die Öffnungszeiten des Lokals waren nicht gerade großstädtisch.

Swantje wartete bis nach dem Essen, bevor sie das Gespräch auf Andreea brachte.

„Ich muss gestehen", fing sie an, „sie ist schon sehr niedlich. Und ich glaube, wenn ich es drauf anlegte, dann könnte da durchaus etwas laufen."

Ich wollte schon reagieren, aber sie hob die Hand. „Lass mich dir nur eines sagen", bat sie. „Ich werde es nicht darauf anlegen."

Behutsam schenkte sie uns beiden Pflaumenwein ein.

„Glaub nicht, ich hätte nicht gesehen, wie du sie angeschaut hast. Und wie du vermieden hast, genau hinzuschauen." Sie lächelte. „Bitte fang jetzt nicht mit deinen fünfzig Prozent an. Ich weiß, dass du es nicht immer leicht hast mit mir."

Glauben Sie mir, das kam für mich ebenso überraschend, wie es das für Sie nun gerade ist.

„Sie hat sich mir auch nicht in den Weg geschmissen. Ich glaube nicht einmal, dass sie wirklich einordnen möchte, ob sie interessiert wäre. Vielleicht weiß sie nicht einmal, ob sie ansatzweise bi ist. Es geht mich und dich im Grunde auch nichts an." Swantje lachte. „Solange ich keinen Hüftkontakt will, interessiere ich mich prinzipiell nicht dafür, ob eine Frau lesbisch oder bi oder pan oder oder ist. Ich fürchte, ich bleibe dir noch eine ganze Weile erhalten. Zu hundert Prozent." Versonnen sah sie in ihr Glas. „Ich hoffe, dir ist das recht so."

Glauben Sie mir, ich war sprachlos.

Erst das Heiratsangebot noch vor der Premiere, heute erst die Einladung nach Venedig, jetzt das … Spontan wollte ich Swantje schon fragen, ob es ihr vielleicht nicht gut ginge, aber zum Glück verkniff ich mir das. Stattdessen stand ich auf, nahm ihr das Glas aus der Hand, stellte es ab und sagte „na, dann komm."

Die weiteren Ereignisse an diesem Abend im Hause Mittersand-Rogener gehen Sie nichts an. Lassen Sie Ihre Fantasie spielen. Vermutlich ging es in Wirklichkeit schon anders zu, aber schöne Gedanken sind ja zuallererst schön. Viel Vergnügen also. Wir hatten es auch.

Wunderbar entspannt, wenn auch nicht gerade ausgeruht, betrat ich am nächsten Morgen wieder die Dienststelle. Swantje hatte mich abgesetzt, sie fuhr weiter nach Weimar, um in der Bibliothek der Musikhochschule nach Material von Komponistinnen zu schauen.

Walter empfing mich mit strahlender Miene. „Du wirst es nicht glauben", sagte er, „aber wir sind ab heute zu dritt in unserem Büro."

Endlich war die Verbindung zur Polizei von Sachsen-Anhalt wieder hergestellt. Gero Mikulas hatte den gleichen Dienstrang wie Walter und ich, war aber schon etliche Jahre älter. Wir verbrachten den Tag damit, uns aneinander zu gewöhnen und mit Akteneinsicht, wobei sich bald herausstellte, dass das uns zugeteilte Büro im Grunde zu klein war für drei Schreibtische. Und die drei Computer darauf heizten den Raum gehörig auf. Immerhin ließ uns das Team von der Bundespolizei weitgehend bei der Eingewöhnungszeit in Ruhe, ein Umstand, der dem Kollegen nicht entging.

Am frühen Nachmittag sprach er es an. „Wie kommt es denn eigentlich, dass wir drei hier zusammenhocken und nicht über die Büros verteilt sind?"

„Das hat der Herr Erste Polizeihauptkommissar entschieden." Walter zuckte mit den Schultern. „Sein Argument war, dass wir so von allen direkt angesprochen werden können, wenn es länderspezifische Details zu bereden gibt."

Gero Mikulas hüstelte. „So, so. Länderspezifisch." Mehr sagte er nicht dazu, aber wie er nichts sagte, war schon mehr als deutlich.

„Ich habe mich natürlich vorher bei unserer Kollegin informiert." Er nickte Walter zu. „Britta lässt grüßen. Es könnte jetzt jeden Tag so weit sein."

Walter grinste.

„Der Vater ist übrigens nicht der Erste Polizeihauptkommissar, soll ich ausrichten. Das hat sie mir extra aufgetragen zu sagen. Und dass Sie mit der Information anfangen sollen, was Sie wollen."

Jetzt lachte Walter. „Das hat sie wirklich so gesagt?"

„Na ja, nicht ganz", gab der Kollege aus Magdeburg zu. „Sie hat eine andere Formulierung verwendet als den Dienstgrad. Aber da eine Dame anwesend ist, wollte ich doch lieber nicht wortwörtlich zitieren."

Nun lachte auch ich. „Ich glaube, das ist auch besser so." Es war eindeutig zu früh, dem neu ins Team gekommenen Kollegen zu eröffnen, dass Walter und ich Müller

Zwo gelegentlich auch unseren Schuppenkaspar nannten.

Wir vergruben uns also wieder in die Akten.

Gero Mikulas staunte ein bisschen darüber, dass das bei der Premierenfeier mitgehörte Gespräch nicht zu einer Einbestellung aufs Präsidium geführt hatte.

„Na ja, was haben wir denn in der Hand?“ Ich war fast geneigt, mich zu verteidigen, beschloss dann aber, nicht mich zu rechtfertigen, sondern die Entscheidung, die Müller Zwo gefällt hatte. „Wir wissen nicht einmal, wer genau zugegeben hat, Viagra in das Gulasch getan zu haben. Vielleicht ist das auch nur Dummschwätzerei gewesen. Beweise gibt es jedenfalls keine. Und selbst wenn, einzig die chemische Zusammensetzung weist auf die Schmuggelware hin.“

„Na gut“, meinte Gero Mikulas. „Da ist was dran. Aber wie geht das denn nun weiter?“

„Morgen ist der nächste ‚Rosenkavalier‘. Ich werde vor Ort sein und die Augen aufhalten, die Ohren auch.“

Der Kollege seufzte. „Besser Sie als ich. Mit Oper kann man mich jagen. Wenn ich nicht sowieso ziemlich bald einschlafen würde. Und auf einmal wache ich dann auf, wenn die dicke Frau singt. Danke bestens.“

Walter beließ es bei einem leisen „oh, oh.“

Gero Mikulas sah ihn erstaunt an. „Wieso? Hab ich da was Falsches gesagt?“

„Nicht wirklich.“ Ich lächelte freundlich. „Allerdings ist eine der Hauptdarstellerinnen meine Frau.“

Nun war es an dem neuen Kollegen, „oh, oh“ zu sagen, und er enttäuschte auch nicht.

„Aber sie ist absolut nicht dick.“ Ich deutete auf die Tageszeitung, die Gero Mikulas auf seinem Schreibtisch liegen hatte. „Da, die in der Mitte, das ist sie.“

Der Kollege wusste überhaupt nicht mehr, wohin mit seiner Verlegenheit. Walter war ihm keine Hilfe.

„Ich glaube, wir könnten alle einen Kaffee vertragen."

„Feigling", zischte ich ihm zu, aber da verschwand er schon durch die Tür.

Gero Mikulas hob resignierend die Hände. „Wie komme ich denn jetzt wieder raus aus der Nummer?"

„Gar nicht." Ich zwinkerte ihm zu. „Gesagt ist gesagt. Aber ich glaube, wir werden schon prima zusammenarbeiten. Wir wäre es, wollen wir nicht du zu einander sagen?"

Erleichtert nahm er mein Friedensangebot an. „Ich muss zugeben", gestand er, „ich kenne mich in Thüringen nicht aus. Und nun führen die Spuren nicht zu irgendwelchen Fidschis, sondern in die Hochkultur …"

In diesem Moment kam Walter mit dem Kaffee zurück.

„Was höre ich da? Echt, Fidschis? Ich fasse es nicht."

„Ja, Gero, das kam jetzt wirklich überraschend. Sollen wir doch lieber beim Sie bleiben?"

Der Magdeburger Kollege sah zwischen uns hin und her. Walter und ich schwiegen ihn an.

„Also gut", sagte er endlich. „Zugegeben, das war ein Test. Thüringen ist in letzter Zeit nicht gerade als besonders fremdenfreundlich in den Nachrichten vertreten. Und wie fragt man denn unverbindlich, wie es die neuen Kollegen so halten mit der politischen Korrektheit?"

„So jedenfalls nicht", presste Walter heraus.

Die Wende lag nun bereits eine Generation zurück und der Kollege verwendete eine Bezeichnung, mit der zu DDR-Zeiten der Volksmund die Vertragsarbeitenden aus sozialistischen Bruderstaaten pauschal belegte? Den Begriff als Lackmustest für die Gesinnung zu verwenden, war zumindest kühn.

„Okay, das habe ich also auch verkackt." Gero Mikulas klang resigniert. „So ist das nun mal mit den Spielern auf der Ersatzbank. Das hat meistens einen guten Grund, warum sie nicht gleich aufs Feld durften."

Der Nachmittag wurde noch recht gesprächsintensiv. Kurz vor Feierabend einigten wir uns auf eine friedliche Koexistenz, nachdem sich herausgestellt hatte, dass Gero mit einer Frau verheiratet war, deren Eltern als Vertragsarbeiter aus Vietnam nach Magdeburg gekommen waren. Die Wortwahl war ein Test gewesen, den wir seiner Meinung nach glänzend bestanden hatten.

Dennoch war weder Walter noch mir nach einem gemeinsamen Feierabendbier, zu dem uns Ferdi Horbel abholen wollte.

„Im Vertrauen, Gero", sagte ich, während ich meine Jacke überstreifte, „geh du mal hin. Wenn wir da zu dritt aufschlagen, werden wir wieder nur als die von den Landespolizeien wahrgenommen. Sperr du mal schön die Ohren auf, gut möglich, dass du als Einzelner tiefer ins Team hineinkommst, als wenn wir dabei wären."

Walter nickte und holte seinen Parka vom Garderobenständer. „Du packst das", versicherte er dem Magdeburger. „Ich bin halt schon verabredet."

Im Aufzug, den wir für uns beide allein hatten, gestand er mir, dass er zwar verabredet war, dies aber mit seinem Streaming-Abo. „Das läuft demnächst aus und ich will noch zwei Serien fertigschauen."

An diesem Abend hatten Swantje und ich keinen Besuch. Allerdings gab es auch nichts Erwähnenswertes mehr zu berichten, denn sie begann schon, sich für den morgigen „Rosenkavalier" zu konzentrieren.

„Die zweite Vorstellung ist immer ein bisschen heikel", hatte sie mir anvertraut. „Die Premierenaufregung ist vorbei, andererseits haben sich noch nicht Routinen entwickelt. Normalerweise singt die zweite Besetzung diese Vorstellung, aber hier haben wir ja kein zweites Team. Sonst wäre es ja auch nicht so dringend gewesen, einen neuen Ochs zu finden, bei Doppelbesetzungen ist das alles kein Thema. Aber das wird gar nicht mehr so häufig gemacht, es ist ja auch eine Geldfrage, letzten Endes."

Die wenigsten Ensembles sind so üppig besetzt, dass komplette Doppelbesetzungen oder zumindest der Hauptrollen rein aus Hauskräften möglich werden, schon gar nicht bei dem „Rosenkavalier", für den „personalintensiv" nur der Vorname ist.

Swantje ging also früh schlafen, während ich noch eine ganze Weile wach blieb und grübelte, wie wir die Schmuggler endlich auffliegen lassen konnten. Natürlich fand ich keine Lösung, aber dafür war ich am nächsten Morgen auch entsprechend unausgeschlafen.

Die rituelle Lagebesprechung brachte Hinweise, die erneut auf das LPG-Gelände verwiesen. Ein abgehörter Telefonanruf, der allerdings durch ein Funkloch jäh abgebrochen worden war, enthielt eine Wegbeschreibung mit Straßennamen. Leider war die Verbindung in genau dem Moment gekappt worden, als es interessant wurde. Die Gegend nördlich von Erfurt, so viel stand fest. Aber das konnte eine ganze Menge bedeuten. Zwei Kollegen von der Bundespolizei würden zu dem LPG-Gelände fahren und nachhaken.

Müller Zwo gab seinen Segen. „Wir haben uns in letzter Zeit vielleicht ein bisschen zu sehr darauf konzentriert, nicht die Pferde scheu zu machen. Gut möglich, dass es nun Zeit ist, einmal auf den Busch zu klopfen. Vielleicht flattert ja ein Singvögelchen auf, wer weiß?"

Immerhin wechselte er nicht mitten im Fluss die Metapher.

„Sie, Frau Rogener, behalten derweil die Oper im Auge, wie besprochen. Haben wir sonst noch etwas Sachdienliches?"

Nein, hatten wir nicht. Keinerlei ornithologische Beobachtungen einstweilen. Wir begaben uns also wieder an die Akten. Nachdem ich mit dem Freckenhagen'schen

Mageninhalt schon einmal eine Querverbindung aufgezeigt hatte, bestand durchaus ein Funken Hoffnung, dass noch etwas Sachdienliches durch das Netz geschlüpft war.

Gero malte etwas auf einen großen Papierbogen.

„Was gibt denn das?", wollte ich wissen.

„Ich versuche, mir einen Überblick zu verschaffen", meinte er. „Wir haben zum einen gefälschte Medikamente als Schmuggelgut. Wie dieses Pseudoviagra, was dem Sänger nicht bekommen ist." Er deutete auf einen Kreis links oben auf dem Blatt. „Dafür haben wir auch diese Spur, weil der verunglückte Kurier unterwegs war zu einem Josef, der angeblich in Erfurt sitzt." Erfurt war als Kreis in der Mitte des Bogens markiert. „Dann war die Rede von gefälschten Autoteilen. Gibt es da irgendeine Spur?"

Ich scrollte durch den Rechner. „Wie man's nimmt. Auf einem Schrottplatz bei Neudietendorf hat man was gefunden."

„Wo liegt denn das schon wieder?" Gero klang resigniert.

„Landkreis Gotha", half ich aus.

„Also westlich von Erfurt. Der Fahrer kam aber von Gera. Weit östlich. Was ist, wenn er gar nicht nach Erfurt wollte, sondern in dieses Neudietendorf?"

Tja, was war dann? Nichts war dann. Er wollte ja zu dem ominösen Josef, und der steckte, angeblich, in Erfurt.

„Also gut, dann führt das auch nicht weiter. Schade eigentlich." Gero seufzte. „Was ist denn sonst noch so bei den Schmuggelsachen aufgefallen?"

Nichts, mit dem es sich auf einen Ort festlegen ließ. Leider. Küchenutensilien mit unzulässigen Weichmachern waren in einem herrenlosen Container auf einem Rastplatz gefunden worden, in der Nähe von Hermsdorf, wo sich die A9 mit der Autobahn kreuzt, an der sowohl Gera als auch Erfurt und Gotha liegen.

Gero starrte auf sein Blatt. „Irgendwo steckt da der gemeinsame Nenner", murmelte er. „Fragt sich halt nur, wo."

„Vielleicht tatsächlich bei diesem Josef. Also mitten drin."

„Also wieder Erfurt." Gero klang resigniert.

# KAPITEL 13

*Das Glück ist mit den Tüchtigen.*

Da ich ja den offiziellen Auftrag hatte, mich in der Oper Erfurt umzuschauen, verließ ich das Präsidium in nützlicher Frist. Natürlich wäre es nicht unbedingt notwendig gewesen, einen Abstecher nach Arnstadt zu machen, um Swantje daheim einzusammeln und sie ihre gewohnten zweieinhalb Stunden vor Vorstellungsbeginn am Bühneneingang abzusetzen, aber sobald der Erkältungskalender von den Sommerschnupfen zu Herbstverkühlungen wechselt, fährt sie nicht so gerne mit Bus und Bahn, auch nicht mit Maske, die sowieso immer wieder für Diskussionen sorgt. Ich informierte sie natürlich über meinen dienstlichen Auftrag, mich in der Oper herumzudrücken, und sie war damit einverstanden, im Zweifelsfall die hochnervöse Diva zu spielen, die ihre Lebensabschnittserheiterin gerne in Rufnähe wusste.

Paule zeigte sich überrascht, mich in der Kantine anzutreffen, wo er gerade sein rituelles SchniPo vor sich auf dem Teller hatte. Die Ausrede mit Swantjes Nervosität ging mir glatt über die Lippen.

„Was machen die Pilzgeschäfte?“, wollte ich wissen.

„Es läuft“, antwortete er, sichtlich zufrieden. „Ich habe jetzt diversifiziert und biete auch eingelegtes Gemüse an. Mixed Pickles, Gürkchen, all so was. Wärest du eventuell interessiert?“

Man kann ja angeblich nicht früh genug anfangen, sich um Weihnachtsgeschenke zu kümmern, aber ich lehne es ab, damit vor dem 1. Oktober zu beginnen.

„Oder Obst, vielleicht?“ Paule ließ nicht locker. „Ich mache jetzt nicht nur Trockenobst und Pilze, meine Sauerkirschen tragen wie Bolle dieses Jahr.“

„Du wirst ja eine richtige Küchenfee“, frotzelte ich ihn an. „Nur echt mit Dederonkittelschürze und Weckgummis auf dem Wachstischtuch, so wie früher?“

Paule lachte. „Das fehlte noch. Nee, da käme mir nicht nur das Finanzamt in die Quere, sondern auch das Gesundheitsamt. Das ist alles von erster Qualität, hygienisch einwandfrei und jederzeit zu besichtigen. Ich hab meine Datsche da richtig auf Vordermann gebracht, nach dem Grillfest war das aber auch nötig.“

Irgendein übereifriges Mitglied der Statisterie hatte mit Spiritus als Brandbeschleuniger am Grill für eine Verpuffung gesorgt, die unter anderem das Vordach des Wochenendhäuschens in Mitleidenschaft gezogen hatte.

„Da habe ich nicht lange gefackelt, nachdem eh schon fast alles abgefackelt worden wäre. Alles tippi toppi, Edelstahl, Silikon, you name it. Zum Glück war der Kollege supergut versichert. Seine Haftpflicht hat mich großzügig entschädigt, ich konnte mir sogar einen Lagerschuppen anbauen. Der ist gleichzeitig auch ein bisschen Schallschutz, die Datsche ist ja direkt an der Autobahn.“

In diesem Moment kam Andreea durch die Kantine, um sich ihre Kartoffeln für die Pause zu sichern. Sie sah mich mit Paule zusammensitzen und winkte uns zu.

„Die ist klasse.“ Paule schmunzelte. „Von der bekomme ich astreinen Wodka aus Rumänien. Allerfeinste Ware, da mache ich Aufgesetzten draus, da hörst du die Englein singen.“

Mit ihrer Lunchbox in der Hand trat Andreea an unseren Tisch. „Am Wochenende fliege ich wieder“, sagte sie zu Paule. „Soll ich noch mal …?“

„Na, klar doch.“ Paule strahlte.

„Das Zeug ist da drüben spottbillig“, vertraute er mir an, als Andreea gegangen war. „Und ich glaube, sie schmuggelt ihn vielleicht. Unsere kleine, brave Sophie.“ Er grinste. „Aber du bist ja nicht beim Zoll, nicht wahr?“

Natürlich versicherte ich ihm, dass die Sache unter uns bliebe. Paule strahlte und machte sich eine Notiz in sein Handy. Dann stand er auf und nahm das Tablett mit dem mittlerweile leeren Schnitzelteller. „Wir sehen uns.“

Ich sah auf die Uhr. Bald würde sich die Kantine mit den Mitgliedern des Orchesters und des Chores füllen. Ich musste nur sitzenbleiben und abwarten, dann würde ich wahrscheinlich auch meine beiden Vorhangplauderinnen sehen.

Wie es der Zufall wollte und ich es gehofft hatte, traf es sich, dass die beiden mit ihren Tabletts am Nachbartisch Station machten. Und wieder waren die Versprechungen des verblichenen Kammersängers ein Thema.

„Jetzt hat es endlich geklappt, glaube ich.“

Ja, diese Stimme erkannte ich wieder. Gespannt lauschte ich.

„Da war doch dieser Agent, der die ganze Zeit um die Doina herumscharwenzelt ist. Sie ist irgendwann weg, obwohl, diese eine Hospitantin hat sie fast wegzerren müssen. Er stand ein bisschen bedröppelt herum, das war dann meine Chance.“

„Du hast aber auch immer ein Glück.“ Die Kollegin klang angemessen neidisch.

„Das Glück ist mit den Tüchtigen, sage ich immer. Jedenfalls, er sucht noch nach Sopranen für das slawische Repertoire. Russisch kann ich ja noch. Gut, dass ich das nach der Schule nicht sofort aufgegeben habe. Und das wird eine ganz große Nummer, hat er gesagt.“ Sie klang sehr zufrieden mit sich selbst. „Klar, zuerst Chor, aber von Anfang an mit Soloverpflichtung.“

„Wow. Gratuliere.“

„Und das Beste, er hat mir nicht den Freckenhagen gemacht. Du weißt schon, wie ich das meine." Ein mädchenhaftes Kichern klang zweistimmig durch die Kantine.

„Na ja, vielleicht ist er auch ein Warmer. Was weiß denn ich. Jedenfalls hat er mir nicht in den Ausschnitt gestarrt."

Den Rest der Unterhaltung ersparte ich mir, denn in der Tür zur Kantine stand Swantje und winkte mir zu.

Pflichtschuldigst stand ich auf.

„Was die nur an der findet ...", hörte ich noch.

„Backen kann sie immerhin. Oder glaubst du, unser Megastar hätte diese Apfeldinger selbst gemacht?"

Das mit dem Flüstern als Kernkompetenz war während der Ausbildung anscheinend vom Lehrplan gestrichen worden zugunsten des Russischunterrichts.

Vorsichtshalber reagierte ich nicht weiter und folgte Swantje. „Die Maske wartet", sagte sie vor ihrer Garderobe, „geh doch schon mal rein."

Ich hätte also gut weiter in der Kantine bleiben können, aber als ich die Tür öffnete, sah ich Sigi dort sitzen.

„Musst du nicht bald einrufen?", fragte ich ihn.

„Stimmt, viel Zeit habe ich nicht. Aber mir ist unser Gespräch nicht aus dem Kopf gegangen und ich wollte dir diskret erzählen, was mir eingefallen ist. Und als ich Swantje fragte, ob du heute auch da bist, meinte sie, ich soll hier auf dich warten."

Nach und nach bekam ich heraus, was Sigi umtrieb.

In einer Ecke neben der Seitenbühne befand sich ganz in der Nähe des Inspizientenpults ein kleiner Abstellraum, den die Requisite früher benutzt hatte, um während der Vorstellungen benötigte Utensilien griffbereit zu halten.

„Und genau da hab ich den Freckenhagen mal gesehen, da war er gar nicht dran. Dabei hatte er da nun wirklich nichts zu suchen, weder bei Proben noch bei einer Vorstellung."

Wie mir Sigi weiter erzählte, befand sich in diesem Raum ein Schrank, der mit einem Vorhängeschloss gesichert war.

„Nummernschloss übrigens. Da braucht es also keinen Schlüssel. Ich hab mich schon lange gefragt, was da wohl drin ist. Und als ich eben alles für heute Abend eingerichtet habe am Pult, war gerade wer von der Requisite in der Kammer, da hab ich einfach mal nachgehakt. Und was soll ich dir sagen, der hatte da null Ahnung. Das Schloss ist keines von denen. Sie lagern ihre Sachen dort ga nicht, die nutzen den Raum nur während der Vorstellung. Und die Bühnentechnik hab ich da noch nie gesehen. Ich dachte, das solltest du wissen." Er stand auf. „Klar, während der Vorstellung werde ich mal ein Auge drauf halten. Aber jetzt wird es höchste Eisenbahn, dass ich an mein Pult gehe."

Wenige Minuten später klang Sigis Stimme durch die Lautsprecher. „Guten Abend, meine Damen und Herren. Die Vorstellung beginnt in sechzig Minuten. Die Damen und Herren des Orchesters bitte zu einer kurzen Besprechung in den Orchesterprobenraum eins. Die Damen und Herren des Chors bitte nach Plan in die Maske. Die Damen und Herren der Statisterie ebenso nach Plan. Ich wiederhole, die Vorstellung beginnt in sechzig Minuten."

Ein verschlossener Schrank, in einem Raum, der weder von der Bühnentechnik genutzt wurde noch von der Requisite außerhalb der Vorstellungen belegt war. Ich wagte nicht zu hoffen, dass dies der Durchbruch sein konnte. Vorsichtshalber spazierte ich hinter die Bühne und machte Sigi die Aufwartung. Die Tür zu dem Abstellraum stand offen.

„Ich halte das von hier aus im Blick", versprach er mir. „Wer da rein will, muss ja an mir vorbei."

Beruhigt ging ich zurück zu Swantje. Sie sang sich gerade ein und hatte nur Zeit für ein „Alles in Ordnung?"

Das versicherte ich ihr und verabschiedete mich dann. Bald würden die Türen in den Zuschauerraum geöffnet werden, ich freute mich einmal mehr auf den guten Platz, der Swantje pro Vorstellung vertragsmäßig zustand.

Trotz ihrer Befürchtungen, was die Qualität der zweiten Aufführung einer Serie betraf, wurde dieser Abend erneut ein rauschender Erfolg. So viele Vorhänge wie bei der Premiere wurden es nicht, aber die war auch ein magischer Anlass gewesen. Dieses Mal gab es anschließend keine Einladung des Intendanten. Swantje widmete sich den Fans am Bühneneingang, posierte geduldig für Fotos, nahm Blumen in Empfang, die sie an mich weiterreichte, um die Hände frei zu haben für weitere Floristik, und endlich saßen wir im Auto.

„Soll ich fragen, was Sigi gewollt hat oder besser nicht?", fragte Swantje, als wir aus dem Parkhaus rollten.

„Es war dienstlich", sagte ich zögernd.

„Dann also besser nicht", beschloss sie. „Die Marschallin wirkte heute ein bisschen müde, fand ich."

Ich konnte das nicht bestätigen, denn natürlich hatte ich nur Augen und Ohren für meine Swantje gehabt.

Sie lachte. „Das glaube ich dir zwar nicht, aber schön zu hören ist es trotzdem. Noch dreimal ‚Rosenkavalier', hat der erst einmal Pause bis ins neue Jahr."

„Aber doch nur für hier, dachte ich?"

„Klar. Die Weihnachtskonzerte stehen, ich meine den Strauss. Aber wenn du Urlaub bekommst, können wir tatsächlich für ein Wochenende oder so nach Venedig."

Daheim angekommen, setzte ich mein Handy an die Ladestation. Das Display leuchtete auf und ich sah, dass Sigi mir eine SMS geschickt hatte.

„Alles ruhig geblieben. Paule war da, hat den Schrank aber nicht geöffnet."

Paule? Ich schickte eine Nachricht zurück. Sigi war noch wach und wir sprachen kurz.

„Ich habe ihn gefragt, ob er was sucht."

„Und?"

„Nee, hat er gesagt. Nur dass er in der Kammer einen Plan für die Statisterie angepinnt hat. In der Wirtshausszene wird es ja ein bisschen hektisch, da hat er auf dem Plan alles, wer wo stehen muss und so weiter. Den wollte er nicht auf der Seitenbühne antackern, weil er zum Lesen ja Licht braucht. Nach der Vorstellung hab ich nachgesehen. Da hängt tatsächlich so was. Aber das kenne ich von Paule überhaupt nicht, dass er so einen Plan braucht."

Mir war das auch neu. Ich würde wohl nicht umhinkommen, selbst einen Blick darauf zu werfen, schien mir.

„Nicht unbedingt nötig." Sigi klang amüsiert. „Ich hab ein Foto gemacht, das schick ich dir gleich."

Selbstverständlich bedankte ich mich bei ihm. Es wäre mehr als unhöflich gewesen, ihm als Dank für seine Mühe zu erklären, dass ich das schon persönlich in Augenschein würde nehmen müssen. Die Qualität des Fotos war allerdings hervorragend.

Swantje lag schon im Bett. „Ich bin echt fertig heute." Sie lachte. „Vielleicht sollte ich es auch mal mit kalten Kartoffeln in der Pause versuchen wie Andreea. Kohlenhydrate, für die Schlussszene." Sie murmelte noch etwas, schon im Halbschlaf. Und auch ich fand bald in meine Träume.

Am nächsten Morgen erstattete ich pflichtschuldigst Bericht. Müller Zwo war der Meinung, dass es einen Durchsuchungsbeschluss nicht unbedingt brauchen würde. Ich sollte doch einfach mal beim Technischen Direktor oder bei der Sicherheitsbeauftragten nachfragen, was sich denn in dem Schrank befände, dass der mit einem Vorhängeschloss gesichert werden musste. Da sich für die kommende Vorstellung Politprominenz angesagt hatte, konnte ich das sehr gut unter dem Deckmantel einer allgemeinen Objektsicherung laufen lassen.

Begleitet von Ferdi Horbel machte ich mich auf ins Theater, wo weder der Technische Direktor noch die Sicherheitsbeauftragte etwas Näheres zu dem Schrank zu sagen wussten. Wie ich waren sie der Meinung, dass es sich anbot, diesem Zustand Abhilfe zu verschaffen. Kurze Zeit darauf standen wir zu viert in der Kammer, der Technische Direktor höchstpersönlich holte den Bolzenschneider.

Unser Tun blieb nicht unbeobachtet, die Kollegen von der Bühnentechnik waren dabei, alles für die anstehende Wiederaufnahme der „Zauberflöte für Kinder" einzurichten. Vadian Gloor, der Regieassistent, sah ihnen von der Vorbühne aus zu, eine umfangreiche Kladde in der Hand. Neben ihm stand Paule.

Beide schienen überrascht, uns auf der Seitenbühne zu entdecken, reagierten aber nicht weiter, als der Bolzenschneider zum Einsatz kam. Das Schloss plumpste wie überreifes Obst in die bereitgehaltene Asservatentasche. Mit Nitrilhandschuhen über den Fingern öffnete ich den Schrank.

Es war eindeutig wohl zu viel verlangt gewesen, auf Resultate zu hoffen. Selbstverständlich waren die Regalböden hinter der Schranktür komplett leer, abgesehen von einer Rolle Gaffatape und einem Ölkännchen, das noch einen Rest Schmiermittel aufwies.

Der Technische Direktor und die Sicherheitsbeauftragte sahen uns fragend an, aber Ferdi wollte nicht so schnell aufgeben und wackelte probeweise am Schrank.

„Der ist nicht angeschraubt", stellte er fest. „Und bis auf das Tape und das Kännchen ist er leer. Wie wäre es, wollen wir ihn mal ein bisschen abrücken, nur zur Sicherheit?"

Schon hob er den Spind an und stellte ihn in eine Ecke.

Ferdis Instinkt hatte nicht getrogen. Zwischen den Abdrücken, die die Schrankfüße auf dem Boden hinterlassen hatten, lag neben einer toten Maus und einer gewissen Menge Staub auch eine Versandtasche mit chinesischer Aufschrift. Ferdi rief die Spurensicherung an, während ich mich umsah. Die Bühnenarbeiter hatten sich durch unsere Aktion nicht stören lassen. Die Kulissen waren fertig aufgebaut, die Bühne menschenleer. Auch Paule und der Regieassistent ließen sich nicht mehr sehen. Ob das ihren Aufgaben entsprach oder etwas zu bedeuten hatte, blieb einstweilen offen.

Die Spurensicherung war überraschend schnell vor Ort und packte Pulver und Pinsel aus, um nach Fingerabdrücken zu suchen. Ferdi und ich gratulierten uns gegenseitig, dass wir rein aus Instinkt Nitrilhandschuhe übergestreift hatten, bevor wir auch nur die Abstellkammer betreten hatten. Sowohl der Technische Direktor wie auch die Sicherheitsbeauftragte waren gerne bereit, Proben ihrer Fingerabdrücke zu geben, wiesen aber darauf hin, dass der Bühnenbereich von sehr vielen Hausmitgliedern frequentiert wurde. Es erübrigte sich jedoch, allen eine Probe abzuverlangen, der Schrank wies keinerlei verwertbare Abdrücke auf.

„Der wird wohl regelmäßig mit Putzmittel abgewischt und das sogar gründlich. Da ist nichts Brauchbares drauf. Und drin auch nicht“, lautete das Fazit der Spurensicherung.

Es wäre auch zu schön gewesen. Immerhin fotografierten die Kollegen den Versandumschlag in situ und legten ein Maßband neben die Maus, um die Größenverhältnisse zu dokumentieren. Dann packten sie ihre Gerätschaften wieder ein. Den Umschlag nahmen sie wie das Vorhängeschloss und die Maus mit.

Ferdi stellte den Schrank zurück an seinen angestammten Platz und warf dann seine Nitrilhandschuhe in den Abfallkübel neben der Tür. Die Enttäuschung war ihm deutlich anzumerken.

Der Technische Direktor entschuldigte sich mit anstehenden Besprechungen, die Sicherheitsbeauftragte spendierte uns noch einen Kaffee in ihrem Büro. Kurz darauf standen wir wieder vor dem Bühneneingang.

„Es ist echt zum Speien." Ferdi klang frustriert. „Da ist der Müller einmal nicht dabei, und immer noch ist es ein Schlag ins Wasser."

Ich musste lachen.

„Ja, lach du nur. Ist doch wahr."

„Na, soll ich etwa weinen?", gab ich zurück. „Aber mal ganz ehrlich, ich lache nur, weil ich dachte, der Müller wird in seinem eigenen Team schon Rückhalt haben. Und dann kommst du mit so einem Spruch."

„Du wirst ihn schon für dich behalten." Ferdi holte tief Luft. „Und wenn nicht, streite ich natürlich alles ab und sage, du hättest den vom Stapel gelassen. Ist doch klar."

Auf dem Rückweg machten wir uns einen Spaß daraus, Vermutungen anzustellen, was die chinesischen Schriftzeichen auf dem Umschlag wohl bedeuten mochten.

„Besuchen Sie Thüringen", schlug Ferdi vor. „Bevor Fremde wirklich unerwünscht sind."

„Autsch", machte ich, obwohl ich lachen musste. „Aber gut. Besser ist das allemal als zum Beispiel ‚Wer das liest, ist doof', meinst du nicht?"

„Na gut." Ferdi gab sich versöhnlich. „Es könnte ja auch darauf stehen ‚Waren Sie schon mal im Thüringer Wald?'"

Tatsächlich wies der Aufdruck darauf hin, dass die Versandtasche schon eine ganze Weile unter dem Schrank gelegen haben konnte. Die Expertise übersetzte die Hànzì-Schriftzeichen mit „10 Jahre Städtefreundschaft Erfurt-Xúzhōu Shì". Damit stammte sie aus dem Jahr 2015.

# KAPITEL 14

*Code für Bildungsbürgerliche*

Natürlich war der Erste Polizeihauptkommissar nicht froh über das Ergebnis unseres Besuchs in der Oper Erfurt, aber darin unterschied er sich nicht grundlegend von dem Rest der Taskforce. Weiteres Kopfzerbrechen bereitete ihm ein mittlerweile eingetroffener Untersuchungsbericht, der den Tod von Isabeau Braun-Haupt in anderem Licht erscheinen ließ. Warum es so lange gedauert hatte, blieb unklar.

Vielleicht war man einfach zu schnell von einem Unfall ausgegangen. Aber neben dem erhöhten Alkoholpegel gab es auffällige Parallelen zum Fall Freckenhagen. Auch Dame Isabeau hatte, wie es schien, Viagra geschluckt, sogar die gefälschte Variante, die der Kammersänger im Magen hatte.

Das gab in der Lagebesprechung einiges an Hallo. Müller Zwo rief uns zur Ordnung und wies darauf hin, dass die Einnahme von Viagra durch Frauen nachweislich zur Senkung von deren Blutdruck beitrug, jedoch unter anderem zu Kopfschmerzen, Übelkeit und Sehstörungen führen konnte.

Hatte die Choristin nicht davon gesprochen, dass sie gelegentlich Viagra nahm gegen ihren Blutdruck? Die Frage, warum auch unser Schuppenkaspar wusste, wie das Mittel bei Frauen wirkte, er aber keine Ahnung von Menstruation zu haben schien, beschäftigte mich nicht lange. Irgendein Detail war irgendwann wegen irgendetwas irgendwie relevant gewesen, nahm ich an. Ganz gleich, woher sein Wissen kam, es war zumindest für Dame Isabeau irrelevant, ob sie in den Springbrunnen gestolpert war wegen ihres beachtlichen Alkoholpegels oder eine medikamentenbedingte Sehstörung daran schuld gewesen war. Immerhin war angesichts der diffusen Hämatome nicht absolut auszuschließen, dass Fremdeinwirkung im Spiel gewesen war. Das wiederum führte dazu, dass Swantjes Alibi hinterfragt wurde und, ja, ich hatte in den Nachtstunden tatsächlich geschlafen. Nein, Swantje war nicht so abgebrüht, dass sie mir am Morgen beim Auffinden der Leiche die Unschuld vom Lande hätte glaubhaft vorspielen können, und der Ort unserer Joggingrunde war von mir ausgewählt worden. Sie hatte ja ohnehin noch eine Weile im Bett bleiben wollen, fiel mir ein. Und hätte Dame Isabeau nicht eher ein Motiv gehabt, ihrerseits Swantje oder Andreea zu attackieren, nachdem beide sie beim Diner bloßgestellt hatten? Und verfügten eigentlich alle aus dem Kurs über Alibis? Dem Ersten Polizeihauptkommissar blieb allerdings angesichts der durch das Viagra nachgewiesenen Verbindung zu Freckenhagen und damit nicht nur zur Oper Erfurt, sondern auch in die „Rosenkavalier"-Produktion wohl wirklich nichts anderes übrig, als mich von den Ermittlungen vorläufig freizustellen. Eine reine Vorsichtsmaßnahme, wie er umgehend betonte. Dass er sein „Einstweilen" hinter die Maßnahme setzte und nicht hinter die Freistellung, schien ihm als Stichelei auszureichen. Oder war ich schlicht zu empfindlich in Sachen Satzbau? Er selbst würde ebenfalls von dem Fall zurücktreten, verkündete er. Seine Begründung gab mir zwar keinen Anlass für die Feindseligkeit, mit der er mir von Anfang an begegnet war, aber ernst zu nehmen war sie durchaus: Dame Isabeau war seine Großtante, ein Umstand, der ihn für die weiteren Ermittlungen wohl ebenso befangen erscheinen ließ wie mich durch meine Nähe zu Swantje.

Bis ein Ersatz für ihn einträfe, verkündete Müller Zwo, würde Gero Mikulas die Taskforce leiten, als Dienstältester der Gruppe. Wirklich überrascht schien zumindest Gero nicht von dieser Entwicklung zu sein, wie sich herausstellte, hatte der Erste Polizeihauptkommissar ihn noch vor der allgemeinen Lagebesprechung zu sich ins Büro gebeten.

Als erste Amtshandlung beendete Gero das Meeting, bat aber Müller Zwo und mich zu einer Besprechung, die er in einem kleineren Beratungszimmer durchführte, anstatt dass er sich hinter den vom bisherigen Taskforce-Leiter verwendeten Schreibtisch setze und uns davor platzierte.

„Diese Entwicklungen sind für uns alle überraschend", begann er. Und ich habe die Leitung nur, bis ein Kollege von der Bundespolizei eintrifft, der diese Aufgabe übernehmen kann. Ich bitte Sie beide zu bedenken, dass diese Freistellungen das Team gleich um zwei mit den Details sehr vertraute Kräfte verringert. Ich verstehe, dass Sie aus persönlicher Betroffenheit Abstand nehmen wollen, Herr Müller, und ich respektiere das selbstverständlich. Es würde mich jedoch sehr freuen, wenn Sie sich dazu bereitfinden können, uns weiterhin beratend zur Verfügung zu stehen."

Müller Zwo nickte zögernd.

„Und was dich betrifft", wandte sich Gero an mich, „gibt es irgendwen, um das Alibi zu untermauern? Oder irgendetwas?"

Bisher hatte mein Wort ausgereicht, dachte ich und schwieg.

„Es ist doch eine sehr dünne Indizienkette und deine Frau ist nun wirklich nicht die Einzige, die einen, nun sagen wir, schwierigen Kontakt zu der Kammersängerin hatte."

Der Erste Polizeihauptkommissar zuckte mit den Schultern. „Gewiss", sagte er, „meine Großtante war, nun ja, sagen wir, gesetzt in ihren Ansichten. Meine Güte, weit über siebzig Jahre, aber das entschuldigt im Grunde nichts. Sie konnte schon empören, meine Tante, das mit Sicherheit."

Ich rechnete es Müller Zwo hoch an, dass er bereit war, diese Brücke zu bauen. Und endlich erinnerte ich mich an ein Detail, das als Alibinachweis dienen konnte.

„Das Hotel", sagte ich erleichtert. „Die haben doch diese vollelektronische Schließanlage. Die zeichnet jedes Mal auf, wenn die Tür geöffnet wird und mit welchem Schlüssel."

Der Erste Polizeihauptkommissar sah nachdenklich aus.

„Auch, wenn kein Schlüssel verwendet wird, also beim Öffnen der Tür von innen?" Gero klang skeptisch.

„Dann auch. Sie gehören zu einer Kette. Und die hatte letzten Winter eine Diebstahlserie, in der ich ermittelt habe. Da kam diese Schließanlage zur Sprache."

Gero wollte sichergehen. „Und die Fenster? Ich will nichts unterstellen, so mit raus ins Grüne, aber ..."

„Aus dem vierten Stock?" Ich lachte.

Müller Zwo nickte. „Das ist ein so blödsinniges Detail, mit Verlaub, gerade weil Sie bisher nicht daran gedacht haben, dass es mich schon allein aus diesem Grund überzeugt."

„Dann sind wir uns also einig?" Gero ließ sich noch einmal bestätigen, dass der Erste Polizeihauptkommissar meine Bestätigung von Swantjes Alibi akzeptierte und keine Probleme damit hatte, dass ich in der Taskforce verblieb.

„Gut", Gero klang ein bisschen erleichtert, „das ist also geklärt. Dann hätte ich noch eine Frage an Sie, Herr Müller. Was hat es mit diesem Codenamen auf sich? Warum Prosper?

Müller Zwo lachte.

„Kennen Sie Carmen, die Oper?"

Gero gab zu, davon bereits gehört zu haben.

„Also gut. Die Geschichte geht zurück auf eine Novelle von Mérimée." Der Erste Polizeihauptkommissar kannte sich aus. „Der erzählt von einem baskischen Banditen, einem Schmuggler, dem er auf einer Reise begegnete. Und der Vorname des Autors lautet nun einmal …"

„Prosper. Prosper Mérimée", platzte es aus mir heraus.

„Meine Güte, ich habe das sogar im letzten Sommer gelesen."

„Als Codename gar nicht mal so schlecht." Gero lachte. „Wenn unsere Schmugglerbande nicht besonders belesen ist. Was ist, Karin, was machst du für ein Gesicht?"

„Josef", sagte ich schlicht. „Der Hintermann, den angeblich in Erfurt oder in der Nähe wohnt."

„Ja, was ist mit dem?"

„Der Schmuggler. Im Buch und in der Oper. Don José. Josef."

„Das ist nun aber wirklich Zufall", beteuerte Müller Zwo. War er tatsächlich etwas rot geworden?

Nein, das mochte ich mir nicht ausdenken, dass der Erste Polizeihauptkommissar in die Sache verwickelt war und vielleicht die Ermittlungen gegen sich selbst torpedierte …

„Ihr macht mich echt fertig, wisst ihr das? Alle beide." Gero seufzte. „Aber eigentlich ist es wurscht. Ob das nun ein Bildungsbürger ist oder nicht, das tut nichts zur Sache. Ganz gleich, ob Opernfan oder Leseratte, wir haben ja wohl keine Carmen, die ihn einwickelt. Oder?"

Nein, die hatten wir nicht, auch wenn ich für einen wahnwitzigen Augenblick an die Choristin mit der Unfähigkeit zu flüstern dachte.

„Wenn wir davon ausgehen müssen, dass die Kammersängerin, also Ihre Frau Tante, Herr Müller, Opfer eines Mordes wurde", Gero stockte kurz, „was hindert uns daran, den Tod von Freckenhagen auch nicht einfach als einen Unfall bei der Selbstmedikation zu verbuchen?"

War es dann Totschlag oder fahrlässige Körperverletzung mit Todesfolge, was der Choristin vorgeworfen werden konnte? Das war ein Detail für die Staatsanwaltschaft, beschloss ich im Stillen. An unserer Ermittlung, wer die gefälschten Medikamente ins Land und hier unter die Leute brachte, würde es kaum etwas ändern.

„Was haben wir also?“, fragte ich. „Gefälschte Medikamente aus China, die ein Bote von Gera nach Erfurt oder weiter bringen sollte, wobei er auf dem Weg verunfallte. Was bei ihm gefunden wurde, ist die gleiche Substanz wie die, die zumindest mitverantwortlich erscheint für den Tod sowohl in Weimar als auch in der Oper. Und dort tauchte auch ein Umschlag auf, der auf dieselbe Stadt in China hinweist, die auf dem Absender bei der Lieferung stand.“

Gero und Müller Zwo nickten.

„Weiterhin haben wir in Erfurt nicht nur die Oper, sondern auch laut Abhörprotokoll mindestens einen der Hintermänner, wenn nicht Big Boss himself.“

„Genau.“ Unser Schuppenkaspar hatte zwar die Leitung der Taskforce abgegeben, aber das hieß mitnichten, dass er keine Ergebnisse sehen wollte. „Wie bringt uns das weiter?“

„Hältst du es für möglich, Karin, dass diese Choristin dahintersteckt?“

„Möglich ist ja vieles“, antwortete ich zögernd. „Aber wahrscheinlich wird es dadurch nicht gerade. Der Inspizient hat zwar gesagt, dass alle im Haus Bescheid wussten über Freckenhagen und sein Viagra, aber das kann auch schlicht und einfach falsch sein. Vielleicht wusste ausgerechnet sie es nicht. Und selbst wenn, das heißt nun noch lange nicht, dass sie es ihm auch verschafft hat. Und wie sollten wir ihr das nachweisen? Oder dass unser Josef eine Josefa ist?“

In diesem Moment klopfte es.

„Es gibt neue Entwicklungen“, meldete Ferdi.

Die Untersuchung des unter dem Schrank entdeckten Umschlags war abgeschlossen und es wurde wohl Zeit, Paule zu befragen. Wegen einer Einbruchsserie waren die Fingerabdrücke aller Datscheneigner der Schrebergartenkolonie gesammelt worden, zu Ausschlusszwecken, wie es geheißen hatte. Da die Täterschaft noch nicht überführt worden war, blieben die Daten einstweilen gespeichert. Und ausgerechnet bei dem vertrackten Umschlag hatte es einen Treffer gegeben.

„Das muss allerdings nun gar nichts heißen“, mahnte Gero. „Wer weiß, wie lange das Ding da gelegen hat.“

Ferdi nickte. „Das sagt die Spurensicherung auch. Angesichts der Menge Staub unter dem Schrank. Und die Maus war auch schon lange tot. Die hatte wohl an dem Plastikumschlag genagt und ist daran eingegangen.“ Er seufzte. „Pech für die Maus, Glück für uns. Nur wegen des Materials von dem Umschlag waren die Abdrücke überhaupt noch verwertbar.“

„Aber was drin war in dem Brief, wissen wir nicht“, gab ich zu bedenken. „2015, hat man da eigentlich überhaupt schon Chinaware im Internet bestellt?“

Ferdi, unser Finanzspezialist, kannte sich bestens aus. „Ja“, sagte er knapp, „hat man. Und nicht zu knapp.“ Dann zögerte er. „Aber ich weiß nicht, ob auch nach Thüringen“, fügte er schließlich hinzu.

Tatsächlich ergab die Befragung, das Paule sich sehr gut an den Umschlag erinnern konnte. „Wegen dem hat mir das Finanzamt so dermaßen die Hölle heiß gemacht. Dabei hatte ich doch bloß Trockenpilze bestellt, Mu-Err waren das. Bei der Städtepartnerschaft war ich mal aktiv und als da diese Delegation kam, da war da dieser Händler für Traditionelle Chinesische Medizin. Ich dachte, probier ich es mal, aber das mit dem Zoll, das war mir dann doch zu kompliziert. Na ja, und als ich den Adressaufkleber abgemacht habe für die Unterlagen, da habe ich doch glatt den Portostempel vergessen. Und die Typen vom Finanzamt, die wollten doch tatsächlich wissen, wie hoch der Portoanteil an den Versandkosten war. Meine Güte. Anderthalb Jahre später kamen die damit an. Und ich Depp hatte meine Unterlagen alle als Original eingereicht, nur eben den Umschlag nicht, weil ich das blöde Ding nicht finden konnte. Was mich das an Nerven gekostet hat! Aber jetzt ist die Sache eh verjährt."

Was nicht verjährt war, blieb der Schmuggel, für den wir aber keine Verbindung zu Paule herzustellen vermochten. Er konnte uns keinen Grund nennen, warum der Umschlag unter dem Schrank gelandet war, aber dass er dafür keine glatte Erklärung hatte, sprach schon fast dafür, dass es sich um einen Zufall handelte. Er meinte, dass er manchmal dort seine Sachen abstellte, wenn er bei einer Beleuchtungsprobe kurzfristig einspringen musste, aber ob in so einem Moment die Tasche umgekippt war und der Umschlag hatte hinausflattern können? Er hatte mit den Schultern gezuckt.

Dass er Freckenhagen gekannt hatte, stritt er ebenfalls nicht ab. „Den kannte ich schon, da war der noch gar nicht verdienter Sänger des Volkes. Aber schon sehr, sehr gut. Ich hab ein paar Stunden bei ihm genommen, damals, als ich noch in der Lehre war. Der war ja kein Reisekader, sie haben ihn quasi zum Trost zum Kammersänger gemacht. Und dann ging das doch richtig los mit seiner Karriere. Ich hab mir dann eben anderen Unterricht gesucht, aber losen Kontakt hatten wir schon noch. Auch als klar wurde, dass aus mir eben doch kein Sänger werden würde. Nicht mehr werden konnte."

Für die Schreiknötchen war Dame Isabeau auch posthum nicht verantwortlich zu machen. „Wenn die mal gastiert hat, da hat sie das Fußvolk in der Statisterie doch nur angeschaut, wenn sie extra dafür bezahlt wurde."

Müller Zwo senkte den Kopf.

Natürlich mussten wir Paule laufen lassen. 2015 eine Sendung aus China erhalten zu haben, bedeutete nun wirklich nichts Justiziables, so sehr unser Schuppenkaspar das auch bedauern mochte. Frustriert entließ Gero uns in den Feierabend.

Am nächsten Morgen stellte sich heraus, dass wir auch gut hätten bleiben können. Der Dauerdienst war noch am Abend zu einem Einbruch gerufen worden, Franziskus Niederer von der spirituellen Gemeinschaft hatte den Diebstahl mehrerer Ikonen gemeldet. Nicht nur die Heiligenbilder fehlten, auch das Malatelier selbst hatten die Einbrecher in einem beklagenswerten Zustand hinterlassen. Die Wände waren mit ausgesprochen unfrommen Grafitti verunstaltet, Blattgoldreste klebten am Waschbecken und es stank nach Terpentin, wie der Bericht der Kollegen des Dauerdienstes vermerkte, obwohl sämtliche Fenster eingeschlagen waren, selbst ein kleines Oberlicht an der Rückwand, das ohne Leiter nicht zu erreichen war. Die Täterschaft hatte wohl Zielübungen mit den Farbdosen veranstaltet, eine Vermutung, die angesichts der Flecken auf der Wand plausibel erschien.

„Ich weiß ja nicht, ob das wichtig ist", hatte der Hauswart angemerkt, „aber das Atelier, der ehemalige Hühnerstall, ist doch nicht unterkellert. Was kann das sein?"

Für das Ausmessen des Oberlichts hatte er seine Leiter außen ans Atelier angelegt und etwas entdeckt, was nur aus der Höhe auffällig war. Der Grasbewuchs rund um das Gebäude unterschied sich auf einer Fläche von einem knappen Quadratmeter deutlich von dem Rest. Nach einiger Gärtnerarbeit legten die Kollegen eine Blechtür frei, hinter der es an einem verplombten Abflussrohr vorbei in einen sorgfältig gemauerten Keller von nicht gerade geringen Ausmaßen ging.

Den hatte das Team bei der Durchsuchung der spirituellen Gemeinschaft also übersehen und auch auf der Blaupause des Betriebsgeländes, die ein VEB-Architekturbüro mit dem Firmenstempel versehen hatte, war er nicht eingezeichnet.

Nun bekam die Spurensicherung einiges zu tun. Der Keller war vollgestellt mit Regalen, auf denen sich Maschinenteile türmten, Medikamentenschachteln und all das, wonach unsere Taskforce schon so lange Ausschau gehalten hatte.

Selbstverständlich wurde eine diskrete Observation des Geländes angeordnet, schon allein in der Hoffnung, dass die Vandalen, die das Atelier verwüstet hatten, sich vielleicht noch einmal künstlerisch betätigen wollten. Dass sich unsere Schmuggler einfinden würden, wagten wir nicht zu hoffen, Kollege Zufall hat eher unregelmäßige Dienstzeiten und war ohnehin wohl der Meinung, dass er mit der Entdeckung des Kellers durch den Hauswart seinen Part erledigt hatte.

Die von Gero angeordnete Diskretion führte dazu, dass Walter und ich wieder hinter dem Waldstück parkten.

Ferdi war mitgekommen. „Was wollen wir hier eigentlich?“, fragte er. „Das glaubt doch niemand, dass jetzt dieser Josef vorbeischaut, just, wenn wir zugreifen wollen.“

„Stimmt schon.“ Walter klang außer Atem. „Aber das Terrain sondieren, das sollten wir schon. Ortskunde und so.“

„Themenwechsel.“ Irritiert schauten mich die Kollegen an. Ich deutete auf die Pilzsucher, die gerade auf die Schneise am Waldrand traten. „Wie ist das eigentlich bei euch so, werden da die LPGs auch renaturiert, wird da gebaut ...“

Blitzmerker Walter schaltete sofort um. „Du hast vielleicht Themen drauf beim Waldspaziergang.“ Er seufzte theatralisch.

„Ich gebe zu“, mischte sich Ferdi ein, „ich hatte mich eigentlich schon darauf gefreut, ein bisschen auf dem Rennsteig zu wandern. Aber hier ist es ja auch ganz schön.“ Er deutete hinaus in die Landschaft. „Wo ist denn jetzt eigentlich der Dom, kann man den von hier aus sehen?“

Walter lachte. „Mensch, Ferdi, Orientierungsläufe solltest du besser nicht unternehmen. Erfurt liegt hinter uns.“

Schon waren wir an den Pilzsammlern vorbei.

„Wir und harmlose Spaziergänger.“ Ferdi lachte. „Etwas Besseres ist dir nicht eingefallen?“

„Du bist echt der Held, fragst nach dem Dom.“ Walter schüttelte den Kopf. „Du bist vielleicht eine Nummer.“

„Jetzt gebt mal Ruhe, Jungs.“ Erstaunlicherweise hörten die beiden auf mich. „Schaut mal. Fällt euch da etwas auf?“

Vor uns erstreckte sich das LPG-Gelände, links die Bio-Hühnerfarm, weiter hinten der Trakt der Spirituellen. Im Hintergrund rauschte die Autobahn.

Endlich entdeckten auch Walter und Ferdi den Feldweg, der bis zu dem LKW-Parkplatz neben der Autobahnauffahrt führte.

„Autobahn, Zufahrtsmöglichkeit und doch abgeschieden …“, sagte Ferdi andächtig. „Keine Kameras auf dem Parkplatz und da auf dem Gelände erst recht nicht. Bingo, sag ich mal.“

Bingo in der Tat. Es fehlten nur eben die Täter.

# KAPITEL 15

*Die Dinge, über die wir sprechen*

Auch an diesem Abend war Andreea wieder bei uns in Arnstadt. Angesichts der Versicherung Swantjes, dass sie keine Absichten hatte, die Bühnennähe in ihren und damit unseren Alltag zu übertragen, blieb ich freundlich. Die zwei arbeiteten an dem Programm für die Opernfreunde und was aus dem Musikzimmer zu hören war, klang auch für mich sehr harmonisch. Die beiden Stimmen schienen wie für einander geschaffen. Aber und dennoch. Ich war froh, als Andreea sich verabschiedete und wir ein Abendessen zu zweit hatten.

„Ich merke es dir doch an", sagte Swantje, „da ist irgendetwas im Busch."

Natürlich redete ich mich auf den Arbeitsfrust hinaus. Und dass Müller Zwo, unser Schuppenkaspar, tatsächlich der Großneffe von Dame Isabeau war, blieb Anlass genug, über die kleine weite Welt der klassischen Musik zu plaudern. Dann ließ Swantje die Katze aus dem Sack.

„Andreea hat bei meiner Agentur Anklang gefunden. Sie muss also nicht nach Sewastopol."

Das hätte ich auch einer größeren Rivalin nicht gegönnt. Wenn Andreea überhaupt eine darstellte, und das tat sie ja laut Swantje nicht.

„Die Sache hat nun aber einen ganz eigenen Dreh bekommen." Sie stellte ihre Teetasse ab. „Du hast ja selbst gehört, wie unsere Stimmen zusammenpassen. Der von der Agentur, der in der Premiere war, hat da wohl heimlich ein Band mitlaufen lassen und nun wollen die uns gemeinsam als Duo vermitteln für Liederabende und so. Die Opernfreunde wären sozusagen ein Testlauf."

Das zog mir mental dann doch ein bisschen die Schuhe aus.

„Es würde unter anderem bedeuten, dass wir ein paar gemeinsame Programme entwickeln, am besten natürlich hier. Und eventuell zusammen auf Konzertreise gehen."

Selbstverständlich gab ich mir allen Anschein, das ganz toll zu finden, aber ich konnte Swantje nichts vormachen.

Sie lachte. „Du kannst dir extra viel Mühe geben. Das ist mir schon klar, du hast ein Problem. Wenn nicht mit Andreea, dann wegen ihr."

Ich wollte das schon vollmundig abstreiten, Sie erinnern sich, fünfzig Prozent und so weiter, aber Swantje winkte ab.

„Das ist doch völlig legitim."

Mein lieber Schwan dachte kurz nach. „Sie ist jung, sie ist schon sehr süß, sie ist neu ..., ich meine neugierig. Und auf eine irgendwie schon niedliche Art kennt sie keinerlei Hindernisse, wenn sie ein Ziel hat."

Das befürchtete ich allerdings im Stillen schon seit einer Weile und hatte bereits darüber nachgedacht, ob ich nicht über kurz oder lang gezwungen sein würde, eine neue Prozentrechnung aufzustellen.

„Ich könnte durchaus verstehen, wenn du dich irgendwie bedroht fühlst. Obwohl, habe ich dir auch nur einen Anlass dafür gegeben?"

Stumm schüttelte ich den Kopf.

„Glaub mir, Andreeas gibt es viele. Wenn ich da anfällig wäre ..." Sie lachte. „Nein, die Andreeas dieser Welt, die sind keine Anfechtung, niedlich hin oder her."

Ich wollte ihr gerne glauben. Und natürlich meldete sich genau in diesem Moment Swantjes Handy. Aber ja, Andreea. Sie schickte ein Meme, dass sie wohlbehalten wieder in Erfurt angekommen war.

Swantje seufzte. „Wie gesagt. Niedlich. Aber mehr ist das nun wirklich nicht. Noch drei Vorstellungen, und dann ist es mit dem ‚Rosenkavalier' vorbei bis ins neue Jahr."

Und das Duettprogramm? Das traute ich mich nicht zu fragen, aber Swantje schwante da wohl etwas.

„Und was diese Duette betrifft. Klar, für die Opernfreunde machen wir was. Die Agentur denkt sich das schon schick, daraus ein eigenes Programmangebot zu entwickeln. Aber da muss man auch dranbleiben, das ist ja nicht ein Kochrezept, das alle vier Jahre aus dem Schrank genommen wird. Für so etwas habe ich doch überhaupt keine Zeit. Schon gar nicht, wenn das was wird mit Wuppertal."

Das Angebot, nach Nordrhein-Westfalen umzusiedeln, hatte ich ganz verdrängt.

„Das ist allerdings noch längst nicht spruchreif. So etwas wird nicht von heute auf morgen entschieden, da gibt es Findungskommissionen und Entscheidungsgremien und so weiter und so weiter. Sie haben auch erst einmal vorgefühlt. Nichts ist spruchreif." Swantje lachte. „Außer, dass du dich nicht zu fürchten brauchst vor den Andreeas dieser Welt."

Sie stand auf und ging in die Küche.

„Und jetzt wird champagnerisiert", verkündete sie. Es war ihre Idee gewesen, halbe Flaschen immer in der Kühlung zu haben. „Weißt du, so ein Piccolo, das ist gerade mal ein Gläschen für uns beide, aber die große Pulle, das ist dann doch auch schon wieder ein bisschen viel hin und wieder."

Swantje ist von Zeit zu Zeit ausgesprochen pragmatisch, aber mir ist das sehr recht. Das Divagehabe der Dame Isabeau war mir bei den Meisterkursen doch eher unangenehm gewesen.

Später, auf Couchistan, kam sie noch einmal auf das Thema Wuppertal zu sprechen. „Wie ist es denn aktuell mit deinem Schuppenkaspar?"

Gestern Abend hatten wir überhaupt nicht über meinen Arbeitstag gesprochen. Die plötzliche Freistellung und das ebenso abrupte Wieder-ins-Boot-Holen ließ Swantje nur den Kopf schütteln.

„Da denke ich, ich hab Theater, aber was da bei dir abgeht, das ist ja richtig Drama. Sachen gibt's …"

Was es nicht gab für mich, war eine klare Linie, bis wohin ich Swantje von unseren Ermittlungen erzählen konnte. Sie war ja nun eindeutig nicht mehr im Kreis der Verdächtigen, aber die Vermengung von Privatem und Dienstlichem ist und bleibt heikel. Ich erzählte ihr also nichts von der Unterkellerung des Ikonen-Malateliers und schon gar nichts darüber, was wir dort alles entdeckt hatten. Und ja, ich ertappte mich bei der Frage, ob ich bei Andreea nicht hätte genauer nachfragen sollen. Immerhin passte sie absolut in Freckenhagens Beuteschema. Nein, beschloss ich. Das führt nun wirklich nicht weiter. Es sind nicht einmal richtige Vermutungen, du willst nur deine schlechten Gefühle irgendwie kompensieren.

„So in Gedanken?" Swantje lächelte. „Lass mich raten. Ihr habt etwas, aber du weißt nicht, ob du mir davon erzählen solltest. Oder willst. Oder darfst. Oder, oder, oder."

Die Meinige kennt mich schon sehr gut. Ich nickte.

„So ähnlich. Lass uns das Thema wechseln. Paules Birnenernte ist dieses Jahr sehr gut ausgefallen."

„Mnjam." Swantje strahlte. „Ich habe mir übrigens überlegt, ob wir uns hinten im Garten nicht vielleicht auch einen Birnbaum setzen sollten. Und vielleicht noch anderes Obst."

Dann wollte sie also doch hier in Arnstadt sesshaft bleiben?

„Und was ist dann mit Wuppertal?"

„Stimmt." Sie lachte. „Aber unbestimmten Gerüchten zufolge wachsen da auch Bäume. Habe ich gehört."

Swantje hob ihr Champagnerglas. „Wir sind schon zwei Typen, nicht wahr? Den Spagat zwischen Birnbaumpflanzen und Reiseberuf, der will auch erst einmal gekonnt sein."

Das galt ja nun eher für sie. Mir war es gelungen, von Gotha auf Dauer nach Arnstadt abkommandiert zu sein. Die Sache mit der Taskforce war eine vorübergehende Angelegenheit. So hoffte ich zumindest, auch wenn die Ermittlungen schon wieder festgefahren waren. Da ich dort nicht weiterkam, wurde es dringend Zeit, auf andere Gedanken abzuschweifen.

„Bist du eigentlich in der Bibliothek weitergekommen?"

Swantje sah mich nachsichtig an. „Dir ist aber schon klar, dass wenn wir jetzt über das Duettprogramm sprechen, du diejenige bist, die Andreea wieder zum Thema macht?"

Ich winkte ab. „Ich glaube, das ist gegessen." Wenn ich nach Swantjes mehrfachen Beteuerungen immer noch nicht glauben konnte, dass ich nichts zu befürchten hatte, was Miss Niedlich betraf, dann lag das Problem eindeutig bei mir.

„Also, wie werdet ihr die Opernfreunde schocken?"

„Na, die werden vermutlich etwas erwarten, was sie eh schon kennen. Als Zugabe das Katzenduett, das kommt immer gut. Und davor dann halt irgendwas, Verdi, vielleicht, oder Donizetti, der hat das ja gerne, wenn sich zwei Frauen beharken. Aber wenn schon, denn schon. Opernstandards können sie immer und überall haben." Swantje holte eine Mappe hervor.

„Klar, das Archiv war da deutlich besser ausgestattet als die Hochschulbibliothek. Obwohl sie sich natürlich auch schon kümmern, ist das noch eine Menge Arbeit, bis Komponistinnen nicht mehr als absolute Ausnahmefälle betrachtet werden …"

Ich gebe zu, das Archiv Frau und Musik in Frankfurt am Main war mir nur wegen Swantje ein Begriff. Dabei ist es seit über vier Jahrzehnten darauf spezialisiert, die Werke von Komponistinnen zu bewahren.

„Letzten Endes wird natürlich auch das Konzert für die Opernfreunde wenig an der Gesamtsituation ändern." Swantje klang resigniert. „Mehr als zwei ungewohnte Opern pro Spielzeit kann sich kaum ein Theater leisten. Das ist und bleibt halt auch Business, nicht nur für meine Gage, sondern für das ganze Haus ist schnell Schicht im Schacht, wenn die zahlenden Gäste ausbleiben. Und die wollen halt ihren Mozart und ihren Puccini und ihren Verdi. Wenn sie die denn wollen und nicht gleich Musical."

Sie schüttelte sich. „Ich hatte letzthin eine Anfrage. Immerhin ‚Sweeney Todd', Stephen Sondheim ist ja schon eine Hausnummer. Das wäre sogar in London gewesen. Zum Glück hatte ich da schon für Barcelona unterschrieben und musste nicht mit der Sprache raus, dass ich Musical einfach nicht abkann." Swantje seufzte einen ihrer Bühnenächzer. „Wenn ich ehrlich bin, ich kann es nicht nur nicht ab, ich kann es auch nicht richtig. Tanzen, Singen, Spielen, ja, klar, das bekomme ich schon hin, aber dieses spezielle Musicalfeeling, vergiss es. Soll doch Helene Fischer das machen. Die hat immerhin die Ausbildung dafür."

Dafür, dass sie das Musical so gerne disste, kannte sie sich aber schon sehr gut aus in dem Genre.

„Ich mache dann doch lieber die Hosenrollen, und glaub mir, da gibt es in der Oper deutlich mehr als im Musical. Selbst in der Operette ist das nicht so häufig."

War das mein Moment, mit Fachwissen zu glänzen? „Aber in der Fledermaus, damals in der Schweiz …"

„Ich sag ja, nicht so häufig. Der Prinz Orlowski ist so ein Fall. Und das in St. Gallen, das war schon lustig. Den haben sie nicht als Hosenrolle inszeniert, sondern mich im Rock auf die Bühne geschickt."

Ich erinnerte mich. Auf offener Bühne erklärte dann einer der Darsteller einem anderen, dass der Prinz eigentlich eine Prinzessin war, aber wegen des Erbrechts halt als Prinz aufgewachsen sei.

Die Dinge, über die wir sprechen, wenn wir nicht über unsere Arbeit reden können oder dürfen ... Im Haus Mittersand-Rogener lagen vielleicht Noten offen herum, aber niemals Ermittlungsakten. Die ließ ich brav im Büro, der Feierabend wurde oft genug unterbrochen. So auch gerade jetzt, als Swantje noch einmal nachschenkte.

Walter war am Telefon. Er informierte mich, dass ich am nächsten Morgen gleich zum LPG-Gelände kommen solle, am besten mit Gummistiefeln. Es würde nun noch einmal alles gründlich und bei Tageslicht durchgeschaut werden und wir von der Taskforce sollten unseren Teil dazu beitragen.

Das war Geros Idee gewesen, vertraute mir Walter an. Wir waren uns einig, dass hinter dem Gedanken sicher wertvolle Absichten steckten, wollten aber nicht gleich in Vermutungen ausbrechen, um welche es sich im Einzelnen wohl handeln mochte. Wir würden es früh genug erfahren.

Der Morgen war regnerisch, was Swantjes Joggingeifer schon im Ansatz erstickte. Während ich meine Lunchbox bestückte, kramte sie im Vorratsschrank und packte mir Birnenringe ein. Liebesbeweise müssen nicht als Karfunkelsteine oder verstreute Rosenblätter erbracht werden.

„Ich habe bei Paule schon neue bestellt“, erinnerte ich sie. „Aber irgendwie haben wir gar nicht darüber gesprochen, ob die Menge eigentlich ausreicht.“

„Es ist ja nicht so, dass es Trockenobst nicht auch im Feinkostladen gibt, sogar in Bioqualität. Aber Paule hat da so eine alte Sorte, die ist schon was Besonderes.“ Swantje sah sehr versonnen drein.

„Damit weiß ich aber immer noch nicht, ob ich mehr bestellen soll“, gab ich zu bedenken.

„Wir sind echt wie so ein altes Ehepaar.“ Swantje lachte.

Wirklich reagiert auf ihren Heiratsantrag hatte ich bisher ja nicht. Außer mit gesteigertem Nachdenken über Andreea, fiel mir ein. Wir einigten uns darauf, dass es bei den bisherigen fünf Kilos bleiben würde. Ob Paule daran denken würde, die Mehrwertsteuer extra auszuweisen? Ganz bestimmt, er hatte mir ja genügend über seine Unerfreulichkeiten mit dem Finanzamt erzählt.

Auf der Fahrt fiel mir seine Beschwerde wieder ein. Gab es das tatsächlich, dass das Finanzamt zwischen Porto und Versandkosten Unterschiede machte?

An diesem Morgen fuhr ich wie die anderen Mitglieder der Taskforce auf den offiziellen Parkplatz der LPG. Walter stand schon bereit, an den Füßen knallgelbe Gummistiefel.

„Der Feldweg hin zum Parkplatz ist ziemlich matschig“, informierte er mich, „aber Gero hat uns dann doch für den Innendienst eingeteilt.“

Was genau wir auf dem Gelände tun sollten, wurde bei der Lagebesprechung erörtert.

„Wir haben einen Durchsuchungsbeschluss für die gesamte LPG“, verkündete Gero.

Das war aber ungewöhnlich schnell gegangen. Galt denn Gefahr im Verzug? Mir sollte es gleichgültig sein, was als Argument funktioniert hatte, wir waren in offizieller Mission vor Ort und wollten uns nichts entgehen lassen. Etliche junge Kollegen von der Bereitschaftspolizei suchten schon das Gelände Schritt für Schritt ab, wobei sie immer wieder mit langen Stangen im Boden stocherten.

„Vielleicht finden sie ja noch einen Keller?“ Walter klang ein bisschen skeptisch. Er zog mich beiseite. „Wir beide gehen ins Büro der Spirituellen, Anordnung von unserem neuen Chef.“

Ich wartete, bis wir außer Hörweite waren.

„Lass mich raten. Du hast dich freiwillig dafür gemeldet.“

„Was glaubst denn du?“ Walter zwinkerte mir zu. „Irgendjemand wird übrig bleiben und muss dann bei der Gülle nachschauen. Hättest du das lieber?“ Ich schüttelte mich.

„Wusste ich es doch.“ Gemeinsam spazierten wir über den aufgeweichten Boden in Richtung Betgemeinde. Dort wartete schon Ferdi. Er würde sich um die Bücher kümmern, wir waren für alles andere zuständig.

„Ich glaube zwar nicht, dass wir irgendetwas finden“, meinte Ferdi, „das wäre nun wirklich zu einfach. Wir sind doch bei dem Fehlalarm wegen der Hanfsache hier schon mal durch. Aber wenn es der Wahrheitsfindung dienlich ist …“

Mit dem Seufzer wäre er in jeder Laienspielgruppe der absolute Star geworden, beschloss ich.

„Wir können froh sein, dass uns nicht der Biobauer zugeteilt worden ist. Habt ihr überhaupt eine Ahnung, wie sehr es in einem Hühnerstall stinkt?“

„Na, höre mal“, beschwerte sich Ferdi, „ich bin auf einem Bauernhof aufgewachsen.“

„Kein Wunder, dass du dich auf Finanzakten spezialisiert hast“, gab ich zurück.

„Stimmt schon, irgendwie.“ Der Kollege klang versöhnlich.

Ist irgendjemand überrascht, dass auch die zweite Durchsuchung uns den Schmugglerchef nicht frei Haus lieferte? Immerhin war noch ein zweites Depot entdeckt worden. Der Zugang fand sich ausgerechnet bei der Gülleanlage, allerdings auf der dem vorherrschenden Wind abgewandten Seite des Gebäudes.

Walter und ich beließen Ferdi über der Buchhaltung und schauten uns die Sache an.

Auch dieses Mal handelte es sich um einen im Bauplan nicht eingezeichneten Keller mit verstecktem Zugang. Der Spritzschutz der Gülleanlage ließ sich dank eines Scharniers wegklappen, dahinter führte eine steile Treppe nach unten.

„Die ist aber verdammt schmal", monierte Walter. Hinter einer weiteren Tür, die mit breiten Gummibändern abgedichtet war, tat sich eine weitere Schatzhöhle auf, die Gero und Müller Zwo gerade in Augenschein nahmen.

Auch ich sah mich ausgiebig um. „Es muss einen weiteren Zugang geben", befand ich.

Der Erste Polizeihauptkommissar und der Interims-Taskforce-Leiter sahen mich erstaunt an.

„Die Treppe ist einfach zu schmal für die Menge an Material. Das ist bestimmt nicht alles über diese Treppe hier herein."

Nach etlichem Wandabklopfen wurde ein Gang entdeckt, der breiter war, als die Treppe hatte vermuten lassen. Auf dem Lehmboden waren Gitterroste ausgelegt.

Während sich ein paar Bereitschaftspolizisten auf den Weg machten, um herauszufinden, wo der Gang enden mochte, sah sich Müller Zwo noch einmal gründlich um.

„Wo kommt denn eigentlich der Strom her?", fragte er schließlich. „Lichtschalter, Lampen, Leitungen … über welchen Zähler läuft das wohl?"

Ein Starkstromkabel verlief zur Hühnerfarm. Der Bauer fiel sehr überzeugend aus allen Wolken.

„Ich versuche seit Monaten, Strom zu sparen. Sogar den Brutkasten wollte ich schon abschalten. So eine …"

Ob da wirklich so viel abgezapft worden war? Eine Kühlanlage hatten wir nicht entdeckt. Vielleicht war der Bauer auch schlicht mit der Gesamtsituation unzufrieden. Sein Fluchen klang immerhin engagiert genug, dass es die Vermutung nahelegte, er habe von der unterirdischen Anlage tatsächlich nichts gewusst.

Bereitwillig ließ er sich die Fingerabdrücke abnehmen, und es kam, wie es wir bei der Taskforce gewohnt waren: Die Spurensicherung fand zwar einiges, aber nichts, was sich mit dem Biobauern in Verbindung setzen ließ.

# KAPITEL 16

*Erde erdet.*

Das Warenlager auf dem LPG-Gelände war schon ein schönes Ergebnis, auch wenn uns die Hinterleute, die zu finden die eigentliche Aufgabe der Taskforce war, immer noch nicht ins Netz gelaufen waren. Welches Netz denn auch?

Durch die mehrfachen, ausgesprochen indiskret verlaufenden Besuche waren die beiden Depots wohl verbrannt, da würde so bald niemand vorbeischauen – und wenn, handelte es sich mit Sicherheit nicht um den Boss. Wir wussten ja nicht einmal, ob es wirklich nur ein einzelner war oder ob sich hinter dem Decknamen „Josef“ eine halbe Fußballmannschaft versteckte.

„Kopf hoch“, meinte Gero bei der Lagebesprechung am nächsten Morgen. „Wenn ich mir anschaue, was wir alles sichergestellt haben, ist der Markt erst einmal ausgetrocknet oder hat zumindest erhebliche Nachschubprobleme. Es müsste doch mit dem Sonstewas zugehen, wenn sich daraus nichts Verwendbares ergibt.“

Der Reihe nach ließ er die einzelnen Ermittlungsgruppen berichten, was sie untersucht hatten und wie sie dabei vorgegangen waren, ein geschicktes Manöver, da so allen klar wurde, dass sich niemand vor der Arbeit gedrückt haben konnte. Auch das Team, das sich auf den Feldweg zum LKW-Parkplatz begeben hatte, kam ausgiebig zu Wort.

„Es waren ein paar Fahrer da, die ihre Pause machten. Zwei davon waren sozusagen Stammkunden, die fahren die Strecke zweimal die Woche, von Polen her und weiter in den Westen, sogar bis nach Frankreich und noch weiter.“

Außer Walter konnten sich mit zwei Bundespolizisten noch weitere Mitglieder der Taskforce auf Polnisch verständigen, so dass der Informationsfluss einigermaßen ungebrochen abgelaufen war.

„Einer hat uns fast ein Ohr abgeschwätzt. Der wollte sich beschweren, dass da immer wieder Lieferwagen mit Erfurter Kennzeichen halten, ganze Tage lang, oder eher Nächte, und so blöd abgestellt, dass für den nächsten LKW kein Platz ist. Und schon ist der Fahrtenschreiber in der roten Zone, sehr ärgerlich das, wenn natürlich der Fahrer Schuld hat."

Ich konnte beobachten, wie es bei mehreren Mitgliedern der Taskforce mental „Klick" machte. Diese Lieferwagen mussten etwas zu bedeuten haben. Aber ganz so einfach machte es uns das Leben auch dieses Mal nicht.

„Kein Firmenaufkleber auf den Türen, jedenfalls konnte sich niemand an so etwas erinnern." Klar, dass die Parkplatzcrew auch das abgefragt hatte. Und dann gab es überraschend doch einen Hinweis.

„Das Einzige, an was er sich erinnern konnte, war so ein Aufkleber oben an der Windschutzscheibe, links, also Fahrerseite."

Was der Kollege nach Form und Farbe beschrieb, kam mir mehr als bekannt vor. Ganz ähnlich sahen die Badges aus, die vom Opernhaus ausgegeben wurden und für die Dauerparkplätze in der Tiefgarage galten.

„Welche Farbe hatte denn der Lieferwagen?", fragte ich nach.

„Das war unterschiedlich", lautete die Auskunft. „Meistens war es ein blauer, manchmal ein grauer. Aber mit diesem Badge an der Scheibe, das war der blaue."

Die Requisite nutzte einen blauen Kastenwagen, so viel wusste ich. Die Platzverhältnisse waren auch nach dem Neubau nicht optimal und so waren ein paar der Werkstätten nicht im Theater selbst untergebracht. Die Requisite fuhr mehrmals die Woche zwischen ihrem Außenlager und dem Bühnenhaus hin und her, ebenso wie die Schreinerei und die Metallwerkstatt, die beide gerne auf den Transporter zugriffen.

Der Aufenthaltsraum der Statisterie lag neben der Requisite und so hatte ich mitbekommen, dass oft um die Wagenschlüssel gebeten wurde. Immerhin, ein Fahrtenbuch lag vor.

Zumindest bekamen wir auf diesem Weg eine Menge Namen. Zwei der „Rosenkavalier"-Hospitanten hatten regelmäßig hinter dem Steuer gesessen, alle Regieassistenten waren als Fahrer eingetragen, eine Kostümassistentin, und die Kollegen von der Requisite nutzten den Wagen natürlich auch selbst. Die Liste erwies sich als unerfreulich lang. Sogar Paule hatte sich schon mehrfach eingetragen und die Kollegen hatten ihn, da er nun einmal gerade im Haus war, auch gleich befragt.

„Ich springe halt gelegentlich ein, wenn sonst keiner fahren kann." Er hatte eine Handbewegung gemacht, als ob er ein Glas zum Mund führte. „Und, ja, zugegeben, wenn es sehr spät geworden ist und der allerletzte Bus schon längst abgefahren, da nehme ich schon mal den Wagen von der Requisite. Aber ich trag das alles ein, immer. Ich schwör."

Ob er damit aus dem Schneider war? Die Daten, an die sich die LKW-Fahrer erinnern konnten, stimmten nicht mit Paules Lenkzeiten überein. Die Sache mit dem letzten Bus konnte sogar stimmen, und auf Paule war kein Fahrzeug zugelassen.

Das einzige Datum, das mit den Erinnerungen der LKW-Fahrer übereinstimmte, wies Vadian Gloor als Fahrer aus.

„Ja, klar, ich erinnere mich", gab der junge Regieassistent freimütig zu. „Das war an dem Morgen, als der Gartaboom seinen Wutzappel kriegte. Der wollte schon abreisen, Knall auf Fall. Ich glaube, dem wurde das alles zu eng, der war vorher irgendwo in einem Ashram oder so was, alles ruhig und sanft und immer schön ommmmm. Meine Güte, der war vielleicht in Fahrt an dem Tag!“ Vadian grinste. „Das toppte noch die Sache mit den Arbeitsbedingungen vom Probenbeginn und die war schon mehr als gediegen. Da half wirklich nur noch, ihn packen und raus vor die Stadt. Die Requisite brauchte ihren Transporter gerade nicht, und so wie der drauf war, konnte ich ihn ja kaum in die Öffis stecken. Also sind wir eingestiegen, ich bin da raus, auf diesen Parkplatz an der Autobahn, und dann sind wir ein bisschen über die Äcker gestiefelt. Da waren wir so zwei, drei Stunden unterwegs, danach ging es eigentlich wieder.“

Er zuckte mit den Schultern. „Der ist schon ein toller Regisseur, aber er kriegt manchmal so einen Rappel. Da hilft dann gar nichts mehr, außer richtige Erde unter den Sohlen, die braucht er dann, keine geharkten Parkwege und auch kein Kopfsteinpflaster. Acker, sagte er, Vadi, ich brauch Krume. Erde erdet mich. Und dann sind wir halt raus.“

Es war den Kollegen anzumerken, dass sie sich wenig Vorstellungen davon gemacht hatten, für was ein Regieassistent alles zuständig sein konnte.

„Gut, ich weiß, ganz sauber war das nicht. Das ist wohl so ein Rastplatz für Fernfahrer. Aber was sollte ich denn machen? Ich musste den Gartaboom doch irgendwie wieder neu kalibrieren. Und das Einzige, was an dem Tag wirklich half, das war eben rauf auf den Acker, und schon war er wieder runter von der Palme. Bis zum nächsten Mal. Aber bis dahin war er dann ganz friedlich. Sonst hätte ich meine Idee, wie der Rosenkavalier angeschickert auftritt, ganz bestimmt nicht durchgebracht. Der Gartaboom war mir was schuldig, und das wusste er eben genau.“

Regisseuren wird ja gerne eine ganze Menge zugetraut. Aber Xenon Gartaboom war Gast in Erfurt und die Taskforce ermittelte schon eine ganze Weile vor seiner Anreise. Er konnte also gar nicht unser Rätsel-Josef sein. Und Vadian hatte als Regieassistent doch gar nicht die Zeit für spezielle Aktionen, wenn die nicht den Regisseur betrafen. Das bestätigte uns das Künstlerische Betriebsbüro gerne und zeigte uns seinen Namen auf den Probenplänen.

Ohne klarere Daten, wann genau der Transporter nun abgestellt gewesen war, kamen wir ohnehin nicht weiter. Schon gar nicht erhielten wir eine Antwort, was die ganze Sache überhaupt mit unseren Ermittlungen zu tun haben könnte.

Das Team, das dem unterirdischen Gang gefolgt war, hatte einen Ausgang auf der anderen Seite der Autobahn gemeldet, bei einer Kleingartenanlage. Müller Zwo schüttelte den Kopf.

„Wer baut denn so einen Gang und wird dabei nicht einmal beobachtet?“

Das war leicht zu beantworten, natürlich die Firma, die selbst beobachtete. Der Gang war bereits vor der Wende gemauert worden, was nicht nur die verwendeten Wandfarben vermuten ließen. Die Gitterroste am Boden trugen das Markenzeichen VEB TSE, kamen also aus der Region. Die Thüringer Stahlwerke Erfurt gehörten zu den vielen Betrieben, denen nach der Wende die Auftragsbücher leer blieben. Die Marke TSE war seit Anfang der neunziger Jahre erloschen.

„Wollen Sie etwa andeuten, wir haben es mit Versprengten von der Stasi zu tun, die sich durch Schmuggel finanzieren?“ Müller Zwo klang angemessen ungläubig.

Das wollten wir natürlich nicht. Aber eine Antwort, wer sich des geheimen Tunnels angenommen hatte, konnten wir auch nicht geben. Das sollte uns allerdings nicht daran hindern, ihn genauer in Augenschein zu nehmen, befand ich.

„Können wir etwas herausfinden über den Ausgang?"

Gero sah mich verwundert an.

„Ich meine, wenn wir den Fokus mal wegnehmen von dem Warenlager."

Das leise Gemurmel im Besprechungsraum verstummte.

„Wenn wir an dem einen Ende nicht weiterkommen, warum versuchen wir es nicht an dem anderen?" Ich stand auf und ging zu der Wandkarte, auf der das LPG-Gelände nördlich von Erfurt in dem Straßennetz rund um die Landeshauptstadt markiert war.

„Es ist doch sehr gut möglich, dass unsere Schmuggler die LPG nicht nur deshalb als Depot ausgewählt haben, weil da nichts mehr los ist."

„Worauf wollen Sie hinaus, Frau Rogener?" So ganz hatte Müller Zwo anscheinend noch nicht verinnerlicht, dass er die Leitung der Taskforce abgegeben hatte. Seine Stimme schnarrte jedenfalls wie eh und je.

„Ganz einfach." So einfach, wie ich es nun behauptete, war die Sache mit Sicherheit nicht, aber ich war nicht willens, mich einbremsen zu lassen. „Was ist, wenn die LPG gewählt wurde, schlicht, weil sie in der Nähe war?"

Schweigen umfing mich. Mutig sprach ich weiter.

„Die A4 ist eine Hauptachse für Ost-West-Transporte. Aber genau dort haben wir kein Depot gefunden."

Seit ich zur Taskforce gekommen war, war wohl auch keines gesucht worden, aber das war ein Detail, um das ich mich gerade nicht kümmern mochte. „Hier im Norden, das ist die A71. Sangerhausen nach Schweinfurt."

Gero hatte aufgehorcht. Kunststück, Sangerhausen liegt in seinem Bundesland. Ich griff das auf.

„Wir haben hier die Achse Sachsen-Anhalt bis Bayern, gute zweihundert Kilometer und etliche davon führen quer durch den Thüringer Wald, mit lauter lauschigen Ortschaften an der Strecke. Was ist, wenn wir unter der LPG das Verteilzentrum haben und die Ware von hier vielleicht sogar direkt zu den Endverbrauchern geht? Artern, Heldrungen, Arnstadt“, ich tippte jeden Ortsnamen auf dem Streckenverlauf an, „Ilmenau, Geraberg, Oberhof, Zella-Mehlis, Suhl, Meiningen, Mellrichstadt und so weiter.“

Ich wandte mich um und sah fragende Gesichter.

„Spätestens bei Oberhof sollte es doch bei uns klingeln. Sportfördergruppe der Bundeswehr? Na gut, ich setze den Fall, die sind alle ganz dolle brav, aber Oberhof ist nun einmal Wintersportzentrum. Zwar nicht so mondän wir Sankt Moritz oder Davos, aber Medikamente könnte man da bestimmt gut verticken. Zumindest Botox, denke ich.“

„Ja, aber“, gab Ferdi zu bedenken, „der Bote mit dem Autounfall, der war doch auf der A4. Und da sind auch die Autoteile entdeckt worden, also in einer Werkstatt bei Gotha, aber eben neben der A4.“

„Das eine schließt das andere doch nicht aus. Diversifizierung ist das eine. Das andere ist das Autobahnkreuz zwischen der A4 und der A71. Das liegt zwar im Süden von Erfurt, aber bis zur Stadt ist es nun wirklich nicht weit. Ohnehin müsste es doch mit dem Teufel zugehen, wenn in den rund neunzigtausend Fahrzeugen pro Tag, die das Kreuz passieren, ausschließlich Engel sitzen.“

„Also gut.“ Gero zog die Leitung der Besprechung wieder an sich. „Interessante Theorie. Und was fangen wir damit an?“

„Was also gibt es am anderen Ende des Tunnels?“, fragte ich wieder. „Hier das Warenlage, dort eine Kleingartenanlage. Mit wirklich großzügig bemessenem Parkplatz.“

Ich kannte mich dort ziemlich gut aus, Paules Datsche stand in genau dieser Schrebergartenanlage. Es gab sogar ein paar Schleichwege durch die Hecke, um die Strecke zwischen dem eigenen Beet und dem Wagen kurz zu halten.

„Also. Die Schmuggler wissen doch vermutlich längst, dass wir sie auf dem Radar haben. Das wäre eine plausible Erklärung für die vielen Spuren, die dann eben doch ins Leere führen. Wir ermitteln uns einen Wolf und die Bande lacht sich ins Fäustchen."

„Und worauf wollen Sie nun hinaus, Frau Rogener?"

An dieses Schnarren wollte ich mich gar nicht gewöhnen.

„Ich glaube, die Zeit der diskreten Ermittlungen ist vorbei. Warum klappern wir jetzt nicht mal die Gartenanlage ab? Ich wette, da hat ganz bestimmt jemand was gesehen."

Paule war mit Sicherheit nicht der Einzige, der nicht nur in den Kleingärten Gemüse zog, sondern von der Anlage direkt in die Pilze bei der LPG spazierte.

„Der September geht zu Ende. Jetzt wäre die beste Zeit, dort herumzufragen, bevor alles winterfest gemacht ist und die Leute doch lieber in der warmen Stube bleiben."

Dieser Logik mochte sich Gero nicht verschließen. Schnell hatte er die Aufgaben verteilt.

Zurück im Büro pfiff Walter durch die Zähne. „Du hast den Müller aber echt auf dem Kieker."

Ausnahmsweise war ich mir keiner Schuld bewusst.

„Du hast ihn jedenfalls schön auflaufen lassen. Er war das nämlich, der darauf bestanden hat, dass wir wochenlang die A4 abgeklappert haben, rauf und runter und an jeder Ausfahrt die Tankstellen und die Burgerläden besucht. Ach so, da warst du ja noch gar nicht im Boot. Jedenfalls war das richtig was zu tun, frag nicht nach Sonnenschein. Wenn ich es recht bedenke, waren die Ermittlungen an der A4 der Grund, warum wir dich überhaupt bekommen haben, als Verbindung zur Landespolizei. Ich laufe irgendwie schon lange mehr so als Deko mit, am Anfang war es vielleicht ein bisschen mehr, weil ich eben Polnisch kann. Aber dann haben wir uns die A4 entlang nach Westen vorgearbeitet und je weiter wir kamen, desto weniger wurde ich gebraucht. Die Britta hatte auch nicht viel zu tun. Und dann kommst du, tippst auf Sangerhausen, sagst Sachsen-Anhalt, tippst auf Schweinfurt, sagst Bayern." Er schüttelte den Kopf.

„Das ist doch echt nicht zu fassen. Und wir hatten uns die ganze Zeit auf Ost-West eingeschossen, mit Tendenz nach Westen und immer voran. Ging nur eben nicht voran. Gut möglich, dass Nord-Süd mehr Erfolg bringt."

Sollte ich ihm sagen, dass eine Bemerkung von Swantje im Grunde der Auslöser für den Richtungswechsel war? Sie hatte mir einmal das Prinzip Koloraturen erklärt.

„Immer wenn es mit der Handlung nicht wirklich vorwärts geht, wenn der Plot die Heldin nicht vor und zurück lässt, dann geht die Arie rauf und runter", hatte sie gesagt.

Ich weiß bis heute nicht, ob sie das ernst gemeint hatte, aber das Prinzip hatte ich mir gemerkt. Wie oft ärgerte ich mich in Kinofilmen, ganz gleich ob Krimi, Horror oder RomCom, wenn sich dort brav nach rechts und links geschaut wurde, die eigentliche Gefahr aber oberhalb lauerte! Oder es versteckte sich der Held dort und niemand kam auf die Idee, dass dem so sein konnte. Yippee Ki-Yay, Schweinebacke.

Eine gewisse Unaufmerksamkeit musste ich allerdings auch mir selbst zurechnen. Paule mit all seinen Kontakten, den Seitengeschäften, der Datsche in der Gartenanlage und dem so zufälligen Treffen im Wäldchen, war der nun tatsächlich so ein unschuldiges Lamm, wie er sich gerne gab? Als Leiter der Statisterie war er es gewohnt, im Hintergrund zu arbeiten, aber auch, alles im Blick zu behalten. Wie war das noch gewesen, vor ein paar Tagen, als es um diesen Handlungsreisenden ging, der sich bei den Spirituellen eingemietet hatte?

„Sag mal, erinnerst du dich noch an unser Gespräch, als es um diesen Vertreter ging, der mit dem Weihnachtsschrott?“

„Klar.“ Walter grinste. „Der hatte auch wirklich ein Zeug …“

„Eben. Vielleicht bin ich ja befangen. Aber was hältst du von Paule Wetzkopf, der Typ, der zugegeben hat, dass er manchmal den Wagen von der Requisite zum Heimfahren nutzt?“

Der sächsische Kollege stutzte. „Stimmt. Der ist so was von harmlos, das ist eigentlich schon verdächtig.“

Ich begann aufzuzählen, nannte die Statisterie, die Datsche, die Pilze …

„Hör mir uff“, sagte Walter schließlich lachend. „Nachher ist der noch Al Capone persönlich. Das würde sogar passen, haben sie den damals nicht hoppgenommen wegen Parkvergehen?“

„Nicht ganz.“ Da war ich sicher. „Es war Ärger mit dem Finanzamt.“

„Na, das passt ja nun aber wirklich.“

Ausgerechnet Paule Wetzkopf. Dass er der Big Boss im Hintergrund war, mochten wir so recht nun doch nicht glauben. Irgendwas im mittleren Management vielleicht? Der arme Paule. Erst Schreiknötchen und jetzt sollte er singen?

Wir wischten uns ein paar Lachtränen aus den Augenwinkeln und machten uns endlich wieder an die Arbeit, die an diesem Tag vornehmlich daraus bestand, uns alle neuen Ermittlungsdetails einzuprägen.

Der Bericht der Spurensicherung lag noch nicht vor, dazu gab es eindeutig zu viele Details, die alle eingeordnet werden mussten in unsere gemeinsame Puzzleaufgabe. Aber auch ohne zusätzliche Dossiers war genug Material vorhanden, dass der Samstag wie ein ganz normaler Arbeitstag vorüberging.

Swantje hatte einen Schonabend eingelegt, morgen war der vorletzte „Rosenkavalier“ der ersten Staffel fällig. Ob sie Andreea irgendetwas gesteckt hatte? Die meldete sich nämlich an diesem Abend nicht. Mir war das eindeutig angenehmer, als ich es Swantje eingestehen mochte. Dann klingelte es doch an der Tür. Paule.

# KAPITEL 17

*Springprozession bei der Einvernahme*

Ich gebe zu, ich war überrascht. Paule hatte doch kein Auto, wie also kam er zu uns nach Arnstadt, ohne Vorwarnung? Mit dem Requisitenrenner würde er wohl kaum unterwegs sein.

Swantjes Birnenringe sollten als Grund ausreichen, schien er zu denken. Bevor Sie nun nachrechnen und feststellen, dass Ende September Birnen noch nicht seriöserweise als frisch zubereitetes Trockenobst angeboten werden können, verweise ich darauf, dass Paule in seinem Garten eine sogenannte Sommerbirne zog, die bereits Ende Juli erntereif wurde.

„Ich war zufällig in der Gegend."

Soso, zufällig, aber mit etlichen Kilogramm Trockenobst im Gepäck. Natürlich bat ich Paule hinein und bezahlte. Über den Preis der Birnenringe schweige ich hier allerdings.

Swantje ließ sich nicht blicken, aber Paule und ich saßen noch eine Weile beisammen. Endlich rückte er mit der Sprache heraus. Wie ich es vermutet hatte, waren die Birnenringe nur ein Vorwand. Paule machte sich Sorgen, was ich nur zu gut verstand. Er war für Dienstagmorgen einbestellt worden in die Bundespolizeiinspektion, für eine Zeugenaussage, und wollte nun von mir wissen, was ihn dort erwartete.

Hatte ich ihm erzählt, dass ich an die Bundespolizei ausgeliehen war? Ich überlegte kurz, war aber sicher, dass dieses Detail nicht zu meinem Smalltalk-Repertoire gehörte.

Der Gedanke, dass er mir auf den Zahn fühlen wollte, war mir schon bei unserer Begegnung in der Kantine gekommen, und da hatte ich behauptet, den Kollegen aus Sachsen nur ein bisschen herumgeführt zu haben. Ich würde ohnehin den Teufel tun, Paule von unseren Ermittlungen zu erzählen oder gar von deren Stand. Er selbst hielt sich zwar für sehr diskret, aber wenn er einen Nutzen für sich darin sah, packte er sehr gerne Details über Dritte aus, die diese vermutlich nicht so gerne weitererzählt gewusst hätten.

Endlich verabschiedete er sich, vermutlich frustriert, aber um etliche Euro reicher. Swantje schlief schon fast. „Was wollte Paule denn?“, fragte sie, während ihr die Augen zufielen.

Ich beließ es bei „Er hat die Birnenringe gebracht.“ Die Sache mit der Trennung zwischen Privat und Dienst, wie Sie sich vermutlich bereits gedacht haben.

Der Sonntag brachte einen weiteren „Rosenkavalier“, diesmal als Nachmittagsvorstellung. Selbstverständlich brillierte Swantje, was meinen Montag allerdings nicht wirklich aufzuhellen vermochte, vielleicht, weil ich sehr gespannt war, was Paules Einvernahme am Dienstag ergeben würde.

Warum war er überhaupt einbestellt worden?

„Der taucht mir einfach zu oft in den Akten auf“, befand Gero. „Auch wenn ich nicht glaube, dass er unser Schmuggelkönig ist, möglich wäre es natürlich, aber nicht sehr wahrscheinlich. Es wird eine ganz schlichte Zeugeneinvernahme.“ Er lachte auf. „Wir haben ja nun wirklich nichts in der Hand gegen ihn. Die Chance, dass er dann plötzlich sagt, ‚ja, sorry für die ganzen Umstände, hier, mein Geständnis, und danke, nein, ich mache gleich reinen Tisch, aber einen Anwalt, den brauche ich nicht …‘“ Wieder lachte er. „Das gibt es ja nicht einmal im Kino. Hier ist es schlicht eine Frage von Gürtel und Hosenträger. Wenn man ganz sichergehen will, dass man nicht auf einmal die Hosen runterlässt und das auch noch unfreiwillig, dann trägt man eben beides. Auch wenn es für Außenstehende albern wirken mag. Und wer weiß, vielleicht kommt ja doch etwas dabei herum. Vielleicht platzt die Hose, ach, was sage ich denn da? Vielleicht knacken wir die Sache ja doch so, eine zufällige Beobachtung, während er in den Pilzen war. So wie die Sache mit den LKW-Fahrern und dem Parkplatz.“

Die hatte uns zwar nicht gerade weitergebracht, aber mit diesem Detail wollte ich nun doch nicht kommen. Die Bedenkenträgerei zeigte ja ebenso wenig Resultate.

Sowohl Gero als auch Müller Zwo hatten diskret das Gespräch mit mir gesucht, um mich darauf hinzuweisen, dass es wohl besser sei, wenn nicht ich Paules Befragung durchführte. Immerhin war er als Leiter der Statisterie mir gegenüber weisungsbefugt und eine gewisse freundschaftliche Nähe wollte ich auch nicht leugnen.

Beim Nachlesen des Protokolls stellte ich jedoch fest, dass ich mir einige Illusionen gemacht hatte darüber, wie gut ich Paule kannte. Paolo Maria Josef Wetzkopf, was für ein Name! Kein Wunder, dass er es vorzog, sich im Theater Paule nennen zu lassen. Er war also ein Josef? Aber machte ihn das zu unserem Josef?

Zumindest Paule war felsenfest davon überzeugt, dass er ein ehrbarer Bürger war. Diese Ansicht ließ sich durch die dünne Indizienlage nicht erschüttern. Nicht nur ich war geneigt, ihm zu glauben, auch wenn die beiden Kollegen von der Bundespolizei, die die Befragung durchführten, nicht locker ließen und freundlich, aber hartnäckig immer wieder aufs Thema zurückdrängten und nachhakten, sobald sie eine Unstimmigkeit auch nur vermuteten. Allerdings brach das Protokoll abrupt ab, da Paule sich unvermittelt an die Brust gefasst hatte und der eilig hinzugerufene Arzt ihn mit Herzinfarkt in die Notaufnahme verfrachtete.

Den zwei Bundespolizisten war die Sache angemessen unangenehm, auch wenn Paule ganz normal geantwortet hatte, wie das mitlaufende Tonband nachwies. Es waren auch keine sonderlichen Stressfaktoren zu hören gewesen. Gut, eine Zeugeneinvernahme bei der Polizei ist nicht unbedingt ein Spaziergang, schon gar nicht, wenn man wie Paule eine gewisse Vorgeschichte mit Befragungen seitens der Behörden hatte, selbst wenn das Finanzamt andere Dinge interessiert, als sie die Polizei beschäftigen. Aber die beiden Kollegen waren bei aller Sturheit, mit der sie immer wieder nachhakten, sehr verbindlich geblieben, hatten Paule Zeit gelassen für seine Antworten und nicht einmal ansatzweise bedrohlich gewirkt. Dennoch war er mitten in der ansonsten ereignisarmen Einvernahme umgekippt. Die für den Mittwochmorgen anberaumte Bypass-Operation würde er jedoch höchstwahrscheinlich gut überstehen.

„Es ist nicht zu fassen!" Walter knüllte seine geleerte Brötchentüte zusammen und pfefferte sie in den Papierkorb. „Das kenne ich doch schon, dass wir Springprozession machen, drei Schritte vor, zwei zurück. Oder vier. Was ist das nur für eine Ermittlung! Und jetzt auch noch Herzinfarkt und das bei einer Einvernahme, die uns absolut nichts eingebracht hat. Ü. Ber. Haupt. Nüscht. Herrschaftszeiten!"

Ich konnte seinen Frust nur zu gut verstehen. Ja, Paule kam immer mal wieder an dem LKW-Parkplatz vorbei. Ja, wenn er in die Pilze ging, dann häufig oberhalb des LPG-Geländes. Ja, er hatte den Wagen der Requisite für Privatfahrten genutzt. Aber, nein, er hatte nichts zu verbergen. Nein, er hatte nichts beobachtet. Nein, er hatte den Kastenwagen nicht auf dem Parkplatz abgestellt. Wozu auch? Das legendäre Hornberger Schießen war nichts gegen diese Einvernahme. Und ich konnte sie noch nicht einmal Müller Zwo vorwerfen, denn angeordnet hatte Gero sie.

Ich schluckte den Gedanken hinunter, dass ich mir wenigstens keine Sorgen um Swantjes Birnenringe machen musste. Wie hatte Paule die eigentlich nach Arnstadt gebracht, etwa mit dem Wagen vom Opernhaus? Nein, erinnerte ich mich, nach der Verabschiedung war er in einen Smart gestiegen, mit Gotha am Nummernschild. Ich hatte ja noch eine Bemerkung gemacht und ihn gefragt, ob er umgezogen sei, aber er hatte mir erzählt, dass er für einen Kumpel eine ausgedehnte Probefahrt mache, der Wagen müsse demnächst zum TÜV. Auch so ein Detail, das völlig belanglos sein konnte, aber auch ein entscheidender Hinweis für unsere Ermittlungen. Waren die gefälschten Ersatzteile nicht bei Gotha entdeckt worden? Aber wenn Paule damit etwas zu tun hatte, würde er dann freiwillig eine ausgedehnte Probefahrt durch die Dunkelheit machen?

Ich besprach meine Bedenken mit Walter. Wir waren beide der Meinung, dass uns ein Nachhaken kaum weiterbrachte, vor allen Dingen, da Paule ja für eine Weile nicht vernehmungsfähig sein würde.

Die Stimmung bei der mittlerweile rituellen Lagebesprechung ließ sich mit „gedämpft" sehr gut beschreiben. Gero betonte vor versammelter Mannschaft, dass sich die beiden Kollegen, die Paule befragt hatten, nichts vorwerfen sollten. Das sei alles ganz sauber abgelaufen. Er habe sich persönlich mit dem behandelnden Arzt in Verbindung gesetzt, Paule gehe es den Umständen entsprechend gut, die OP sei zufriedenstellend verlaufen. Und dann ließ er die Bombe platzen.

Der Arzt hatte nachfragen lassen, ob eventuell beobachtet worden sei, dass Paule während der Befragung irgendetwas eingenommen hatte. Es seien ein paar unerklärliche Auffälligkeiten im Blut nachgewiesen worden.

Ein paar Abklärungen müssten noch vorgenommen werden, aber auch wenn Paule die Haare noch nicht büschelweise ausfielen, litt er unter einer allmählichen Thallium-Vergiftung.

Ferdi scrollte hektisch durch ein Tablet. „Davon ist bei den bisherigen Untersuchungen nie die Rede gewesen", verkündete er. „Bei dem gefälschten Viagra war ja alles Mögliche drin, aber von Thallium keine Spur."

„War das nicht mal in Rattengift?" Wer auch immer in dem Stimmengewirr diese Frage gestellt hatte, bekam nach kurzem Weiterscrollen eine Antwort.

„Früher", sagte Ferdi, „früher war das da drin. Aber wegen der Gefährlichkeit ist man schon vor einem halben Jahrhundert auf andere Sachen umgestiegen. Es wird zwar immer noch gelegentlich verwendet, aber der Einsatz ist genehmigungspflichtig."

Aus dem einsetzenden Stimmengewirr war der Hinweis „Mein Onkel hat das noch in seiner Datsche, natürlich hoch oben auf dem Regal, hinter dem Ofenrohr, da, wo die Kinder nicht drankommen können und es nicht einmal sehen." zu hören.

War Paules Schrebergartenkolonie nicht gerade ins Blickfeld geraten? Aber ob wir da alles durchsuchen durften, nur weil er Thallium im Blut hatte?

Gero seufzte. „Herrschaften, bitte. Eins nach dem anderen."

Allmählich kehrte wieder Ruhe ein. Dann sagte Ferdi: „Pilze. Manche Pilze speichern Schwermetalle. Kohl übrigens auch."

Walter stöhnte. „Also echt. Das kann ja wohl nicht wahr sein. Kaum entdecken wir ein interessantes Indiz …"

Paules Vergiftung war für ihn lediglich ein interessantes Indiz? Gut, Walter kannte ihn ja nur als zögerlich in den Auskünften. Meine Jahre der Zusammenarbeit mit Paule hätten mit Bestimmtheit für eine andere Formulierung gesorgt. Sollte ich mich angesichts des Thallium-Hinweises vielleicht Sorgen nicht nur um Paule machen, sondern auch hinterfragen, was es mit dem Privathandel auf sich hatte? In seinem Angebot waren ja nicht nur Birnenringe, sondern auch Trockenpilze, sauer eingelegtes Gemüse und Weißkohlsalat.

Ferdi hatte in der Zwischenzeit weitergescrollt und gab Entwarnung. „Alles weit unter toxischem Level.“ Paule hätte schon fast eine Tonne Krautsalat zu sich nehmen müssen, um das Thallium in seinem Blut auf eine tödliches Menge zu bringen.

Herzinfarkt hin oder her, mit oder ohne Zeugenaussage, die allgemeine Ansicht bei der Lagebesprechung war, dass Paule die Ermittlungen nicht weiterbrachte.

Gero verteilte munter weitere Aufgaben. Er verschonte mich und so konnte ich mich pünktlich zum Feierabend auf den Weg ins Opernhaus machen, wo der „Rosenkavalier“ in gut zwei Stunden beginnen würde.

Hinter der Bühne herrschte bereits einige Aufregung. Im Schaukasten bei der Pforte hing eine Nachricht der Intendanz, dass Paule plötzlich erkrankt sei. Vadian würde bis auf Weiteres die Vorstellungsdienste als kommissarischer Leiter der Statisterie übernehmen.

Ich beneidete ihn nicht um diese Aufgabe. Xenon Gartaboom war zwar bereits abgereist, um seine nächste Premiere vorzubereiten, aber eine Statisterie durch eine komplizierte Inszenierung zu bugsieren, war schon eine Herausforderung ganz eigener Art. Ich beschloss, die Unruhe nicht durch meine Anwesenheit zu vergrößern, und begab mich zu Swantje.

„Stimmt das, was man über Paule sagt?“, empfing sie mich.

„Was sagt man denn?“

„Dass er zur Polizei musste, wegen irgendwelcher Geschäfte, und dass er da einen Herzinfarkt hatte.“

Ich nickte.

„Kann ich dich fragen, was da los war, oder sollte ich das besser lassen?"

Ich erklärte ihr, dass Paule lediglich wegen einer Zeugenbefragung einbestellt worden war. Und einmal mehr stand ich vor dem Dilemma, ob ich die Sache mit dem Thallium erwähnen durfte oder nicht. Noch während ich das Für und Wider abwog, klopfte es an der Garderobentür.

Ob Andreea überrascht war, mich zu sehen? Sie lächelte lieblich, aber dass das nicht viel bedeuten musste, war mir auch klar, wenn ich das grünäugige Monster nicht zur Erörterung von Verhaltensdetails herbeibemühte.

„Ich will ja auch nicht lange stören", betonte sie, „aber ich möchte dir, also euch, gerne jemanden vorstellen."

In der Tür stand ein junger Mann, der einen dunkelblauen Maßanzug trug. Glauben Sie mir, wenn man so viel Zeit im Theater verbringt wie ich, bekommt man auch ohne Lehre in der Schneiderei ein Auge dafür.

Andreea stellte ihn als Sorin vor und betonte, dass es sich um ihren Verlobten handelte. Swantje zwinkerte mir zu. Sorin arbeitete als Restaurator am Schwarzen Dom in Braşov, dem siebenbürgischen Kronstadt. „Da haben wir uns kennengelernt, ich habe dort ein paar Konzerte gesungen. Sorin saß ab dem zweiten Mal ganz vorne und hat mich angestrahlt."

Mit einer gewissen Unzufriedenheit verzog sich das grünäugige Monster einstweilen in sein Versteck.

Sorin beteuerte, dass er selbstverständlich nicht stören wolle. Sein Deutsch war ausgezeichnet, auch wenn bei ihm im Gegensatz zu Andreea ein leichter Akzent zu hören war.

Swantje sprach schließlich ein Machtwort. „Husch, meine Lieben. Die Vorstellung spielt sich ja nicht von alleine. Und ich muss in die Maske."

Andreea und Sorin verabschiedeten sich schnell.

„Aber ich würde mich freuen, wenn du hier auf mich wartest." Swantje lächelte. „Du darfst sogar ein paar Birnenringe naschen. Lass mir nur ein paar übrig." Schon war sie unterwegs, sich in den Grafen Rofrano verwandeln zu lassen. Ich sah mich einstweilen in der Garderobe um. Gerda Sägmeister, die Ankleiderin, hatte den Kostümständer bereits gebracht. Neben dem Justaucorps, dem traditionellen Missing-Link zwischen Jacke und Kurzmantel, und der Weste, die ebenfalls aus silbergesticktem Brokat angefertigt worden war, wartete schon das lange Hemd für die Bettszene, mit der die Oper beginnt. Auch dieses Hemd wies einiges an Stickereien auf und Details, die unmöglich von Zuschauerraum aus zu sehen sein konnten. Die für die zweite Vorstellungsserie angekündigte Fernsehaufzeichnung hatte wegen der zu erwartenden Großaufnahmen für besonderen Eifer in der Kostümabteilung gesorgt.

Ich setzte mich. An dem Wandspiegel hingen ein paar Postkarten, von den üblichen Verdächtigen, wie ich schnell festgestellt hatte. Den aktuellen Ehrenplatz in Augenhöhe hatte eine Karte mit der Semperoper als Aufdruck.

Den Absender fand ich mit einem Blick auf die Rückseite heraus. Zwar war die Unterschrift nicht wirklich gut lesbar, aber in der linken oberen Ecke war „Semperoper. Der Intendant" aufgedruckt. Der handschriftliche Text lautete „Von der Annina zum Octavian – weiter so! Herzlich" und dann eine etwas krakelige Unterschrift.

Swantje kam frischgeschminkt zurück, mit Bühnen-Make-up, das nicht wirklich zu ihrem Frotteebademantel und den gefütterten Filzlatschen passte. Sie sah mich mit der Dresdner Karte in der Hand und lachte.

„Weißt du noch, vor ein paar Jahren, als der von Wasten mich als meinen eigenen Ersatz verpflichten wollte?"

Ich erinnerte mich sehr gut daran, mein damaliger Chef hatte versucht, die unerfreuliche Stimmung zwischen dem Arnstädter Konzertveranstalter und mir als Vermittler aufzulockern und hatte ihm Swantje empfohlen. Die singe sehr gut, hatte er erzählt und behauptet, sie sei an der Semperoper schon als Rosenkavalier aufgetreten.

„Der Chef hat es wirklich nicht so mit Einzelheiten", bestätigte ich ihr. „Er hatte ja bei der Weihnachtsfeier ein paar Monate vorher Smalltalk machen wollen, private Details und so. Er war aus Dresden zugezogen und ich hatte ihm gesagt, dass du da im ‚Rosenkavalier' debütiert hattest. Im, nicht als, aber das hatte er wohl nicht abgespeichert."

Swantje grinste. „Ist ja noch gut ausgegangen, die ganze Sache. Der Wasten leitet mittlerweile ein Festival in Tirol. Aber ich glaube, so schnell lädt der mich nicht wieder ein."

„Mitgehangen, mitgefangen, meine Liebe. Ich musste ihm ja unbedingt seinen besten Kumpel noch vom Konzert weg verhaften. Und dass wir den Dirigenten bei uns behielten, bis er im Krankenhaus war, das verzeiht er mir mein Lebtag nicht. War halt auch so ein Kumpel von ihm." Ich seufzte. „Du hättest doch sowieso gar keine Zeit für ihn, selbst wenn er anriefe."

„Stimmt auch wieder."

Swantje griff nach einem weiteren Birnenring und sah dann auf die Uhr. In diesem Moment meldete sich Sigi über die Rundsprechanlage und begann seinen Hinweis, dass die Vorstellung in sechzig Minuten begann.

Das war mein Stichwort. Das Bühnen-Make-up ließ eine herzliche Knutscherei nicht angeraten erscheinen, also drückte ich meinen lieben Schwan nur noch kurz an mich und machte mich dann auf in die Kantine.

Dort verkürzten sich ein paar Kollegen aus der Statisterie das Warten mit Theorien, was zu Paules Herzinfarkt geführt haben mochte. Der Konsens schien zu sein, dass sich die Polizei rabiat aufgeführt haben musste, so sehr, dass Paules Herz das ganze Theater einfach nicht mehr mitgemacht hatte.

„Wenn ihr mich fragt", mischte sich eine Chordame ein, „dann sollte er die ganze Bande verklagen. Schmerzensgeld und so. Und der Verdienstausfall. Das Haus könnte sich auch melden, schließlich hängt so viel an ihm bei einer Vorstellung."

Nanu? Seit wann bestätigte denn der Opernchor die Wichtigkeit zumindest des Statistenführers? Ich erkannte die Stimme sofort wieder, es handelte sich um die Nicht-Flüsterin von der Premierenfeier. Ob sie neben den Freckenhagen'schen Versprechungen auch auf Paules Vernetzung spekuliert hatte? Möglich war vieles. Aber zu klären, in diesem Moment, kurz vor der Vorstellung, war nichts davon.

# KAPITEL 18

*Mit dem Hund in die Unterbühne*

Selbstverständlich lief die Vorstellung wie am Schnürchen, auch was die Auftritte der Statisterie betraf. Vadian Gloor, unser Regieassistent aus der Schweiz, lieferte alles andere als Käse ab. Wenn es darauf ankam, hatte er für alles eine Lösung parat. So war es auch in der Wirtshausszene, einer der Statisten blieb an einer Tischkante hängen, fiel hin und blieb liegen. Die Vorstellung lief weiter, aber von meinem Eckplatz konnte ich in die Seitenbühne lugen und sah, dass dort einiges an Aufregung herrschte. Aber schon kam Vadian, der sich rasch eine Kellnerschürze umgebunden hatte, half dem Verunglückten auf und ging mit ihm so selbstverständlich von der Szene, dass es wie geprobt aussah. Der Dirigent schüttelte nur lächelnd den Kopf und ließ die Musik weiterlaufen.

Selbstverständlich wurde auch dieser Abend ein großer Erfolg. Auf dem Weg hinter die Bühne begann ich zu überlegen, wo im Haus wir all die Blumensträuße, die der Meinigen bei ihrem Solovorhang zugeworfen wurden, noch unterbringen konnten. Erst einmal galt es, sie heil nach Arnstadt zu bringen, ohne sie zu zerdrücken. Irgendwie würde es schon gehen, hoffte ich.

Ohnehin hatte Swantje die Angewohnheit, mindestens einen der Sträuße ihrer Ankleiderin zu überlassen. Vielleicht würden es dieses Mal auch mehr? Oder sollten wir etwas zu Paule ins Krankenhaus bringen? Ich war sicher, dass er gerne erfahren würde, wie sich seine Statisterie an diesem Abend geschlagen hatte.

Vor der Tür zum Soloflur stand ein uniformierter Kollege.

„Kein Durchgang“, beschied er mich knapp.

„O doch“, hörte ich hinter mir Swantje sagen. „Hören Sie, Sie lassen mich jetzt da durch zu meiner Garderobe … oder …“

„Wollen Sie mir etwa drohen?“ Der junge Mann reckte sich zu beachtlicher Größe.

Swantje maß ihn von oben bis unten. „Wie man's nimmt“, sagte sie. „Sie können es gerne so auffassen. Aber wenn ich nicht bald zur Toilette kann, dann piesle ich Ihnen auf Ihre so schön geputzten Schuhe. Was meinen Sie, wollen Sie das riskieren?“

Ich verkniff mir ein Lachen und kramte meinen Dienstausweis hervor, den ich nicht in der Garderobe hatte lassen wollen, auch wenn Gerda, die Ankleiderin, bestimmt darauf aufgepasst hätte.

„Ich glaube, Herr Kollege, ich bin die Lösung für Ihr Dilemma.“

Mit einem gewissen Zögern ließ er uns schließlich durch. Auf dem Soloflur herrschte rege Betriebsamkeit, aber trotz ihrer floristischen Ladung bahnte sich Swantje einen Weg. Die Blumen landeten mit Schwung auf dem Tisch vor dem Spiegel und schon verschwand sie in der Sanitärabteilung ihrer Garderobe.

Ich griff mir einen Birnenring und trat wieder auf den Flur.

„Was ist denn los“, fragte ich die Ankleiderin, die gerade mit dem Kostüm der Feldmarschallin aus der nächsten Garderobentür trat.

„Keine Ahnung“, beschied Gerda mich knapp. „Irgendeine Sache ist im Busch, so viel Polizei im Haus habe ich das letzte Mal gesehen vor dem Staatsbesuch. Sogar mit Hunden sind sie unterwegs, in der Unterbühne.“

Das interessierte mich natürlich brennend. Schon öffnete ich die Verbindungstür zum Durchgang vom Soloflur zur Seitenbühne. Der junge Kollege mit den schönen Schuhen stand immer noch da.

„Sorry für den Auftritt da eben", sagte ich. „Wenn ich Ihnen einen Rat geben darf?"

Er nickte.

„Kommen Sie bloß nicht zwischen eine Operndiva und ihre Bedürfnisse."

Wir lachten und dann erklärte er mir, was los war.

„Die Bundespolizei wollte das. Wir sollen absichern, während sie jemanden festnehmen. Na ja, absichern. So ein Türdienst hat seine Tücken, habe ich gemerkt."

„Vor allen Dingen, wenn es jede Menge Türen gibt, die Sie gar nicht alle kennen."

Wir zuckten beide mit den Schultern. In diesem Moment kamen Ferdi und Walter den Gang entlang.

„Was machst du denn hier?" Walter schien überrascht, mich zu sehen. „Du warst doch schon im Feierabend?"

„Das Gleiche könnte ich euch aber auch fragen. Na ja, fast das Gleiche."

Ferdi lachte. „Wir wollten gerade los, da kam ein Anruf aus dem Krankenhaus. Paule hat geredet. Und wie. Und wir holen uns jetzt unseren Josef."

Walter machte ein entschuldigendes Gesicht. „Ich glaube, wir hätten dich auch gar nicht mitgenommen. Du gehörst doch hier zum Haus, das wäre vielleicht nicht so gut angekommen, wenn du dann mitten in der Vorstellung auf einmal mit zwei Hundeführern eintrudelst."

„Moment", sagte ich. „Hundeführer? Was ist denn auf einmal los? Hatte Paule dann doch etwas Sachdienliches zu sagen gehabt? Und um welchen Josef geht es denn eigentlich, wen holt ihr ab?"

Walter machte eine beschwichtigende Handbewegung. „Eins nach dem anderen. Zuerst einmal habe ich eine Nachricht für den jungen Kollegen hier."

Der war sehr erleichtert, als ihm beschieden wurde, dass sich die Sache so weit erledigt hatte und er den Durchgang wieder freigeben konnte.

Fröhlich pfeifend wollte er sich quer über die Bühne davonmachen, aber gleich mehrere Bühnenarbeiter, die gerade damit beschäftigt waren, die Kulissen abzubauen, protestierten lautstark. Mit gesenktem Kopf ging der Kollege schließlich davon.

„Was war das denn?" Ferdi staunte.

„Alte Theatertradition. Auf der Bühne wird nicht gepfiffen, wenn es nicht ausdrücklich inszeniert ist. Am besten auch nicht sonst irgendwo im Haus."

„Ach was." Auch Walter wollte wissen, warum das so war. „Das kannst du uns doch bestimmt erklären."

„Feuerschutz", sagte ich kurz und erklärte es dann doch. „Früher waren für die Bühnenbeleuchtung offene Flammen nötig. Hier ist doch überall Holz, Lacke, Farben, wenn da einmal was zu kokeln anfängt … Was meint ihr denn, warum es kaum barocke Theater gibt? Jedenfalls war das früher nicht nur mit der Beleuchtung ein Problem, es gab auch keine Flammschutzmittel oder gar eine feuerpolizeiliche Veranstaltungsstättenverordnung, hatte sich was mit Notausgängen, ebenen Wegen, breiten Fluren, genormten Stufenhöhen bei Treppen und so weiter. Aber dafür gab es Reifröcke und später Cul de Paris und so weiter. Es ist auch heute noch schwer genug, ein Haus schnell zu räumen, ohne dass Panik ausbricht. Deshalb ist es auch heute noch strengstens verboten, „Feuer!" zu rufen, wenn das Haus voll ist. Aber gewarnt werden musste ja, zumindest die Leute vom Haus sollten wohl Bescheid wissen, damit sie die Gäste rausgeleiten konnten. Wenn es dann eben doch brannte, früher, was immer mal wieder vorkam, dann pfiffen die Bühnenarbeiter und die Türschließer wussten Bescheid. Alles klar?"

Meine beiden Kollegen nickten.

„Dann seid ihr jetzt dran. Ich will Details." Selbstverständlich sorgte ich dafür, dass wir nicht den Durchgang zur Bühne blockierten. Stattdessen lotste ich uns den Gang entlang, bis wir vor Swantjes Garderobentür standen. Dort erklärten mir Walter und Ferdi, dass Paule wohl doch ein umfassendes Geständnis abgelegt hatte.

Schon vor der Wende hatte er Wege gefunden, diskret Dinge aus dem Ausland zu beschaffen, ohne dafür Zollerklärungen auszufüllen oder den DDR-Behörden langatmig zu erklären, warum es für den Aufbau des Sozialismus notwendig war, Schallplatten mit Punkrock einzuführen oder gar die „Bravo" und „Pop Rocky".

Erwischt worden war er nie. Er galt sogar als dermaßen zuverlässig, dass er als junger Bauarbeiter unter dem LPG-Gelände ein paar nicht in den Bauplänen verzeichnete Keller mauern durfte und auch bei der Stabilisierung der Tunnelwände mitgeholfen hatte.

„Dabei wollte er doch eigentlich Sänger werden, hat er uns gesteckt", berichtete Ferdi, „aber dann hat er eben solide gemauert und sich nebenher schadlos gehalten. Erst, weil er dachte, das System schuldet ihm was, dass sie ihm die falsche Lehrerin zugeteilt hatten, und dann, nach der Wende, da war es Gewohnheit. Und ein schönes Zubrot."

Es wäre wohl noch lange so weitergegangen mit seinem diskreten Nebenerwerb. Wer ihn letzten Endes in die Enge getrieben hatte, war Vadian gewesen, der dabei war, sein eigenes Vertriebsnetz aufzubauen. Nicht nur im Wald wird ein Platzhirsch irgendwann von einem jüngeren Konkurrenten verdrängt, aber Paule hatte mit seinem Keller ein gewichtiges Argument für ein Joint Venture.

„Das wurde ihm aber dann doch zu heiß, als er mitbekam, dass da nicht wie bei ihm korrekte Ware floss, sondern alles Mögliche. Hundsgefährliches Zeug, Ersatzteile mit gefälschter TÜV-Plakette, die Pillen, die wie Viagra aussahen, aber eben nicht nur aus Milchzucker waren …

Und dann im Frühjahr, da wollte sich der Vadian weiter diversifizieren." Walter lachte. „So hat er das tatsächlich genannt, jedenfalls hat dein Paule das so behauptet. Designerdrogen sollten es jetzt werden, Yaba, Shabu, das ist aber, glaube ich, das Gleiche. Zürich ist einer der Hauptumschlagplätze dafür, da kommt es aus Fernost an. Und der Gloor, der ist ja so ein frischgewaschenes Milchbüblein, der sieht so anständig aus und hat oben in seinem Koffer immer eine Bibel. Den hat nie einer erwischt, wenn er vom Heimaturlaub mit dem Nachtzug zurückkam, schön im Liegewagen. Jedenfalls, dem Wetzkopf wurde die Sache endgültig zu heiß. Vielleicht wollte er auch ehrlich werden und einfach nur noch raus aus der Sache. Er wusste nur nicht, wie. Und er hatte verdammt Schiss vor seinem Geschäftspartner. Spätestens seit er an dem Abend mitbekommen hat, wie diese Kammersängerin in den Springbrunnen gestolpert ist, da in Weimar. Die Großtante von Müller Zwo." Er schüttelte den Kopf. „Zufälle gibt's."

Ferdi übernahm den nächsten Teil des Berichts. „Er hat eine Weile herumgedruckst, warum er überhaupt da oben war. Erst hat er behauptet, wegen der Pilze, aber dann haben wir herausbekommen, dass das nicht irgendwelche waren. Er hat da oben Trüffel entdeckt, genauer, Burgundertrüffel. Da wollte er sich nicht erwischen lassen, dass er die holt, weil, der steht unter Schutz. Aber dann war da oben ja Party und Feine-Leute-Halligalli, da hat er gedacht, wenn ihn einer sieht, dann halten sie ihn für einen der Fahrer oder so was, und er ist nur mal eben ins Gebüsch, austreten oder so." Ferdi schüttelte den Kopf. „Irgendwie ist er gleichzeitig selten naiv und ungeheuer gerissen. Und diese Trüffel waren ihm das Risiko wert. Ich mag die ja überhaupt nicht, aber Feinschmecker zahlen wohl so rund siebenhundert pro Kilo."

Kein Wunder, dass Paule interessiert war und sich den Fund nicht entgehen lassen wollte. Aber wie war jetzt die Verbindung zu Dame Isabeau?

„Er hatte gerade alles gut verpackt und wollte sich davonmachen, da hat er es platschen gehört. Klar, dass er hin ist. Aber als er ankam, da rührte sich schon nichts mehr. Dafür stand dieser Gloor da, mit einem Fuß im Brunnen und als dein Paule die roten Schuhsohlen gesehen hat, da ist es ihm kalt über den Rücken gelaufen."

„Puuuh", machte ich. Vadian? Der immer freundliche Regieassistent, der für alles eine plausible Lösung wusste? Plausibel bedeutete also eindeutig nicht, dass die Sache gesetzeskonform war.

„Der Wetzkopf hat dann ein Foto mit seinem Handy gemacht, und dann zugesehen, dass er da wegkam. Das Geräusch von dem Kameraauslöser, das hat den Gloor nämlich hochschauen lassen. Da hat er dann gleich noch ein Bild gemacht, es war ja einigermaßen hell, weil, das Schloss wird angestrahlt, und dann ist er, als wäre der Teufel hinter ihm her, davon."

„Nicht zu fassen", stammelte ich. „Der einfühlsame Regieassistent als eiskalter Killer. Na, so was. Jetzt fehlt eigentlich nur, dass ihr sagt, der Vadian hat auch den Freckenhagen auf dem Gewissen."

Der Regieassistent und nicht die Chordame mit ihrer Spezialwürzung in der Gulaschsuppe?

Walter nickte. „Der Freckenhagen hat sich noch bei Paule entschuldigt, bei dem er sonst alle paar Monate einen Kräutertrank kaufte. Das Zeug wartete eigentlich schon auf ihn, aber dann, sagt der Wetzkopf, hätte der Freckenhagen ihm gestanden, dass die Kräuter nicht mehr reichten. Jetzt nehme er Viagra, da sei der Anpfiff für Spaß und Spiel spätestens nach einer halben bis Dreiviertelstunde. Dein Paule war stinksauer, aber was konnte er schon groß sagen, besonders, weil ja sein Compagnon das Geschäft mit dem Freckenhagen machte."

„Und das alles habt ihr seit Feierabend schon rausbekommen?"

„Na ja, der Paule, nachdem er aus der Narkose aufgewacht ist, der war ja praktisch nicht zu stoppen in seinem Redefluss. Der war schon richtig sauer, dass ihm dieser Gloor das Geschäft weggeschnappt hatte, weil, der Freckenhagen hat ihm die Packung gezeigt und die hat der Wetzkopf wiedererkannt. Die war ja aus dem Lager, das er zusammen mit dem Gloor genutzt hat. Aber er war nicht nur sauer, sondern hatte so richtig Schiss. Sonst hätte er vielleicht nicht so viel erzählt."

„Okay, Moment." Ich versuchte den Informationsschwall zu ordnen. „Paule hat also Schiss, weil er den Gloor am Springbrunnen beobachtet hat. Aber er hat doch die Fotos auf dem Handy."

„Er traut dem Gloor nach der Nummer wohl einiges zu. Egal, Schiss ist Schiss. Und den hat er nicht nur wegen diesem Gloor, sondern eben auch wegen seiner Pumpe. Dabei haben wir ihm das mit dem Thallium noch gar nicht gesteckt. Kann sein, dass der Gloor ihn als Risikofaktor gesehen hat. Wird sich alles noch herausstellen."

Walter lächelte entschuldigend. „Es ist halt jetzt ein bisschen blöd und ganz bestimmt auch überflüssig, aber wir sollen einen Blick in alle Garderoben werfen. Ohne Durchsuchungsbeschluss, weil Gefahr im Verzug." Er deutete den Gang hinunter. „Da sind sie ja, die Kollegen mit den Wauzis. Sollen wir hier anfangen, damit ihr wegkönnt?"

„Das wäre natürlich toll, aber ich glaube, Swantje ist noch in der Maske."

„Ist sie nicht mehr." Sie war gerade zurückgekommen, in Begleitung eines der Hundeführer. „Ich bin schon informiert. Also, dann kommen Sie mal alle rein. Aber ich warne Sie vor. Meine Überlebensmittel liegen offen auf dem Tisch."

Paules Birnenringe interessierten den Diensthund nach einem kurzen Beschnüffeln allerdings ebenso wenig wie die Blumen oder der Kostümständer. Nach ein wenig Hin und Her packten wir das Trockenobst ein, nahmen die Blumen und gingen zum Bühneneingang, an dem ein uniformierter Polizeikollege allen den Zutritt verweigerte, die keinen Hausausweis zeigen konnten.

Ein paar Unermüdliche hatten sich vor dem Haus aufgebaut und applaudierten lautstark, als Swantje durch den Ausgang kam. Es hatte schon einen Grund, warum ich die Blumensträuße im Arm hielt. So hatte sie die Hand frei, um Fotos zu signieren, Hände zu schütteln und endlich freundlich zu winken. Aufatmend gingen wir um das Theater herum zum Eingang der Tiefgarage.

„Beim nächsten Mal bringe ich erst die Blumen durchs Foyer nach unten", versprach ich.

„Das wäre praktisch, ja." Swantje klang entschuldigend. „Aber leider keine gute Idee. Zwei von den Sträußen waren von den beiden jungen Männern, die, die unbedingt Selfies wollten. Stell dir vor, du bringst die Blumen weg, ich komme raus, da denken die doch gleich, das Gemüse ist nicht angekommen. Oder ich hab es nicht haben wollen." Sie lachte. „Gerda ist noch nicht drauf gekommen, dass die Blumen, die ich ihr überlasse, immer von mir selbst kommen."

„Was?"

„Na ja, was glaubst denn du? In Dresden und München, in London und Vancouver, da bin ich eh weltberühmt. Da ist es ziemlich schnurz, ob mir jemand Blumen schickt oder nicht. Hier in Erfurt ist das ein bisschen anders. Keine Ahnung, ob es daran liegt, dass es sich herumgesprochen hat, wir wohnen in Arnstadt, sind also Provinz." Sie lachte. „Der Blumentrick, den hat mir meine Lehrerin in

London beigebracht. Die Pforte geht gleich anders mit dir um, wenn sie merkt, du hast Fans, die nach dir schauen. Klar, es schadet ganz bestimmt nichts, wenn du höflich zu allen bist, aber die Theaterwelt ist und bleibt nun einmal eine Schlangengrube. Und die Schlangen sind nicht nur vor der Billettkasse. Da sind sogar noch die harmlosesten."

Auf der Heimfahrt informierte ich Swantje in groben Zügen, was mir Ferdi und Walter berichtet hatten.

„Uff", war ihr Kommentar. „Das erklärt so einiges. Zum Glück war ich für den Vadian uninteressant. Der wusste, ich würde nichts für ihn tun. Wer bei Konwitschny klaut, den empfehle ich nicht weiter."

Konwitschny? Ach so, das Inszenierungsdetail, mit dem der Rosenkavalier angetrunken bei Sophie vorspricht.

„Und all dieses Drogenzeugs, das macht doch nur die Stimme kaputt. Die ist gefährdet genug, da muss ich nun wirklich nicht nachhelfen. Nicht, solange ich Birnenringe habe." Sie lachte. „Aber ich glaube, wir müssen anfangen, damit hauszuhalten. Wenn Paule gesteht, war es das wohl mit seinen Sommerbirnen und dem Trockenobstgeschäft."

„Du wolltest doch sowieso einen Birnbaum pflanzen", erinnerte ich sie.

Swantje lachte. „Oder wir ziehen nach Wuppertal."

Das war natürlich weiterhin eine Option, aber die Entscheidung würde an diesem Abend mit Sicherheit nicht mehr fallen.

# KAPITEL 19

*Ein Fall für die Familienchronik*

Am nächsten Morgen war ich nicht die Einzige mit müder, aber zufriedener Miene. Die Taskforce „Prosper“ sah sich am erfolgreichen Ende ihrer Ermittlungen und auch Müller Zwo war erleichtert. Paules Aussage wandelte den trunkenen Todessturz in den Teich – ich bitte schön, finden Sie mal passende Stabreime auf Spr wie Springbrunnen – zu Mord oder mindestens Totschlag, was in der Familienchronik deutlich seriöser wirkt als ein alkoholisierter Sturz mit Todesfolge, der bei Gesangsstars nicht seltener ist als anderswo.

Während die Kollegen Vadian zu einem Geständnis zu bewegen versuchten, saß ich mit Müller Zwo in der Kantine. Viel zu sagen hatten wir einander immer noch nicht.

„Eigentlich“, setzte Müller Zwo an, „eigentlich möchte ich mich bei Ihrer …“ Er stockte fast unmerklich, „… bei Ihrer Frau bedanken. Und auch bei dieser anderen Sängerin. Meine Großtante war ein sehr schwieriger Mensch, ich glaube, auch ein sehr verletzter. Aber ihre Ansichten, die kann man nicht entschuldigen. Ich bin ganz froh, dass die Damen sie in die Schranken gewiesen haben.“ Er rührte in seinem Kaffee. „Das wurde mir natürlich zugetragen, was bei dem Dinner los war.“

Hätte ich ihm den Unterschied zwischen seinem Dinner und einem Galadiner erklären sollen? Er sprach schon weiter.

„Wie sich meine Großtante bei Meisterkursen aufführte, war mir nicht neu. Aber wenige hatten den Mut einzuschreiten. Sie fürchteten wohl ein Schreifest. Das konnte die Frau Tante nämlich auch sehr gut. Jedenfalls … Da ist noch etwas anderes." Er straffte sich. „Ich bin Ihnen nicht gut begegnet, Frau Rogener. Aber das lag nicht an meiner Großtante oder daran, wie Ihre Frau mit ihr umging."

Ja, woran denn dann? An einer Altlast. Einer von meinen. Vor Jahren hatte Egino von Wasten Probleme mit mir gehabt. Zwar hatte der Leiter des Festivals „Thuringia sonat" in Tirol neue Bewunderer gefunden und Arnstadt den Rücken gekehrt. Nun war er also zurück, wenn auch nur als Referenz.

„Egino und ich, wir sind zusammen zur Schule gegangen …"

Er nannte ein Eliteinternat am Bodensee. Vernetzungen gibt es eben nicht nur in der Theaterwelt.

„Wir, also unser Jahrgang, wir treffen uns einmal im Jahr, im Sommer, so bleibt man in Verbindung …"

Endlich kam er zur Sache, wenn auch sehr gewunden.

„Nun ja. Wir plauderten, ich sagte ihm, aktueller Standort Erfurt, und er erzählte mir, was er in Arnstadt alles aufgebaut hatte, also, Respekt, das muss ich schon sagen."

Das von Wasten gegründete Festival funktionierte, weil eine Menge Menschen ehrenamtlich oder für sehr schmale Börse mithalfen. Aber ich wollte den Erzählschwung nicht bremsen.

„Nun gut, ich gebe zu, er hat ein bisschen angegeben, aber warum auch nicht?" Müller Zwo lachte. „Und er hat nicht schlecht renommiert mit Namen, wen er alles geholt hatte. Da fiel auch der Name Mittersand und ein Wort gab das andere … Ich fürchte, er hat keine gute Meinung von Ihnen und hat mich da wohl ein bisschen beeinflusst."

Ein bisschen?

„Ich dachte halt, Sie wollen bestimmt den großen Zampano machen, reklamieren jeden Erfolg für sich, und wir, die wir so lange die Kärrnerarbeit machen, stehen dumm da …"

Na, wenn das nicht mal eine lupenreine Beschreibung der Methoden des Egino von Wasten war? Vielleicht kannte er seinen Schulfreund schlicht zu gut, um das zu sehen?

„... und da war ich dann voreingenommen. Das hätte mir nicht passieren dürfen. Ich bitte in aller Form um Entschuldigung. Darf ich hoffen, dass Sie das annehmen wollen?"

Meine Güte. Der Mann tat mir richtiggehend leid. Ich nahm mir vor, ihn auch in Gedanken nicht mehr Schuppenkaspar zu nennen, obwohl seinen akkuraten Scheitel wieder eine zierte. Selbstverständlich nahm ich seine Entschuldigung an.

„Nachdem das nun geklärt ist, Herr Müller", ich lächelte verbindlich, „und wo wir ja nun unsere Schmuggler auch haben, wollen Sie mir nicht eines verraten?"

Was blieb ihm anderes übrig, als mir seinen Informanten zu nennen, der uns ein paar Mal in die Irre geschickt hatte?

Sein Einflüsterer war der Schwager des Biobauern. Der wollte das LPG-Gelände selbst nutzen, als eine Art Freizeitpark für Erwachsene. Müller Zwo war tatsächlich errötet, als er immer gewundener herumdruckste, welche Freizeit gemeint war. Öko hin oder her, der Hühnermist passte nicht zu einem Edeletablissement. Und die spirituelle Gemeinschaft war dem Schwager ein ebenso großer Bremsschuh gewesen.

„Aber es gibt diese langfristigen Verträge, da hat er wohl geglaubt, wir werden schon irgendwas finden. Wenn dann der Bauer ruiniert ist und die Beterei ein Ende hat, so war sein Plan, dann reitet er ein mit seinem Rettungskonzept ... Totaler Blödsinn. Und sehr durchsichtig, besonders in der Rückschau. Jetzt haben die von der Sitte ihn am Wickel."

Woher die den Tipp hatten? Das fragte ich besser nicht. Wenn das die Art war, wie Müller Zwo nicht zufriedenstellende Arbeitsbeziehungen abzuschließen pflegte, konnte ich mich glücklich schätzen, dass er beschlossen hatte, mir fürderhin wohlgesonnen sein zu wollen. Das leichte Unbehagen blieb jedoch, aber selbstverständlich sprach ich es nicht an.

Wenn die Meldungen sich alle als gegenstandslos entpuppten, warum hatten wir dann bei unserem ersten Besuch so viele Osteuropäer auf dem LPG-Gelände angetroffen?

„Das war absoluter Zufall. Der Lohnarbeiter von dem Biobauern, dem mit den Hühnern, der will eine gewerkschaftliche Vertretung aufbauen für die Erntehelfer. Und wir sind wohl mitten in die Gründungsversammlung geplatzt. Aber da wäre noch eine andere Sache, die ich mit Ihnen besprechen wollte, Frau Rogener."

Wieder überraschte mich Müller Zwo. Ob ich Swantje erzählen sollte, dass er mir versprach, für mich ein gutes Wort einzulegen, falls ich je von der Landespolizei zum Bund wechseln wollen würde?

„Solche wie Sie, die brauchen wir", hatte er gesagt, „mit Ihrem Denken, das quer zu den Routinen steht, ohne dass Sie Querdenkerin wären. Meine Güte. Da könnten wir Sie nun wirklich nicht brauchen."

Ich hatte pflichtschuldigst gelacht und versprochen, dass ich sein Angebot, das ich sehr zu schätzen wisse, bedenken würde. Ein Birnbaum ließ sich ja an vielen Orten pflanzen, nicht nur in Wuppertal oder in Arnstadt.

Nachdenklich ging ich den Gang entlang zurück in unser Büro. Auch als Interimsleiter arbeitete Gero hier, mit der Folge, dass wir drei von den Landespolizeien deutlich besser eingebunden waren in die Abläufe, vor allen Dingen, da wir unser Büro meist offen ließen.

Heute jedoch schloss Gero die Tür zum Flur, als er nach etlichen Stunden von Vadians Einvernahme zurückkam. Dann informierte er uns, dass nicht nur Paule seit den frühen Morgenstunden im Koma lag, sondern dass es auch für den Regieassistenten vermutlich keinen Auftritt vor Gericht geben würde. Vadian hatte sich zwar geständniswillig gezeigt, die Einvernahme aber dann so abrupt und nachhaltig für sich beendet, dass auch der rasch herbeigerufene Notarzt nicht mehr viel ausrichten konnte. Dass wir den nicht mitbekommen hatten? Unser Büro lag wirklich etwas abseits.

„Zum Glück lief die Kamera mit." Gero klang erleichtert.

Natürlich, Vadian war lediglich für eine Aussage einbestellt gewesen, er war nicht verhaftet, und so war er nicht durchsucht worden. Hätten die Kollegen ahnen sollen, dass es sich bei dem etwas über drei Zentimeter großen Schweizerkreuz, das ihm an einem Lederband vor der Brust baumelte, nicht um einen verkratzten Bergkristall handelte, sondern um reinstes Metamphetamin, dessen Hydrochlorid auch bei Raumtemperatur seine kristalline Substanz beibehält?

Ob rhetorisch oder nicht, Gero stellte uns diese Frage, und wir beeilten uns, sie zu verneinen.

„Er hat zugegeben, dass er dieser Josef ist. Aber es hatte nichts mit Carmen zu tun. Mit Oper aber schon. Nur mit einer anderen. Er ist Fan von einem gewissen Méhul und versucht seit Jahren, das Haus zu überzeugen, den auf die Bühne zu bringen. Und das Stück heißt Joseph." Gero schüttelte den Kopf. „Der ist da richtig vernarrt drin und hat uns den halben Plot erzählt und wo das überall aufgeführt worden ist, auch in Deutschland. Und wir immer so, aha, hmhm, soso, ach, echt … Und dann hatten wir natürlich volles Verständnis, dass er da alles Mögliche versucht hat, wenn einem eine Sache nun einmal so wichtig ist, nicht wahr … und er hat ein bisschen was zugegeben und dann führte eins zum anderen. Als ihm endlich klar wurde, dass er längst viel zu viel erzählt hatte und er aus der Sache nicht mehr herauskommen würde, hat er mittendrin zu lachen begonnen. Dann hat er noch gesagt, ihr könnt mich erwischen, aber ihr kriegt mich nicht." Gero seufzte. „Dann hat er auf sein Schweizerkreuz gebissen und kurz darauf war er nicht mehr ansprechbar. Der Notarzt hat ihn dann zweimal reanimieren müssen, bevor sie ihn überhaupt mitnehmen konnten. Aber ich glaube, den sehen wir nicht wieder, schon gar nicht auf einer Anklagebank."

Ob die beiden Geständnisse überhaupt gültig waren, würden wir den Jurist*innen überlassen. Paule hatte angefangen zu reden, lange bevor die Vollnarkose hatte abklingen können. Und ob die Videoaufzeichnung für Vadian Gloor ausreichte, das wollte Gero genau so wenig hoffen wie wir.

„Immerhin konnten wir noch ein paar Punkte klären. Er hat tatsächlich den Freckenhagen auf dem Gewissen. Der wollte Spezialkonditionen, kein Wunder, bei dem Verbrauch, den er hatte, wer würde da nicht nach Rabatt fragen? Der wusste übrigens genau, dass das kein echtes Viagra war, aber das Zeug vom Gloor sorgte wohl für einen Extrakick bei ihm, das war ihm ganz recht. Das, was ihm sein Hausarzt auf Rezept gab, das hat ihm halt nicht gereicht. Aber er wollte nicht nur Rabatt, er wollte einsteigen ins Geschäft, hat mit Verbindungen an andere Theater geprahlt. Dem Gloor war das nicht geheuer und der Mann wurde ihm zunehmend lästig."

Das schien wohl eine der grundlegenden Eigenschaften des Kammersängers gewesen zu sein, so auf Menschen zu wirken, aber damit wollte ich Gero nicht unterbrechen.

„Da hat er ihm nicht nur sein Spezialviagra verpasst. Er wusste ja, der Freckenhagen würde sich das einpfeifen wie Halsbonbons. Der kleine Zocker hätte nur abwarten müssen. Das hat ihn schon gekickt, das Warten. Aber dann hat er ihm noch einen Spezialcocktail gemixt, so nach dem Motto Sicher ist Sicher. Er hatte schlicht die Nase voll. Und was er da reingehauen hat, das hat die Obduktion nicht gefunden, weil sie nicht danach gesucht hat. Wer kommt denn schon darauf, dass der Herzstillstand durch das Gift des …" Gero vergewisserte sich auf einem Notizzettel, „… Borstenzahndoktorfischs." Er schüttelte den Kopf. „Wer sucht denn schon, wenn bei einem Herzstillstand zu viel Kalzium gefunden wird, nach Maitotoxin?" Auch diesen Namen hatte er abgelesen. „Das hatte sich der Gloor bei seinem Tauchurlaub in Australien beschafft. Er wusste nicht mehr, warum, einfach so, hat er gesagt und sogar einigermaßen davon überzeugt geklungen. Das Zeug ist wasserlöslich, er hat zugegeben, dass er es in den Cocktail gepackt hat." Gero seufzte. „Dieses einfach so, dass er das an dem Sonntag dabei hatte, das ist schon der Hammer. Das hat er eingesehen. Er wollte es einfach mal ausprobieren, der Freckenhagen, der war ihm sowieso eine Last, um den wäre es nicht schade, das hat er tatsächlich gesagt. Wenn der es vertragen hätte, okay, aber zwei Wochen vor der Premiere, da kann ein Ersatz noch einsteigen." Gero schüttelte wieder den Kopf. „Was für eine Pfeife."

Der Cocktail des Todes also? Somit war diese Chordame mit ihrem untergejubelten Extraviagra nicht einmal das Pünktchen auf dem i gewesen und wir brauchten sie gar nicht einzubestellen. Aber dieses spezielle Viagra, hatte Dame Isabeau nicht genau die gleiche Fälschung im Blut gehabt? War vielleicht Vadian verantwortlich für die Hämatome, die von der Obduktion nicht erklärt werden konnten? Warum hat er ihr nicht aus der Entengrütze herausgeholfen und sich so eventuell ihrer ewigen Dankbarkeit versichert?

„Das haben die Kollegen auch gefragt. Der Gloor hat nur gemeint, die und Dankbarkeit? Die Frage hat ihn so amüsiert, dass er ins Schweizerdeutsch gewechselt ist.

Kaaschdänka, hat er gesagt und gelacht. Was immer das heißen mag."

Dank eines Gastspiels am Opernhaus Zürich, zu dem ich Swantje im vergangenen Jahr begleitet habe, war ich in der Lage, eine Übersetzung zu liefern.

„Kaaschdänka", sagte ich, „kannst du denken. Sinngemäß bedeutet das so viel wie träum weiter."

„Na, das passt in den Kontext." Gero schüttelte den Kopf. „Nach allem, was ich über die Sängerin gehört habe, hätte niemand, der sie nur ein wenig kannte, Dankbarkeit von ihr erwartet."

„Hat er denn gesagt, warum er ihr nicht aus dem Wasser geholfen hat?"

„Er wollte noch, aber es war zu spät. Er musste ja erst einmal herausfinden, woher das Platschen gekommen war. Und dann war wohl nichts mehr zu machen. Ihm war's ganz recht."

Wenn das stimmte, konnte Müller Zwo die Familienchronik also doch nicht sozialverträglicher umschreiben. Aber Gero berichtete schon weiter. Dame Isabeau war Vadian auf die Schliche gekommen und hatte ihn prompt unter Druck gesetzt. Reine Gewinnbeteiligung oder sogar ein Einsteigen in die Sache. Wie hatte sie das Nebenerwerbsgeschäft überhaupt entdeckt? Oskar-Maria Freckenhagen war der Schlüssel. Einer mit eher schlechter Impulskontrolle, aber dafür erstaunlich gutem Netzwerk, in das seit einer gemeinsamen CD Dame Isabeau eingebunden war.

„Der Kontakt ist bestehen geblieben, auch als sie nicht mehr sang." Gero zuckte mit den Schultern. „Was sie an ihm fand, nun ja. Diese Überzeugung, Gottes Geschenk an die holde Weiblichkeit zu sein, die kam wohl nicht von ungefähr."

Hatten wir dazu irgendetwas in den Akten?

Gero sprach schon weiter. „Es hat da eine gewisse, wie soll ich sagen, eine gewisse Vertrautheit bestanden." Er lachte. „Ich war ja lange bei der Sitte. Da habe ich gelernt, dass Frauen ab einem gewissen Alter die älteren Semester sehr zu schätzen wissen. Die wären, wurde mir erklärt, längst nicht so anspruchsvoll wie die jungen und eventuell ein bisschen dankbar, hätten vielleicht sogar Manieren."

Da konnte etwas dran sein. Aber geklärt war die Sache damit noch nicht, oder?

„Eigentlich schon. Der Freckenhagen, der wohnte doch hier in der Gegend, dieser Doktor Wachter war sein Hausarzt. Sonst hätte der kaum gewusst, dass das kein normaler Herzinfarkt sein konnte. Na ja, und diese Braun-Haupt, was ist das überhaupt für ein Name, ich dachte, das Erste, was man tut, ist, sich einen schicken Künstlernamen zulegen für eine Theaterkarriere … aber gut. Jedenfalls hatte sie Kontakt mit dem Freckenhagen. Der war wohl ein Prahlhans erster Güte …"

Das würde uns im Zweifelsfall die Chordame bestätigen.

„Er ist also in der Gegend, hat Beziehungen, kann ihr alles besorgen, was sie braucht. Er hatte ja beide, diesen Wetzkopf und den Gloor als Lieferanten. Und er wäre gerne eingestiegen in das Geschäft, hat wohl von einer Provision geträumt als Zwischenhändler … Wissen wir nicht, reine Spekulation. Und wenn einer gerne renommiert und auf eine trifft, die sich das Zuhören zum Beruf gemacht hat …"

Gut möglich, dass Gero Illusionen darüber hegte, ob Dame Isabeau wirklich zuhörte, wenn sie Unterricht gab.

„Sie hat dem Gloor wohl gesagt, dass sie den Zwischenhandel umgehen wollte. Aber dann verlangte sie Sonderkonditionen." Gero schüttelte den Kopf. „Das ist natürlich nicht alles in dieser einen Woche passiert. Sie war letztes Jahr schon in Weimar." Er lachte. „Und jetzt wollte sie Nägel mit Köpfen machen. Eine handfeste Erpressung.

Sie würde ihn auffliegen lassen, wenn er sie nicht am Gewinn beteiligen würde. Der Gloor hat natürlich nicht gewollt, wenn, dann sollte sie einsteigen, ihr Haus am Attersee als Zwischenlager öffnen, durch Schengen gibt es doch kaum Kontrollen an der Grenze, ist ja alles EU. Er fand das eine Superidee. Sie natürlich nicht. Und im Grunde traute er ihr sowieso nicht. Er hat im letzten Jahr jemanden kennengelernt, eine, die von der Braun-Haupt mal sehr barsch abgefertigt worden ist, sie solle nicht so jodeln oder so was, irgendwas hat sie gefaucht, und das arme Herzchen war sehr verletzt. Und diesem alten Drachen abgeben von seinem Gewinn? Die war dem Gloor ja sowieso nicht geheuer, aber wenn schon, denn schon, hat er sich gedacht und gewollt, dass sie mit drinhängt, falls es hart auf hart käme."

Walter wollte es kaum glauben. „Und dann treffen sie sich zufällig am Springbrunnen? Ist nicht wahr!"

„Ist es auch nicht", bestätigte Gero. „Sie hatte ihn auf die Terrasse vom Café einbestellt, weiter unten im Park. Und da hat sie ihn ganz schön warten lassen, es war ja der Umtrunk nach dem Essen. Er hatte schon so einen Hals, und dann hörte er auf einmal dieses Platschen aus dem Park. Er ist nachschauen gegangen und hat sie endlich gefunden. Da war es nur schon zu spät. Er hat noch versucht, sie aus dem Wasser zu ziehen, aber dann war da der Wetzkopf mit seinem Handy. Die Kamera machte klick und gleich noch mal, da hat der Gloor daran gedacht, dass er keinen legitimen Grund hat, im Park zu sein, und er steht da im Springbrunnen, neben einer Toten. Da hat er Panik bekommen und ist davongerannt."

Dass Paule ebenfalls abgehauen war und beide sich verfolgt fühlten, war ein sehr unlustiger Slapstickmoment.

Kurz nachdem die Sprache auf Paule und seine Fotos gekommen war, hatte Vadian zugegeben, dass er für das Thallium im Blut des Statistenführers verantwortlich war.

„Auch so eine Zockeraktion", Gero zuckte mit den Schultern, „einfach mal so, schauen, ob was passiert und wann. Aber in dem Moment ist ihm wohl klar geworden, dass er die Aussage nicht mehr würde zurücknehmen können. Und so hatte er sein Kreuz zwar nicht auf sich, aber eingenommen."

Dass die Gerichte kein Urteil über die begangenen Straftaten sprechen würden, sollte uns nicht weiter belasten. Die Taskforce hatte auftragsgemäß die Zentrale des Schmuggelrings gefunden und sogar den mysteriösen Josef selbst enttarnt. Die Mitarbeitenden würden einstweilen in ihre eigentlichen Dienststellen zurückkehren. Gero dankte Walter und mir und verabschiedete uns. Ob Vadian als Josef Brüder gehabt hatte und die nun das entstandene Schmuggelvakuum nutzen wollen würden, das mochte sich mit der Zeit herausstellen.

Mir war es recht, denn auf mich warteten andere Aufgaben, nicht zuletzt die Lösung der Frage, welche Birnen Swantje und ich wo pflanzen wollten.

# DISCLAIMER UND DANK

Auch in diesem Buch wird schrecklich viel gelogen: Selbstverständlich geht es in Arnstadt, Erfurt und Weimar ganz anders zu – und in Opernchören wie an Theatern und Meisterkursen überhaupt und bei der Polizei sowieso.

Ich habe mir allerdings nicht nur hinsichtlich der Zusammenarbeit zwischen Bundes- und Landespolizei viele Freiheiten genommen. So hat das Theater Erfurt zwar ein Opernhaus, aber die Oper Erfurt ist ein Fantasiekonstrukt, im Gegensatz übrigens zum Archiv Frau und Musik (www.archiv-frau-musik.de). Auch die Domfestspiele Erfurt gibt es, die habe ich für diesen Roman beim Theater Erfurt ausgeliehen und gebe sie nun gerne zurück in kompetente Hände.

Nachdem das geklärt ist, bleibt die zu erwähnen, ohne die dieser Krimi nie entstanden wäre. Mein Dank gilt zuallererst meinen geduldigen Eltern s. A., die auch ihre Liebe zur Musik gerne mit ihren Kindern teilten.

Fast ebenso geduldig mit mir – wie auch mit meinem Manuskript – waren Jim und Marc. Danke dafür und für die Chance, Karin Rogener und ihren lieben Schwan wieder zu Wort kommen zu lassen!

Katia Ledoux (www.katialedoux.fr) gilt ein besonderer Dank: Sie wies mich auf Florence Price (1887-1953) hin, die erste Schwarze Komponistin, deren Werke von bedeutenden Orchestern aufgeführt wurden und die als Symphonikerin ebenso anerkannt war wie als Komponistin von Liedern und Kammermusik.

CJ und all ihr anderen, die ihr mir auch mit Rat und Tipps zur Seite standet: Sämtliche Fehler in diesem Buch habt ihr zu verantworten, ihr hättet halt lauter mit mir reden … oh, ein Eichhörnchen!

Danke.

Inge Lütt